rororo

Zu diesem Buch

Coming-out – und dann? Wer zähneknirschend schluckt, schwul zu sein, ist auf halber Strecke liegen geblieben. Schwule haben sich eine eigene Kultur geschaffen, in der man Freunde und Partner finden und sich wohl fühlen kann. Schwulsein macht Spaß! Den Weg zum Ziel unterstützt dieses Buch.

Der Autor

Joachim Braun, geb. 1960, Diplompädagoge, Kinder- und Jugendpsychotherapeut, arbeitet seit 1992 bei der Pro Familia Berlin und seit 1998 beim Institut für Sexualpädagogik in Dortmund. Sachbuchautor. Im Rowohlt Taschenbuch Verlag liegen vor: «Weil wir Jungen sind» (mit Daniel Kunz, rosach 60235), «Coole Kerle, viel Gefühl» (mit Bernd Niemann, rosach 60463) und «Gemischte Gefühle. Ein Lesebuch zur sexuellen Orientierung» (mit Beate Martin, rosach 60835).

JOACHIM BRAUN

Ich will keine Schokolade ...

Das Coming-out-Buch für Schwule

Mit Fotos von Iko Freese

www.gemischte-gefuehle.de

Rowohlt Taschenbuch Verlag

Originalausgabe
Veröffentlicht im Rowohlt Taschenbuch
Verlag GmbH, Reinbek bei Hamburg, April 2001

Lektorat Jürgen Volbeding
Umschlaggestaltung Guido Klütsch
(Foto: Image Bank / David de Lossy)
Innengestaltung Christine Lohmann
Satz Aldus und Frutiger PostScript,
QuarkXPress 3.32
Gesamtherstellung Clausen & Bosse, Leck
Printed in Germany
ISBN 3 499 61142 2

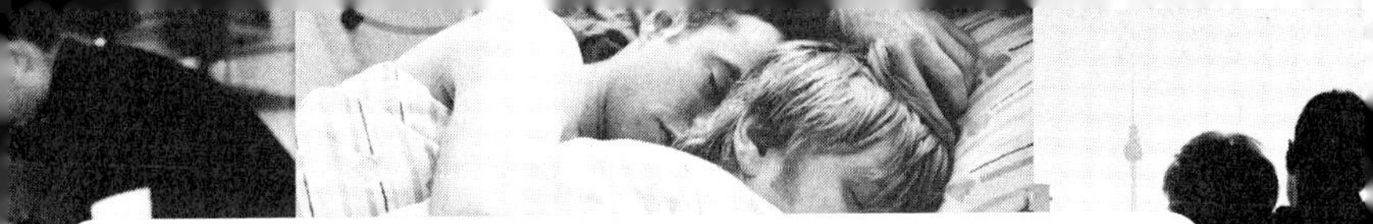

INHALT

3. KAPITEL

4. KAPITEL

5. KAPITEL

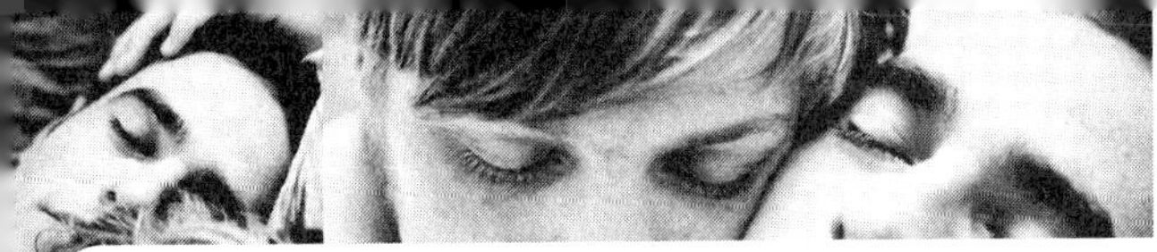

6. KAPITEL

[Schwul – und dann?]

7. KAPITEL

[Hilf dir selbst, sonst hilft dir ...]

ICH WILL KEINE SCHOKOLADE

– Trude Herr

Ich lebe unerhört solide,
und habe nie ein Rendezvous.
Ich gehe höchstens mit den Eltern
ein Stück spazieren ab und zu.
Mein Vater sagt: «So muss das bleiben!»,
und dafür schenkt er mir Konfekt.
Doch neulich platzte mir der Kragen,
weil mir Konfekt nun mal nicht schmeckt.

Ich will keine Schokolade, ich will lieber einen Mann! Ich will einen, der mich küssen und um den Finger wickeln kann.

Ich hatte neulich grad Geburtstag,
und diesen Tag vergess ich nie,
denn alle Tanten und Verwandten,
die waren mit von der Partie.
Sie brachten Rosen und Narzissen
und Schokolade zentnerschwer,
da hat's mich plötzlich fortgerissen,
ich schrie: «Ich will das Zeug nicht mehr!»

Ich will keine Schokolade, ich will lieber einen Mann! Ich will einen, der mich küssen und um den Finger wickeln kann.

Ich kaufte Sonntag auf dem Rummel
für zwanzig Pfennig mir ein Los.
Ich hab auch wirklich was gewonnen,
doch die Enttäuschung, die war groß.
Denn ich gewann dort einen Teddy
aus Schokolad' und Marzipan.
Den schmiss ich wütend in die Menge
und schrie den Losverkäufer an:

«Ich will keine Schokolade, ich will lieber einen Mann! Ich will einen, der mich küssen und um den Finger wickeln kann. Ich will einen, der mich küssen und um den Finger wickeln kann!»

Was es heißt, selbstbewusst schwul zu sein

Es war 1960, als Trude Herr zum ersten Mal trotzig sang: «Ich will keine Schokolade, ich will lieber einen Mann!» Wenn es dir ähnlich geht wie Frau Herr und du obendrein ein Junge oder ein Mann bist, dann wirst du wohl schwul oder zumindest bi sein. Wenn du dabei auch noch mit dem Fuß aufstampfen kannst, während du die Schokolade in die Ecke pfefferst, dann hast du dein Coming-out vermutlich schon hinter dir. Doch wenn du noch zögerst, von einem Fuß auf den anderen tippelst, auf die Schokolade schielst und denkst: «Nun ja, Trude Herr ist ja auch eine Frau, aber ich bin ein Mann ...», dann steckst du wahrscheinlich noch mittendrin.

Das Coming-out gehört zum Schwulsein wie das Fundament zum Haus. Solange es immer noch etwas Besonderes ist, schwul zu sein und nicht hetero, solange werden Schwule ein Coming-out erleben. Schön wäre es, wenn man als Kind, in der Schule, im Fernsehen und unter Freunden so selbstverständlich mit Schwulsein konfrontiert würde, dass man sich gar nicht mehr fragen müsste, ob man nun schwul oder bi oder hetero ist, sondern einfach irgendetwas *ist*, so wie man mit blonden, braunen, schwarzen, roten, grauen oder gar keinen Haaren durchs Leben schreitet. Ich bin davon überzeugt, dass die homo- oder bisexuelle Orientierung eines Menschen irgendwann einmal ganz normal sein wird. Die Geschichte hat uns zunehmend freier gemacht, und der Zug der Gleichberechtigung ist nicht mehr aufzuhalten. Vielleicht hören wir in ferner Zukunft auch ganz auf, uns in Schubladen wie hetero oder homo zu stecken, obwohl ich nicht weiß, ob das unbedingt erstrebenswert ist, denn viele Menschen fühlen sich sicherer, wenn sie sich ganz klar einer Richtung zuordnen können. Aber das nur am Rande.

Das gesellschaftliche Klima ist auch in unserer heutigen liberalen Zeit noch nicht so angenehm, als dass Schwule ein durchweg positives Gefühl zu ihrem Schwulsein bekommen können. Die Möglichkeit, diskriminiert zu werden, besteht nach wie vor. Und auch Eltern, Freunde, Mitschüler oder Arbeitskollegen reagieren nicht immer so, wie wir das gerne hätten. Daher ist ein Buch wie dieses nach wie vor notwendig.

Erstens bin ich schwul, und zweitens will ich ein Eis!

«Ich will keine Schokolade» will dir dabei helfen, dass du selbstbewusst schwul wirst. Damit ist nicht gemeint, dass du dein Schwulsein zu deinem Beruf machen sollst und – ich zitiere frei aus einem Ralf-König-Comic – im Café sagst: «Erstens bin ich schwul, und zweitens kriege ich eine Portion gemischtes Eis», sondern dass du als Schwuler glücklich und zufrieden wirst; dass du einen Freund findest oder dass du dich als Single wohl fühlst; dass du die Sexualität lebst, die dir gefällt, und dass du dich sowohl in der schwulen als auch in der heterosexuellen Welt selbstbewusst und zufrieden bewegen kannst. Das funktioniert, doch es kostet Einsatz und die Einsicht, dass die Dinge vielleicht anders sind, als du es bisher gedacht hast. Denn wenn du nur zähneknirschend zur Kenntnis nimmst, dass du schwul bist oder dich vielleicht sogar in vielen Situationen dafür schämst, dann scheint da irgendetwas schief zu liegen. Dann ist das Coming-out noch nicht so bewältigt, wie es eigentlich hätte sein können; dann sind immer noch alte Vorurteile aktiv, die dir das Leben und das Lieben gehörig vermiesen können. Möglicherweise fühlst du dich als Schwuler – verglichen mit Heterosexuellen – minderwertig. Das ist jedoch das Erste, was geändert werden sollte. Du gehörst zwar einer Minderheit an, doch die lebt nicht schlechter, sondern *anders* als die heterosexuelle Mehrheit. *Anders* ist das Zauberwort, das ein Minderwertigkeitsgefühl schnellstens ersetzen sollte. Schwule haben eine eigene Kultur geschaffen, weil sie eine *andere* Entwicklung durchlebt haben, *andere* Erfahrungen gemacht haben und weil sie oft *andere* Interessen haben als Heterosexuelle. Schwule interessieren sich nicht für den Playboy, Diaphragmen, Abtreibungen und Erziehungsgeld, sondern für Kondome, Gleitgel, Partnersuche und die Szene. Während Familien am Sonntag einen Ausflug machen, sitzen Schwule im Café und gackern mit ihren Freunden oder schlafen ihren Kater von der letzten Nacht aus. Während sich ein Ehepaar in den Haaren hat, weil der Mann einen Seitensprung begangen hat, diskutieren zwei Schwule bei Rotwein und Kerzenschein, ob sie die Beziehung nun offen oder monogam gestalten sollen. Während es klar ist, dass der heterosexuelle Mann bei der Anmache die Initiative ergreift, ist bei Schwulen oft nicht sicher, wer denn nun den ersten Schritt tun soll. Ich weiß, das sind alles Klischees, die in dieser Form nicht immer stimmen, aber ich will damit sagen: *Anders* heißt, dass das eine nicht besser oder schlechter ist als das andere, sondern eben nur anders und damit gleichwertig. Es ist nicht schlechter, schwul zu sein statt heterosexuell – genauso, wie es nicht besser ist.

Auch Profis können ins Schleudern kommen

Es braucht manchmal Zeit, sich als Schwuler mit seinem Anderssein anzufreunden und den Spaß an der Sache zu entdecken. Selbst Männer, die denken, sie hätten ihr Comingout längst hinter sich, können es immer wieder erleben, dass ihr schwules Selbstbewusstsein ins Wanken gerät. Als ich neulich im Krankenhaus lag, mein Freund sich mit einem heftigen Kuss von mir verabschiedete und meine beiden älteren, griesgrämigen Bettnachbarn noch griesgrämiger schauten, war mir einen Moment lang mulmig. Schließlich musste ich es mit den beiden noch einige Tage aushalten. Wir werden immer wieder in Situationen geraten, in denen es uns den Magen umdrehen kann – auch als «alte Hasen». Die Frage ist nur, wie sehr es uns belastet.

Das Buch ist hauptsächlich für Jugendliche geschrieben, die sich im Coming-out befinden. Es wendet sich aber auch an Erwachsene, die immer wieder in Konflikt damit kommen, schwul zu sein; die dauernd bei der Partnersuche scheitern, in Beziehungen geraten, in denen sie nicht zu Hause sind, den Sex nicht genießen können oder ein befremdliches, distanziertes Gefühl zu anderen Schwulen haben. Denn kaum etwas ist für den inneren Seelenfrieden störender, als sich gegen die eigenen sexuellen Gefühle zu stellen. Wer aber Spaß daran hat, schwul zu sein, und voll und ganz hinter seiner sexuellen Orientierung steht, hat sein Coming-out bewältigt. Den Prozess dahin will das Buch unterstützen.

«Schwul», «gay», «homosexuell»: Von der Schwierigkeit, die passenden Worte zu finden

Bevor es losgeht, möchte ich ein paar Zeilen zur Sprache in diesem Buch loswerden, denn es ist nicht immer einfach, den richtigen Ton zu treffen. Es gibt viele Möglichkeiten, über Sex zu schreiben – die Frage ist nur, ob es die Leser erreicht. In einer Safer-Sex-Broschüre der Deutschen AIDS-Hilfe zum Beispiel wird ganz selbstverständlich das Wort «Arsch» benutzt. Was für die einen ganz normal ist, kann für andere abschreckend wirken. Die Empfindlichkeiten, was jemand als Kraftausdruck empfindet oder nicht, sind so unterschiedlich wie Fingerabdrücke. Einige finden schon

«Vögeln» oder «Bumsen» anstößig, während andere gar nicht genug vom «Ficken» kriegen können. Wenn Eltern dieses Buch lesen, dann stören sie sich vielleicht an dem Begriff «schwul», weil sie denken, das sei immer noch ein vulgäres Schimpfwort. Andererseits sagen wir Schwulen von uns kaum noch, dass wir homosexuell sind – das klingt zu klinisch und auch ein wenig nach geisteskrank. Leider haben Heterosexuelle noch kein Schimpfwort für sich, das man übernehmen könnte. Die meisten Schwulen nennen sie «Heten» oder «Heteros». Das heißt aber nicht, dass wir «Homos» genannt werden wollen. Ganz schön kompliziert, das Ganze.

Let's talk about …

Aus Unsicherheit flüchten viele Menschen ins Amerikanische. Auch Journalisten und Autoren schließen sich dem an. Nehmen wir zum Beispiel das abgedroschene «Let's talk about sex.». Kaum ein Satz wird häufiger strapaziert, wenn es darum geht, über Sex zu schreiben oder zu sprechen, als diese Textzeile, die vor unzähligen Jahren einmal der Refrain eines Hits war. Selbst Pädagogen, die Jugendlichen und Erwachsenen predigen, sie sollten lernen, ihre Gefühle auszudrücken, nennen ihre Veranstaltungen oder Bücher *Love Talks; All about Love; Boys, Boys, Boys; Love Line; Girls Talk* oder eben *Let's talk about sex* und demonstrieren damit, dass sie genauso unsicher sind wie ihre Klientel, die sie bedienen wollen. Viele Autoren denken zudem, das sei jugendliche Sprache, und merken gar nicht, wie ihr Kauderwelsch den Lesefluss stört. Im Übrigen klingt es oft affig und anbiedernd.

Andererseits gibt es im Amerikanischen Bezeichnungen, für die es im Deutschen keine passenden Wörter gibt, wie zum Beispiel «Coming-out» oder «Petting». Andere Begriffe klingen im Deutschen mitunter vulgär wie «Arschlecken», im Amerikanischen – «Rimming» – aber neutral. Dagegen ist es unnötig, von «Golden Shower» zu sprechen; «anpinkeln» tut es genauso. Und «Faustficken» wird auch nicht harmloser, wenn man es «Fistfucking» nennt, auch wenn es zunächst den Anschein hat, weil es fremder klingt.

Woher der Begriff «schwul» kommt

Ich kann das Sprachproblem hier nicht lösen, aber ich habe mich bemüht, die Dinge beim Namen zu nennen, und das wenn möglich auf Deutsch und ohne Kraftausdrücke zu verwenden, obwohl ich bestimmte Kraftausdrücke persönlich sehr gern mag (und einige Amerikanismen auch). Aber ich möchte nicht riskieren, dass Jugendliche, die sich gerade dem Thema Schwulsein annähern, oder Eltern, die keinen Bezug zur schwulen Lebenswelt haben, nach ein paar Seiten das Buch wieder zuklappen. Jedoch bitte ich Eltern, darüber hinwegzusehen, dass ich es nicht über die Tastatur meines Computers gebracht habe, von «homosexuell» zu schreiben, es sei denn, ich zitiere O-Töne.

Im Übrigen kommt «schwul» oder «schwül» von dem altdeutschen «schwelen», was so viel heißt wie glühen. Das hat seinen Ursprung darin, dass man Schwule im Mittelalter auf dem Scheiterhaufen verbrannt hat. Deshalb müssen wir aber nicht ehrfurchtsvoll auf «gay» zurückgreifen, denn in diesem Fall ist es ausnahmsweise mal nicht besser, was von drüben kommt: In 21 US-Bundesstaaten ist schwuler Sex nach wie vor illegal. Da sind wir trotz Scheiterhaufen weiter.

So, genug geplaudert – nun wünsche ich euch viel Spaß beim Lesen und beim Coming-out, und nicht vergessen: Anders zu sein heißt nicht, schlechter zu sein!

1. KAPITEL *[... ich will lieber einen Mann!]* Das Coming-out

WAS BEIM COMING-OUT PASSIERT

Damit fängt alles an: Eines Tages entdeckst du, dass du schwul bist. Das kann mit 13, mit 30 oder mit 53 sein. Bei Philipp war es mit 14, als er gerade einen Porno sah:

Gemeinsam mit seinem 15-jährigen Bruder und dessen Kumpel hatten sie sich an einem Abend, an dem die Eltern nicht zu Hause waren, im Zimmer des Bruders verschanzt und den Videorecorder eingeschaltet. Eigentlich wollte der Bruder gar nicht, dass Philipp dabei war, doch Philipp hatte ihn erpresst und gedroht, alles den Eltern zu petzen, wenn er nicht mitschauen dürfte.

Auf dem Bildschirm waren zwei Männer zu sehen, die eine Frau zuerst zärtlich streichelten, um anschließend mit ihr zu schlafen. Der Bruder und dessen Freund tranken Bier, kauten Chips und grölten, als würden sie eine Comedy sehen. Philipp saß etwas abseits von den beiden und lachte mit, doch eigentlich war er eher nachdenklich als fröhlich gestimmt. Er spürte, wie ihn die beiden Männer erregten – die Frau jedoch ließ ihn kalt. Seit vielen Monaten schon fragte er sich, ob er vielleicht schwul sein könnte. Wenn er sich selbst befriedigte, dachte er immer an andere Jungs, am liebsten an Sven aus seiner Klasse. Manchmal versuchte er beim Onanieren auch an Mädchen zu denken, um zu prüfen, ob er jetzt schwul sei oder nicht. Aber sobald er an

Mädchen dachte, machte es keinen Spaß mehr. Jetzt, als der Porno lief, war die Sache eigentlich klar. Es war auch nicht schlimm. Nicht wirklich. Aber ein bisschen schon.

Menschen sind in ihren sexuellen Gefühlen sehr verletzbar

Philipp, der kurze Zeit später in meiner Beratungsstelle erschien, um sich Unterstützung zu holen, wie er es am besten seinen Eltern sagen könne, hatte gerade etwas erlebt, das wir als *Coming-out* bezeichnen.

Das Coming-out ist die Zeit, in der du entdeckst, dass du erotische Gefühle zu anderen Jungs und Männern hast. Das kann ganz harmlos sein, so, wie man irgendwann merkt, dass man gerne Computerfachmann oder Arzt werden will (vielleicht nicht ganz so harmlos). Es kann aber auch sein, dass man sich schämt und sich ausgeschlossen fühlt, weil man merkt, anders zu sein als die anderen um einen herum. Und anders nicht im Sinne von braune Augen zu haben anstatt blaue, sondern anders zu sein bei den empfindlichsten aller Gefühle – den sexuellen. Gerade das aber macht die Sache oft so schwierig, denn man kann einen Menschen kaum mehr verletzen, als dass man ihn in seinen sexuellen Gefühlen ignoriert, beschämt oder demütigt. Die Gefahr, als Schwuler mit seinem Schwulsein auf Unverständnis zu stoßen, ist groß. Daher stehen Schwule vor der schweren Aufgabe, sexuelle Gefühle bei sich zu akzeptieren, die oft eine Zielscheibe für Verständnislosigkeit, Geringschätzung oder sogar Gewalt sind.

Schwul in einer heterosexuellen Welt

Aber auch wenn nicht alle Schwulen schlechte Erfahrungen mit ihrem Umfeld machen – ganz im Gegenteil, viele Eltern und Freunde reagieren großartig –, so fühlen sich doch die meisten zunächst als Außenseiter. Das ist auch nicht weiter erstaunlich, denn während es selbstverständlich ist, als Heterosexueller in eine heterosexuelle Welt hineinzuwachsen, ist es etwas Besonderes, in einer heterosexuellen Welt schwul zu werden. Elternhaus, Schule, Arbeitsplatz, Kino – Menschen um uns herum folgen hauptsächlich heterosexuellen Lebensplänen, auch wenn Schwule und Lesben zum Beispiel im Fernsehen oder in der Werbung immer mehr vorkommen. Zunächst also ist das Gefühl, anders zu sein, eine normale Reaktion auf unseren Minderheitenstatus.

Abschied vom Wunsch, eine eigene Familie zu haben

Einer der heterosexuellen Lebenspläne, mit denen wir schon früh konfrontiert werden, ist die Gründung einer Familie. Schwule müssen sich – so schwer das auch fällt – im Laufe des Coming-outs davon verabschieden, eine Familie zu gründen, jedenfalls im herkömmlichen Sinne von verlieben, heiraten, Kinder bekommen. Das kann Gefühle von Angst, Enttäuschung und Trauer hervorrufen, denn viele haben, bevor ihnen bewusst wurde, dass sie schwul sind, ihre Zukunft innerlich mehr oder weniger selbstverständlich mit einer Familie geplant. Manche leiden auch darunter, dass sie als «familienloser» Mensch aus der heterosexuellen Norm herausfallen. Sie fühlen sich ausgegrenzt oder haben Angst, im Alter allein zu sein. Es bleibt uns aber im Endeffekt nichts anderes übrig, als zu akzeptieren, dass unser Leben in dieser Hinsicht mit großer Wahrscheinlichkeit anders verlaufen wird als das der meisten Menschen – es sei denn, wir sind bisexuell und können uns emotionale und sexuelle Bindungen auch zu Frauen vorstellen.

Doch ein Leben ohne eigene Familie kann auch sehr faszinierend verlaufen. Als Schwuler wirst du nicht allein und einsam in deiner Wohnung vergammeln, nur weil du keine eigene Familie hast. Schwules Leben und Lieben ist sehr vielfältig und bietet eine Menge Möglichkeiten, wenn man sie nutzt.

Auch wenn dich das vielleicht im Augenblick noch nicht überzeugt, ist es wichtig, die Gefühle von Trauer und Enttäuschung hinzunehmen und sich nicht dagegen zu wehren. Nur so kannst du das Thema abschließen. Sonst hängst du ein Leben lang einem Wunsch nach, der sich mit deinen emotionalen und sexuellen Bedürfnissen nicht in Einklang bringen lässt.

Jedes Coming-out verläuft anders

Es gibt kein typisches Coming-out, und es gibt keine Regeln, wie ein Coming-out grundsätzlich verläuft oder wie es verlaufen sollte. Jedes Coming-out ist anders, so wie jeder Mensch etwas Einzigartiges, etwas Besonderes ist. Die meisten merken während ihrer Pubertät, dass sie schwul sind, aber es gibt auch sehr viele Männer, die entdecken erst später oder sehr viel später, dass sie eigentlich viel mehr auf Männer als auf Frauen stehen. Es kommt auch oft vor, dass Männer schon lange wissen, dass sie schwul sind, aber erst in späteren Jahren anfangen, zu ihren Gefühlen zu stehen.

Wodurch ein Coming-out beeinflusst wird

Unsere Umgebung hat großen Einfluss darauf, wie leicht oder wie schwer es uns fällt, ein positives schwules Selbstwertgefühl zu entwickeln. Wer in einer Großstadt lebt und merkt, dass er schwul ist, ist anderen, oft günstigeren Bedingungen ausgesetzt als jemand, der auf dem Land lebt. Allein schon das Zahlenverhältnis zwischen Schwulen und Heteros in der Großstadt im Vergleich zum Land spricht für die Großstadt: Dort sind etwa zehn Prozent aller Männer schwul, während es auf dem Land nur noch vier bis fünf Prozent sind (was auch nicht so schlecht ist, denn demnach kann ein Dorf mit vierhundert Menschen – statistisch gesehen und wenn man den weiblichen Bevölkerungsanteil abzieht – immerhin noch auf acht bis zehn Schwule hoffen).

Männer, die im westlichen Teil Deutschlands aufgewachsen sind, haben andere Erfahrungen gemacht als Männer, die in der ehemaligen DDR lebten. Türkische und arabische Männer haben mit anderen Moralvorstellungen zu kämpfen als Deutsche; Christen mit anderen als Atheisten. Wer verständnisvolle, tolerante Eltern hat, wird leichter mit seinem Schwulsein umgehen können als jemand, dessen Eltern eine negative Haltung gegenüber Schwulen haben. Wer bei einer allein erziehenden Mutter aufwächst, macht andere Coming-out-Erfahrungen als jemand mit Vater *und* Mutter oder mit Heimerfahrung.

Aber nicht nur die Umwelt, auch die sexuelle Orientierung selbst kann bei Einzelnen unterschiedlich sein und sich auf das Coming-out auswirken: Wer hauptsächlich schwul empfindet, aber auch Frauen gegenüber sexuelle Gefühle hat oder wer bisexuell fühlt, ist anderen Verwirrungen und Unsicherheiten ausgesetzt als jemand, der eindeutig schwul ist und der ganz klar weiß, was er will. Zum Beispiel haben Männer, die sich auch zu Frauen hingezogen fühlen, eher die Möglichkeit, sich hinter ihren heterosexuellen Anteilen zu verstecken, wenn ihnen unwohl bei dem Gedanken ist, schwul sein zu können. Männer, die eindeutig schwul orientiert sind, haben diese Möglichkeit nicht. Es kommt manchmal vor, dass schwule Männer in heterosexuellen Beziehungen leben oder eine Familie gründen, obwohl sie eigentlich Männer anziehender finden als Frauen. Das ist problemlos, wenn der Mann dabei glücklich ist. Aber es wird schwierig, wenn er das Gefühl bekommt, an sich «vorbeizuleben».

Und das ist genau der Punkt, um den es geht:

Es ist egal, wie du mit deinem Schwulsein umgehst. Wichtig ist, dass es dir dabei gut geht.

Ein Coming-out ist dann gelungen,

- wenn du dich damit wohl fühlst, schwul oder bisexuell zu sein oder als Hetero schwule Anteile zu haben,
- wenn es dir damit gut geht, als Schwuler oder Bisexueller mit anderen Schwulen in einer heterosexuellen Welt zu leben,
- wenn du dein eigenes Schwulsein genauso akzeptierst wie die sexuelle Orientierung der anderen – wie die auch immer aussehen mag,
- wenn du bei der Suche nach einem Partner mit ganzem Herzen dahinter stehst,
- wenn du schwule Beziehungen eingehen kannst, ohne dich deines Partners oder deiner Gefühle zu schämen,
- wenn du deine Sexualität ausleben kannst und dabei Spaß und Lust empfindest.

Doch all das braucht Zeit und passiert nicht immer von heute auf morgen. Das Coming-out ist ein Prozess, der ein Leben lang dauern kann. Auch wenn wir unser «eigentliches» Coming-out längst hinter uns haben und denken, dass uns das alles nichts mehr angeht, können wir immer wieder in Situationen geraten, in denen unser schwules Selbstwertgefühl auf die Probe gestellt wird.

So war es bei Jürgen, 22, der heute in München lebt:

«Der erste Gedanke an mein Coming-out ist: Verdrängung. Ich habe unheimlich viel und lange verdrängt, obwohl ich irgendwie im Unterbewusstsein schon ahnte, was Sache war. Es fing an, als ich ungefähr acht Jahre alt war. Da war ich gerade im Heim und durfte am Wochenende immer zu meiner Mutter, die in einer Gaststätte aushalf. In dieser Gaststätte gab es eine Dachkammer, in die ich mich mal verirrte. Dort lag unter einem Haufen Gerümpel eine eklige, muffige Männerhose – könnte auch einem alten Mann gehört haben. Jedenfalls fand ich es total geil, sie anzuziehen, obwohl sie mir zehn Nummern zu groß war. Damals war mir das gar nicht bewusst, aber ich denke, da war schon klar, wie meine sexuelle Orientierung sich entwickeln würde ...

Zu dieser Zeit hatte ich einen guten Freund, er war etwas jünger als ich, wir verstanden uns total gut und unternahmen öfter was gemeinsam; er ging in meine Klasse. Wir stellten uns öfter auf die Garageneinfahrt und streckten den Passanten unsere nackten Ärsche entgegen! Das fand ich klasse! Außerdem machten wir Spielchen, wo Berührungen stattfanden. Das fand ich irgendwie, wenn auch nicht bewusst, total erotisch, ich hab das unheimlich gerne gemacht. Ich weiß nicht, wie das für ihn war – ich hatte später keinen Kontakt mehr zu ihm. Wenn mir damals bewusst gewesen wäre, was das für mich bedeutete, wäre ich bestimmt wieder beichten gegangen. Denn ich lebe in Bayern und hatte zu dieser Zeit auch die heilige Kommunion. Für die Beichte musste ich mir irgendwelche Storys einfallen lassen, zum Beispiel dass ich mir nackte (Hetero-)Bilder angeschaut habe. Danach kam ein Bruch, da passierte hinsichtlich meines Coming-outs nichts. Das, glaube ich, kam erst später, so in der 9./10. Klasse, also mit 13, 14 Jahren, wo ich mich immer wieder dabei ertappte, anderen Jungs auf'n Arsch zu schauen. Und ich genoss es richtig, obwohl mir bewusst war, dass das nicht ‹normal› war. Na ja, dann kam noch hinzu, dass ich besonders hübschen Jungs gegenüber immer sehr verklemmt war. Das hatte sicherlich was damit zu tun, dass ich sie geil fand und mich nicht traute, es zu zeigen. Das ging ein paar Jahre so, dass ich halt schaute und es genoss, aber es nicht herausließ. Ich konnte auch mit keinem darüber sprechen, obwohl ich eine gute Freundin hatte, aber ich hatte einfach Angst davor, es ihr zu sagen, was da mit mir nicht stimmte. Mir selbst wollte ich es ja nicht mal eingestehen. Ich dachte immer nur: Das wird schon wieder vergehen. Ganz toll fand ich die Bekleidungskataloge, und zwar die Seiten mit der Männerunterwäsche, da habe ich dann immer einen Steifen bekommen. Und jedes Mal, wenn ich mir einen runterholte, stellte ich mir diese hübschen Typen mit ihren Beulen in der Unterhose vor. Na ja, irgendwann, spätestens nach dem Abi, war mir dann klar: Du bist wahrscheinlich schwul. Die Schulzeit hinter mich gebracht zu haben bedeutete für mich einfach Freiheit und sich ausleben können. Das erste Mal war für mich aber enttäuschend – er entsprach irgendwie so überhaupt nicht meinem Idealbild von einem Typen! Das fand ich ziemlich schrecklich, obwohl die Berührungen vorher sehr erotisch waren. Ich hatte ihn über eine Kontaktanzeige kennen gelernt, so wie ich einige andere auch kennen gelernt habe; das war damals die einzige Möglichkeit für mich. In die Szene traute ich mich nicht so richtig rein und schon gar nicht, jemanden anzusprechen. Aber mittlerweile sind meine Ängste dahingehend verschwunden.»

Inneres Coming-out

Viele machen das Coming-out in der ersten Zeit mit sich selbst durch, ohne darüber zu reden. Sie behalten ihre Gefühle für sich und sind noch nicht bereit, es jemand anderem mitzuteilen. Diese Zeit nennt man «inneres Coming-out». Das innere Coming-out ist ein Prozess, bei dem viele zunächst verwirrt sind und sich fragen, ob sie anders empfinden als ihre Eltern, Geschwister, Mitschüler oder Berufskollegen. Irgendwann haben sie schließlich die Erkenntnis: «Ja, ich bin anders. Ich stehe auf Männer» oder auch: «Ich will beides, Männer und Frauen.» Philipp, der mit seinem Bruder und dessen Freund einen Pornofilm gesehen hat, erlebte soeben sein inneres Coming-out.

Die Zeit des inneren Coming-outs ist oft mit Zweifeln

gespickt. Viele fragen sich, ob sie wirklich schwul sind oder ob das nur eine Phase ist, die wieder vorübergeht. Andere hoffen, bisexuell oder heterosexuell zu sein. Nicht immer liegt es klar und deutlich vor einem, welchen Weg man geht. Manche fragen sich auch, wie es kommt, dass sie schwul sind. Besonders belastend können Vorurteile sein, die einem im Coming-out immer wieder im Weg stehen. Die folgenden Kapitel sollen dich dabei unterstützen, dein inneres Coming-out möglichst ruhig und mit wachsendem Selbstbewusstsein zu erleben.

Wie man Klarheit bekommt

Wer im Coming-out steckt, fragt sich oft: «Schwul? Nicht schwul? Bisexuell? Heterosexuell und ein bisschen schwul? Schwul und ein bisschen heterosexuell? Vorübergehend schwul? Oder ist das alles nur Einbildung?»

Nicht nur Jugendliche fragen sich das – auch erwachsene Männer, die sich noch nicht über ihre sexuelle Orientierung im Klaren sind. Auf der Suche nach einer Antwort prüfen sie ständig, ob sie eher auf Männer oder eher auf Frauen stehen; vielleicht beobachten sie ihre sexuellen Phantasien in ihren Träumen oder bei der Selbstbefriedigung oder fragen sich, in wen sie sich verlieben könnten oder in wen nicht. In den meisten Fällen dauert es einige Zeit, bis eine klare Antwort kommt, aber du kannst ein wenig nachhelfen, um Klarheit zu bekommen. Zuallererst solltest du dich nicht unter Druck setzen, indem du glaubst, dich jetzt unbedingt und sofort in eine der Kategorien schwul, bi oder hetero einordnen zu müssen. Das muss man nämlich überhaupt nicht! Man kann sich nicht bewusst für eine sexuelle Orientierung entscheiden – der Kopf hat da gar nichts zu suchen und sollte sich da raushalten. Es ist sehr hilfreich, die

Gefühle so zu nehmen, wie sie kommen, und seien sie noch so zwiespältig, denn sie gehören nun mal zum Menschen wie die Nase und der kleine Zeh. Man kann durchaus auf Frauen stehen und auch ein bisschen auf Männer und umgekehrt – es muss sich nicht immer alles in Begriffe ordnen lassen.

Bisexuelles Durcheinander

Grundsätzlich ist es aber so, dass die meisten Menschen eindeutig heterosexuell oder lesbisch oder schwul orientiert sind. Einige haben erotische Gefühle zu beiden Geschlechtern und werden als bisexuell bezeichnet, wobei es immer wieder die Frage ist, ab wann jemand bi ist. Stehen Bisexuelle immer gleichermaßen auf Männer und auf Frauen, oder ein bisschen mehr auf Männer oder ein bisschen mehr auf Frauen? Da geht das ganze Wirrwarr mit der sexuellen Orientierung schon los. Es gibt nämlich sehr viele Jungs und Männer, die haben zwar hauptsächlich schwule Gefühle, können sich aber durchaus auch vorstellen, mit einer Frau zu schlafen, auch wenn sie sich das nicht wünschen. Andere können sich das überhaupt nicht vorstellen; sie fahren auf Männer ab und empfinden bei dem Gedanken, mit einer Frau zu schlafen, auch nicht mehr, als würden sie ihr Wohnzimmerfenster putzen. Und es gibt Männer, die verlieben sich in Männer und bezeichnen sich als schwul, obwohl sie jahrelang verheiratet waren und ihre Frau vorzeiten sehr geliebt haben.

Carsten

Carsten, 29, hatte ein «bisexuelles» Coming-out, obwohl er sich selbst gar nicht so einordnen wollte, sondern von anderen in die Rolle gedrängt wurde:

«Während meiner Pubertät hatte ich wie die meisten Jungen in meiner Klasse eine Freundin. Als ich 17 war, bin ich mit meinen Eltern nach Frankreich ans Meer gefahren. Dort gab es einen FKK-Strand, zu dem auch viele Schwule gegangen sind. Eines Abends, als meine Eltern alleine unterwegs waren, bin ich dahin geschlichen. Das war schon irre, so viele Schwule auf einmal. Ich hab gedacht: ‹Das ist ja Wahnsinn!› Ich bin auch mit großem Interesse aufgenommen worden – deutsch, blond, jung und jungfräulich. Dort hatte ich dann auch meinen ersten schwulen Mann kennen gelernt, Etienne. Wir haben am Strand oralen Sex gehabt. Gefickt wurde nicht, weil er meinte, Analsex dürfe man allgemein nicht machen wegen AIDS. Ich war damals noch so dumm, dass ich das auch geglaubt habe. Einige Tage später habe ich Pascal getroffen. Er hatte ein kleines Moped, mit dem wir durch die Gegend gefahren sind. Wir haben uns die Nächte um die Ohren geschlagen, viel mit seinen Freunden gemacht und viel Sex gehabt. Das war eine tolle Zeit. In Deutschland war ich zur selben Zeit mit Martina zusammen. Die Beziehung hielt aber nur kurz, weil ich kurz darauf Siggi kennen lernte – eine tolle Frau, hatte gerade das beste Abi in der Schule hingelegt. Ich war total verliebt. Siggi hatte ich aber schon gesagt, dass ich auch auf Männer stehe. Und während der Beziehung mit Siggi lernte ich Jan kennen. Wir haben es eine Zeit lang zu dritt versucht, aber das war eine schwierige Zeit für alle drei. Einmal war ich mit Siggi in Spanien, bin nach zwei Wochen nach Korsika, wo ich Jan getroffen habe, während Siggi weiter in Spanien geblieben ist. Verrückt, das Ganze! Irgendwann hatte ich mich dann für Jan entschieden. Ich wollte dann auch nicht mehr mit Siggi schlafen, obwohl der Sex zwischen uns immer klasse war.

Es ist immer schwierig, wenn man sich nicht für einen Menschen entscheiden kann, egal ob bisexuell oder nicht. Das war aber für mich nie der Punkt. Die anderen hatten viel mehr Probleme mit meiner sexuellen Orientierung als ich selbst. Sie wollten, dass ich mich festlege, was ich aber eigentlich gar nicht konnte. Das fällt mir heute noch schwer. Ich kann nicht sagen, ich bin so oder so, weil es nächstes Jahr wieder anders sein kann. Wenn du mich fragst, würde ich mich heute als ‹schwul› bezeichnen. Aber ich schließe auch nicht aus, irgendwann wieder mit einer Frau zusammen zu sein. Der Witz war damals auch, dass immer dann, wenn ich mich auf ‹bisexuell› festgelegt hatte, die anderen meinten: ‹Das sagst du doch nur, weil du dich nicht traust, zu deinem Schwulsein zu stehen.› Ich konnte es niemandem recht machen.»

Rettungsinsel «bisexuell»

Das Misstrauen der anderen ist zum Teil begründet: Viele, die noch in ihrer sexuellen Orientierung unsicher sind, bezeichnen sich als bisexuell. Das klingt besser, denn dann ist man nur ein bisschen schwul, und es hat immer auch einen Hauch von chic, bisexuell zu sein. Dieser Selbstschutz ist völlig in Ordnung, weil er für manche ein langsames Hinübergleiten ins Schwulsein bedeutet; warum soll man sich solch einen Schutz nicht nehmen? Oft sind nur diejenigen, die wirklich bisexuell sind, darüber verärgert, weil man ihnen immer wieder unterstellt, sie würden nur bluffen und könnten eigentlich nicht zu ihrem Schwulsein stehen, so wie Carsten das erlebt hat. Aber es gibt sie wirklich, die Bisexuellen, denen sozusagen die gesamte Menschheit als potenzielle Partner und Partnerinnen zur Verfügung steht.

Immer den Gefühlen nach und dann rechts, links oder geradeaus

Die Phase der Unsicherheit kann länger oder kürzer sein, je nachdem, wie deine sexuelle Orientierung ist. Jungs und Männer, die auch heterosexuelle Anteile haben, sind oft über einen längeren Zeitraum hinweg verunsichert als Jungs und Männer, die eindeutig schwul sind. Oft ist es auch so, dass Männer mit heterosexuellen Anteilen, die ihre schwulen Anteile nicht wahrhaben wollen, zunächst noch Beziehungen mit Frauen eingehen, bis sie sich irgendwann darüber im

Klaren sind, was sie wirklich wollen. Im Übrigen gibt es auch Männer, die sich immer für schwul gehalten und sich dann irgendwann in eine Frau verliebt haben. Denn eine sexuelle Orientierung kann sich im Laufe des Lebens ändern – aber das ist wohl eher die Ausnahme als die Regel.

Jetzt aber zurück zur Frage, wie du für dich selbst eine Antwort finden kannst. Eigentlich ist das gar nicht so schwer:

_ Wenn du sexuelle Gefühle zu Jungs und Männern hast und dich in Jungs und Männer verliebst, bist du schwul. Dabei kann es durchaus sein, dass auch Gefühle für Mädchen und Frauen da sind. Die sind dann aber nicht so stark wie die für Männer.
_ Wenn du sexuelle Gefühle zu Jungs und Männern und gleichzeitig auch zu Mädchen und Frauen hast und dich auch in beide Geschlechter verliebst und dich nach Liebe und Sex mit ihnen sehnst, bist du bisexuell.
_ Wenn du sexuelle Gefühle zu Mädchen und Frauen hast und dich in Mädchen und Frauen verliebst, bist du heterosexuell. Dabei kann es durchaus sein, dass auch Gefühle für Jungs und Männer da sind. Die sind dann aber nicht so stark wie die für Frauen.

So einfach ist das. Oder doch nicht? Hand aufs Herz: Die meisten wissen, was sie wollen, auch wenn sie es nicht wissen wollen. Wenn du die Angst verlierst, schwul zu sein, wirst du Klarheit bekommen, auch wenn die Klarheit darin besteht, dass du dich bewusst keiner der Kategorien zuordnen willst.

Oft können im Übrigen die sexuellen Phantasien zeigen, wo es langgeht, obwohl es natürlich auch Jungs und Männer gibt, die ihre schwulen Phantasien bei der Selbstbefriedigung einfach ausschalten.

Benjamin

Aber ich gebe zu, dass es Menschen gibt, die einen ganz schön ins Schwitzen bringen können, wie zum Beispiel Benjamin, der einige Monate lang zu mir in die psychologische Beratung kam. Benjamin war damals 20 und wegen seiner sexuellen Orientierung stark verunsichert. Er hatte zwar schon sexuelle Erfahrungen mit Frauen gemacht, träumte aber immer wieder davon, auch mal mit einem Mann ins Bett zu gehen. Bei der Selbstbefriedigung stimulierte er sich zunächst mit Gedanken an Frauen, kam aber nur dann zum Orgasmus, wenn er an einen Mann dachte. Er hatte keine Probleme damit, schwul oder bi zu sein, aber es quälte ihn, dass er sich in keine der Schubladen einordnen konnte. Es dauerte einige Sitzungen, bis er sich von dem Druck befreit fühlte, unbedingt wissen zu müssen, in welche der Kategorien er gehörte. Nachdem er sich innerlich freier fühlte, ließ er die Dinge einfach auf sich zukommen. Dann verliebte er sich heftig in eine Arbeitskollegin. Monatelang war er damit beschäftigt, um sie zu werben. Während dieser Zeit trat die Frage nach der sexuellen Orientierung in den Hintergrund – bis die beiden dann das erste Mal miteinander ins Bett gingen. Beim Sex merkte Benjamin, wie sich seine Lust steigern ließ, indem er sich vorstellte, seine Freundin sei ein Mann. Das erschreckte ihn, weil er das Gefühl hatte, seine Freundin, in die er sehr verliebt war, zu betrügen. Es dauerte eine Zeit, bis das schlechte Gewissen verschwunden war. Inzwischen ist das kein Problem mehr. Benjamin lässt seine Phantasien zu, ohne sich davon beirren zu lassen. Ganz im Gegenteil: Sie steigern seine Lust, und deshalb findet er sie auch in Ordnung. Er behauptet mittlerweile von sich, dass er hetero ist, aber er schließt es auch nicht aus, irgendwann einmal Sex mit einem Mann zu haben.

Die bunte Welt der sexuellen Orientierung

Die Bundeszentrale für gesundheitliche Aufklärung (BZgA) hat 1996 eine Befragung unter 16- bis 24-jährigen Jungen und Männern beziehungsweise Mädchen und Frauen durchgeführt. Dabei ging es unter anderem auch darum, wie die Befragten ihre sexuelle Orientierung einschätzten. Da die Umfrage heterosexuell ausgerichtet war, vermutet man eine geringere Teilnahme schwul-lesbischer Jugendlicher. Die Zahl der «ausschließlich homosexuellen» wird also in Wirklichkeit höher sein als bei dieser Umfrage. Hier sind die Ergebnisse:

	Frauen	**Männer**
ausschließlich heterosexuell	75,4 %	79,8 %
vorwiegend heterosexuell	14,3 %	12,7 %
bisexuell	1,0 %	2,3 %
vorwiegend homosexuell	0 %	0,3 %
ausschließlich homosexuell	2,9 %	0,5 %
weder noch	3,4 %	2,1 %
weiß nicht	2,1 %	1,8 %
keine Angabe	0,8 %	0,5 %

Dies war eine Wiederholungsbefragung. Dieselben Fragen wurden 1991 und 1994 schon einmal gestellt. 1994 stuften sich noch 86,3 Prozent der Männer als ausschließlich hetero und 6,9 Prozent als vorwiegend hetero ein. Männer werden also insgesamt unsicherer in Bezug auf ihre sexuelle Orientierung.

Quelle: Bundeszentrale für gesundheitliche Aufklärung: Sexual- und Verhütungsverhalten 16- bis 24-jähriger Jugendlicher und junger Erwachsener. Band 12. Köln 1998.

Warum man schwul wird

Die meisten Schwulen fragen sich irgendwann einmal, wie es kommt, dass sie schwul sind. Auch Eltern wollen das wissen, weil sie vielleicht insgeheim fürchten, sie hätten bei der Erziehung versagt. Doch die Antwort ist eindeutig: Man weiß es bis heute nicht! Ich glaube, dass es für ein schwules Selbstbewusstsein sehr wichtig ist, sich mit dieser Frage auseinander zu setzen. Aber auf eine andere Weise, als nach einer Antwort zu suchen. Es geht nicht darum herauszufinden, was Homosexualität verursacht – vielmehr ist es für die eigene Entwicklung hilfreich, die Frage nach den Ursachen selbst in Frage zu stellen. Wer aufhört, nach der Entstehung von Homosexualität zu fragen, ist näher an einer anderen, selbstbewussteren Sicht der Dinge.

Warum Lesben und Schwule auf die Palme gehen

Ich kann mich noch gut daran erinnern, als der Ostberliner Wissenschaftler Günter Dörner die Ergebnisse seiner Rattenversuche in einer Talkshow vorstellte. Das war in der zweiten Hälfte der achtziger Jahre. Den Ergebnissen zufolge wurde Schwulsein durch Hormonschwankungen während der Schwangerschaft ausgelöst. Ich fand das damals riesig interessant und wollte mehr darüber wissen. In derselben Sendung saßen aber auch ein paar Schwule und Lesben, die sich vehement gegen diese Experimente wehrten, gar nichts von den Ergebnissen wissen wollten und Herrn Dörner dauernd unterbrachen. Ich fühlte mich durch die Zwischenrufe gestört, weil ich glücklich war, dass es eine Antwort auf diese Frage zu geben schien. Ich weiß zwar nicht, was aus Dörners schwulen Ratten geworden ist – es gibt entscheidende Argumente dagegen –, aber ich sah das Ganze einige Jahre später anders. Irgendwann hatte ich begriffen, was Lesben und Schwule dabei so sehr auf die Palme bringt: Wenn man nach den Ursachen für irgendetwas fragt, dann meistens in der Absicht, ein Problem zu lösen. Wenn wir erforschen wollen, was Gewalt verursacht, dann nur unter dem Aspekt, die Menschen friedlich zu machen und Gewalt vorzubeugen. Ich übertreibe wohl nicht, wenn ich behaupte, dass die meisten Forscher die Ursachen für das Schwulsein finden wollen, um künftig gegen Homosexualität vorzubeugen oder Homosexualität zu «heilen». Selbst wenn sie noch so laut beteuern, sie wollen nur Verständnis für eine Minderheit erzeugen, nimmt ihnen das kaum jemand ab. Denn Ursachenforscher gehen von der Annahme aus, dass Schwulsein nicht normal oder krank sei. Und selbst wenn es nicht die Forscher sind, die so denken, so würden vielleicht die Forschungsergebnisse irgendwann zuungunsten von Lesben und Schwulen missbraucht.

Homosexualität erzeugt keine Depressionen

Aber da hakt das Ganze doch bereits schon. Was Schwule wirklich krank gemacht hat, waren die ständigen Verbote, Demütigungen und Diskriminierungen. In der Vergangenheit ist es häufig passiert, dass Schwule mit Elektroschocks, Gehirnoperationen, Hormonen oder jahrzehntelangen Psychotherapien heterosexuell gemacht werden sollten und im Endeffekt immer unglücklicher wurden, während es den Therapeuten zunehmend besser ging, weil ihre Kassen klingelten. Doch die «Behandlungen» blieben allesamt erfolglos, was die Stimmung der «Patienten» sicher auch nicht gerade gehoben hat. Der mangelnde Erfolg ist aus heutiger Sicht betrachtet kein Wunder, denn die eigentliche Ursache für die Depressionen lag nicht in dem Schwulsein selbst, sondern in den gesellschaftlichen Bedingungen.

Hot Dog
raut Hot Dog
3,50
3,50
3,50
Hot

Im Übrigen weiß man auch, dass Schwulsein nicht durch Erziehung entsteht. Eine Psychotherapie hilft da also wenig. Heute würde auch kein guter Mediziner oder Therapeut die homosexuelle Orientierung therapieren, denn es steht nirgendwo geschrieben, dass Homosexualität Depressionen oder andere seelische Beschwerden verursacht, genauso wie das Heterosexualität ja auch nicht tut. Und Schwule, die mit sich und mit ihrer Sexualität im Reinen sind, werden alles andere wollen, als dass man ihre sexuelle Orientierung ändert! Wenn du mit deinem Schwulsein so umgehst, dass du es nicht nur tolerierst, sondern dass du darüber hinaus anfängst, dich dafür zu schätzen und zu mögen, wirst du die Frage nach der Entstehung deiner Homosexualität immer überflüssiger finden.

Die Fragen müssen anders formuliert werden

Das heißt aber nicht, dass nicht mehr geforscht werden sollte – ganz im Gegenteil. Doch eine «emanzipierte» Forschung würde die jeweiligen Orientierungen nicht mehr bewerten und könnte zum Beispiel lauten: Wie entstehen sexuelle Orientierungen allgemein? Wie kommt es, dass jemand heterosexuell, homosexuell oder bisexuell empfindet? Wie entstehen die vielen Facetten von ausschließlich oder vorwiegend heterosexuell über bisexuell bis hin zu vorwiegend oder ausschließlich lesbisch oder schwul? Das wären Fragen im Sinne von: Wie kommt es, dass sich Frauen anders verhalten als Männer, Indonesier anders als US-Amerikaner oder Gymnasiasten anders als Gesamtschüler?

Meines Wissens wurde kaum wertfrei geforscht. Eine Ausnahme bildet der Schweizer Psychoanalytiker Fritz Morgenthaler, der nicht nur nach den Ursachen für Homosexualität, sondern gleichzeitig auch nach den Ursachen für Heterosexualität gefragt hat. Es geht also auch anders.

Was Eltern dazu bewegt, Homosexualität zu hinterfragen

Viele Eltern fragen sich, woran es liegen könnte, dass ihr Sohn schwul ist. Hinter diesen Fragen, die mitunter quälend sein können, stecken oft Selbstvorwürfe: Was habe ich falsch gemacht? Habe ich als Mutter versagt? Habe ich ihn vielleicht zu sehr an mich gebunden? Oder habe ich als Vater irgendetwas übersehen? Konnte ich ihm nicht vermitteln, was es heißt, ein Mann zu sein?

Solche oder ähnliche Fragen gehen davon aus, dass es ein Makel ist, schwul zu sein, denn sonst hätte man ja nichts «falsch» gemacht. Eltern fragen sich ja normalerweise auch nicht, was es ausgelöst hat, dass ihr Sohn so gerne Spaghetti isst und keinen Spinat. Nach allem, was ich oben geschrieben habe, kann es also nicht darum gehen, eine Antwort auf solche Fragen zu finden. Ganz im Gegenteil: Man erleichtert sich das Leben ungemein, wenn man alle Selbstzweifel über Bord wirft. Es hat sowieso keinen Zweck, eine Antwort zu suchen, denn wie will man das schaffen, wenn selbst namhafte Wissenschaftler nach wie vor im Dunkeln tappen?

Vorurteile und falsche Ansichten überprüfen

Vorurteile und schwulenfeindliche Haltungen sind die größten Hürden, die sich beim Coming-out in den Weg stellen. Denn Vorurteile haben oft eine jahrhundertealte Tradition und haben sich zum Teil tief in das gesellschaftliche Bewusstsein und damit auch in die Köpfe von Schwulen eingegraben. Genau das aber ist das Fatale: Vorurteile werden von denen, gegen die sie sich richten, übernommen und verinnerlicht. In den USA haben sich viele Farbige zum Beispiel noch Jahrzehnte nach ihrer Befreiung minderwertig gefühlt – sie haben die rassistischen Auffassungen vieler Weißer zu ihren eigenen Ansichten gemacht und sie gegen sich selbst gerichtet. Auch heute noch gibt es genügend Farbige, die unter rassistischen Ansichten leiden.

Schwulenfeindliche Einstellungen oder Äußerungen sind so gefährlich – man kann das gar nicht oft genug erwähnen –, weil sie auf die sexuelle Identität eines Menschen abzielen und zur Folge haben, dass sich jemand dafür schämt oder gedemütigt fühlt. Daher ist es für jeden Schwulen, der im Coming-out steckt und damit Probleme hat, unbedingt notwendig, sich mit Vorurteilen auseinander zu setzen und sie zu entkräften. Vorurteile lassen sich manchmal schneller bewältigen, wenn man ihren geschichtlichen, sozialen und psychologischen Hintergrund versteht. Dann wird deutlich, dass sie mehr mit denen zu tun haben, die sie hegen und pflegen, als mit den Schwulen selbst.

Homosexualität ist krank oder gegen die Natur!

Nach wie vor der Renner bei den Vorurteilen. Ein Vertreter der katholischen Kirche hat kürzlich noch öffentlich gesagt, Homosexualität sei «wider die Natur».

Die Ansicht, Schwule seien krank oder unnatürlich, hat viel mit einer grundsätzlichen Einstellung zur Sexualität zu tun. Es ist noch gar nicht so lange her – im 19. Jahrhundert, der Nazizeit, den 50er Jahren –, da wurde Sexualität mit dem Zeugungsprozess gleichgesetzt. Das heißt: Alles, was der Zeugung diente, war normal und gesund, alles andere pervers, krank und gegen die Natur. Diese vereinfachte Sicht der Dinge betraf nicht nur Schwule: Der weibliche Orgasmus wurde lange Zeit ignoriert, weil er, biologisch gesehen, für die Fortpflanzung ohne Bedeutung ist. Ähnlich ging man mit der Selbstbefriedigung um: Jugendliche wurden mit allen möglichen Methoden daran gehindert, ihren Penis oder ihre Klitoris zu streicheln.

Diese Zeiten sind glücklicherweise vorbei, und die meisten Menschen haben kein schlechtes Gewissen mehr dabei, wenn sie im Bett miteinander Spaß haben, ohne dass dabei ein Kind entsteht. Wer aber weiterhin behauptet, Schwule seien krank oder gegen die Natur, der müsste auch Heterosexuelle dahin gehend überprüfen, ob sie sich im Sinne der Fortpflanzung verhalten. Viele tun das nicht, denn sie

- entscheiden sich zugunsten von Karriere und Beruf dafür, ein Leben ohne Kinder zu führen,
- gehen zu Prostituierten, ohne Kinder zu zeugen,
- sehen sich Pornos an, weil sie Lust dazu haben, und nicht, weil sie sich fortpflanzen wollen,
- nehmen Verhütungsmittel,
- verlieben sich und trennen sich, um der Beziehung willen und nicht wegen der Fortpflanzung,
- machen Petting,
- onanieren,
- toben in Leder und Lack durchs Schlafzimmer, ohne dass dabei Kinder entstehen.

Es ist an der Zeit, dass dieses Vorurteil endlich kompostiert wird.

Homosexualität ist unnormal!

Das ist die Light-Version von «krank» und «gegen die Natur». Aber eigentlich könnten wir mit der Schulter zucken, denn irgendwo ist da ja was dran, wenn man bedenkt, dass wir zahlenmäßig tatsächlich in der Minderheit sind. Es ist normal, in Deutschland deutsch zu sein, und nicht normal, hier Türke, Engländer oder Libyer zu sein. Es ist normal, Haare auf dem Kopf zu haben, und nicht normal, eine Glatze zu tragen. Doch leider wird die Norm von den meisten Menschen bewertet: Wer zur Mehrheit gehört, ist «richtig», wer zur Minderheit gehört, ist «falsch». Auch das gehört auf den Kompost. Politiker sind auch in der Minderheit und fühlen sich in der Regel großartig. Im Übrigen zeigt die Geschichte, dass sich Mehrheiten schon einmal fürchterlich geirrt haben.

Schwule verhalten sich unchristlich!

Es kann zu einem großen Problem werden, wenn man Christ ist und das Gefühl hat, mit seinem Schwulsein gegen die christliche Lehre zu verstoßen. Ich persönlich bin zwar davon überzeugt, dass weder Gott noch eine andere höhere Macht, wie immer man sie auch nennt, etwas gegen Schwule hat, aber ich erlebe es in Beratungen hin und wieder, dass Schwule stark in einem Glaubenskonflikt sind. Es hat keinen Zweck, das zu ignorieren und eine Diskussion über die Bibel zu beginnen oder die Kirchen zu verurteilen. Es kann vielmehr sehr hilfreich sein, sich mit fortschrittlich denkenden Vertreterinnen und Vertretern der Kirchen zu treffen und zu versuchen, eine sexualfreundliche Haltung sich selbst gegenüber zu entwickeln. Im Endeffekt sollte es nicht das Ziel sein, den Glauben aufzugeben oder das Schwulsein (Letzteres kann man sowieso nicht aufgeben), sondern beides miteinander zu vereinbaren. Im Adressteil findest du Ansprechpartner.

Homosexualität entsteht durch Verführung!

Man kann einen Menschen nicht zu einer sexuellen Orientierung verführen. Wie soll das gehen? Schwule werden ja auch nicht hetero, nur weil sich ihnen eine Frau nähert. Die «Verführungstheorie», die noch nie wissenschaftlich begründet werden konnte, ist mit eines der ältesten und unsinnigsten Vorurteile gegen Schwule. Sie unterstellt Schwulen, aggressiv vorzugehen und andere «rumkriegen» zu wollen. In der Nazizeit kostete dieses Vorurteil viele Schwule das Leben – Reichsführer SS Heinrich Himmler rechtfertigte damit unter anderem die Einweisung in die Konzentrationslager. Heute wissen wir, dass die sexuelle Orientierung eines Menschen sehr vielseitig sein kann. Natürlich kann es passieren, dass jemand nach einer Begegnung mit einem Mann feststellt, dass er schwule Anteile hat. Das hat dann aber nichts mit Verführung zu tun, sondern mit der Vielfalt sexueller Möglichkeiten: Es wurden Gefühle geweckt, die noch nicht bewusst waren.

Nach meiner Erfahrung spielt dieses Vorurteil zumindest bei Jugendlichen heute keine allzu große Rolle mehr. Die wenigsten glauben im Ernst, dass man jemanden zum Schwulsein verführen kann. Viele ältere Menschen dagegen tragen dieses Zerrbild noch von früher mit sich herum.

Manchmal benutzen Schwule selbst dieses Vorurteil, um sich zu schützen, indem sie die Verantwortung für ihr eigenes Schwulsein abgeben: «Ich kann ja gar nichts dazu – ich bin verführt worden!» Solange es dich schützt, ist nichts dagegen einzuwenden.

Schwule erkennt man sofort!

Das stimmt und stimmt nicht. Es gibt Schwule, die machen keinen Hehl aus ihrem Schwulsein und zeigen das auch nach außen. Andere wollen gar nicht, dass man es ihnen anmerkt, aber sie wirken irgendwie schwul, ohne dass man sagen kann, warum. Trotzdem ist es bedenklich, Regeln aufzustellen, was schwul wirkt und was nicht. Denn allzu oft liegt man mit seinem Urteil daneben, und die schrillste Tunte entpuppt sich plötzlich als größter Frauenheld. Aber davon mal abgesehen: Was ist schlimm daran, Schwule zu erkennen?

Wenn alle sexuellen Orientierungen selbstverständlich behandelt würden, wäre das gar kein Thema mehr. Geschäftsleute erkennt man auch auf den ersten Blick, genauso wie Türken, Frauen, Rothaarige oder Förster.

Schwule sind weiblich! Oder in der Hardcore-Fassung: **Schwule sind Schlappschwänze oder Weicheier!**

Jetzt geht's an die Substanz! Man kann einen Mann kaum mehr verletzen als dadurch, dass man ihm seine Männlichkeit aberkennt. Ich wage zu behaupten, dass die meisten Schwulen, die ein negatives Gefühl zu ihrem eigenen Schwulsein haben, besonders unter diesem Vorurteil leiden.

Es ist sicher kein Zufall, dass Kulturen, die ein strenges Männerbild vertreten, auch besonders viele Probleme mit Schwulen haben. Denn Schwulsein und Männlichkeit haben – zumindest in unserer Phantasie – viel miteinander zu tun. Das liegt daran, dass Schwule die Rollen von Männern und Frauen ganz schön durcheinander bringen können. Im Endeffekt geht es dabei um die Sexualität: Viele Schwule verhalten sich aus der Sicht einiger Menschen wie eine Frau, nur weil sie ihren Partner bei sich eindringen lassen. Das kann andere Männer aggressiv machen, weil es sie in ihren eigenen Wünschen und Bedürfnissen berührt: Männer, die immer unter dem Druck stehen, besonders männlich, also «stark», zu sein, werden ihre weiblichen, also «schwachen», Anteile dabei verleugnen müssen. Eigentlich würden sie aber auch gerne einmal «schwach» sein, denn nichts ist anstrengender, als immer einem bestimmten Bild entsprechen zu müssen. Da besonders Jungen in und kurz nach der Pubertät auf der Suche nach ihrer männlichen Identität und daher oft verunsichert sind, ist das Gebrüll um «die Schwulen» in den Schulen meistens heftig.

Für uns Schwule ist es wichtig, diese Zusammenhänge zu begreifen, denn nur so können wir uns von Angriffen abgrenzen und uns innerlich schützen.

Schwule haben einen tief sitzenden, oft unbewussten Frauenhass!

War früher in Psychologenkreisen ein beliebtes Vorurteil. Doch das hieße ja, dass heterosexuelle Männer andere Männer hassen würden, heterosexuelle Frauen andere Frauen und Lesben Männer. Aber wen hassen denn dann Bisexuelle?

Schwule denken immer nur an Sex!

Auch nicht mehr oder weniger als heterosexuelle Männer. Es kann natürlich sein, dass Männer insgesamt mehr an Sex denken als Frauen. Das ist aber unabhängig von der sexuellen Orientierung. Und überhaupt: Warum sollte man nicht an etwas denken, das schön ist? Wahr ist aber, dass sich Schwule eine Kultur geschaffen haben, in der man ziemlich schnell und einfach zu Sex kommen kann – wenn man will. Das verführt manche dazu zu glauben, wir würden dauernd an Sex denken.

Andererseits ist dieses Vorurteil wieder einmal ein Relikt aus gruseligen Zeiten. Schwule waren angeblich triebgesteuerte Wesen, die geifernd und sabbernd durch Parks schlichen und sich an unschuldigen Kindern und erwachsenen Männern vergriffen. Wenn man Minderheiten demütigen will, dann unterstellt man ihnen einen zügellosen Sexualtrieb. Den Juden erging es nicht anders.

Schwule sehen immer so gut aus!

Ich weiß auch nicht, woran das liegt.

«ICH BIN NOCH MITTENDRIN»

Interview mit Marcus, 19, der gerade sein inneres Coming-out hatte

Als ich Jenny, einer Freundin von mir, erzählte, dass ich Männer für ein Interview suche, sagte sie: ‹Frag doch mal den Marcus, der weiß noch gar nicht so richtig, was er eigentlich will.› Nun frage ich dich: Hat Jenny Recht?

Nicht ganz. Seit einigen Monaten bin ich mir sicher, dass ich schwul bin.

Seit einigen Monaten – das hört sich so an, als hätte ich dich mitten im Coming-out erwischt.

Ja, das kann man so sagen. Ich bin noch mittendrin. Seit ein paar Monaten habe ich es zwar für mich akzeptiert, es aber weder meinen Eltern noch meiner Ex-Freundin, noch auf meinem Arbeitsplatz erzählt.

Was macht dich denn plötzlich so sicher, schwul zu sein?

Ich war zwei Jahre mit einem Mädchen zusammen. Die Initiative für unsere Beziehung ging hauptsächlich von ihr aus. Ich glaube heute, dass die Hoffnung, nicht schwul zu sein, damals ein Grund war, die Freundschaft einzugehen – was mir natürlich nicht bewusst war. Ich habe sie auch geliebt, aber das war eher eine emotionale, eine geistige Liebe – weniger eine körperliche. Im Laufe der Beziehung flammte in mir immer wieder der Wunsch nach Sexualität mit einem Mann auf.

Habt ihr Sex miteinander gehabt?

Ja, aber Frauen erregen mich nicht. Wenn wir uns gestreichelt oder geküsst haben, hat das in mir schon sexuelle Gefühle geweckt, aber insgeheim wusste ich doch, dass meine Neigung eigentlich eine andere war.

Wie ging es dann weiter mit deinem Coming-out?

Vor einigen Monaten hat sie sich von mir getrennt. Sie meinte,

sie würde mich einfach nicht mehr lieben. Nach anfänglicher Trauer über die fehlende Nähe wurde ich mir über die positiven Aspekte unserer Trennung und meiner neuen Möglichkeiten bewusst: Ich konnte ja jetzt endlich Männer kennen lernen, was ich während der Beziehung nicht getan habe. Dann habe ich im Internet eine Kontaktanzeige aufgegeben und einen 21-jährigen Mann kennen gelernt. Eines Abends bin ich zu ihm nach Hause gegangen, und wir haben miteinander geschlafen. Ich war gespannt, wie mein Gefühl nach dem Sex sein würde. Es war toll, es war ein gutes Gefühl. In diesem Augenblick ist der Groschen gefallen, und ich wusste: ‹Ich bin schwul›. Danach war ich so aufgeregt, dass ich das gleich einem Freund erzählt hatte, der mich gerade auf meinem Handy anrief – ich weiß noch, das war am S-Bahnhof Friedrichstraße.

Du sagst, der Groschen wäre gefallen. Was hast du denn in all den Jahren zuvor gedacht?

Eigentlich wusste ich die ganze Zeit, dass ich schwul bin, aber ich habe es nie wahrhaben wollen. Ich habe es immer verdrängt. Mit 12, 13 haben mich das erste Mal Leute in meiner Klasse gefragt, ob ich schwul bin. Das hat mich total gekränkt, und mir ging es schlecht danach. Später habe ich in der Schule immer Mädchen hinterhergeschaut, obwohl mich die Jungs viel mehr interessierten. Oder bei der Selbstbefriedigung, da habe ich Phantasien mit Männern gar nicht zugelassen. Ich habe immer versucht, mir Mädchen vorzustellen, was aber nicht richtig funktioniert hat. Die Männer kamen immer wieder dazwischen.

Warum wolltest du nicht wahrhaben, dass du schwul bist?

Ich habe mich vor mir selber geschämt. Es war eine furchtbare Vorstellung, mit einem Mann Sex zu haben oder mit einem anderen Jungen Hand in Hand über die Straße zu gehen. «Schwuchtel» oder «Analverkehr» – das waren Begriffe, mit denen ich nichts zu tun haben wollte. Meine Clique, mit denen ich kumpelmäßig zusammen war, ist immer am Wochenende in die Disco gegangen und hat auch mal ab und zu über Schwule gelästert. Auch die Jungs in meiner Klasse haben über Schwule gelästert. Ich dachte, es wäre eklig, schwul zu sein. Ich hatte große Angst, ausgegrenzt oder anormal zu sein. Ich wollte das normale Rollenbild erfüllen, das man von einem erwartet: heiraten, Kinder kriegen. Ich dachte auch, ich bin der Einzige, dem es so ging. Ich wusste nicht, dass es eine richtige schwule Kultur gibt. Mitte der neunziger Jahre war das alles noch nicht so öffentlich wie heute – so kam es mir jedenfalls vor.

Kanntest du gar keine Schwulen?

Doch. Als ich noch ein Kind war, haben wir sonntags immer die «Lindenstraße» geguckt – das war ein fester Termin bei uns. Ich weiß noch, dass mich das schwule Paar – Carsten Flöter und wie der andere hieß, weiß ich nicht mehr – sehr interessiert hat. Später habe ich Bekannte von der Mutter meiner besten Freundin kennen gelernt – ein schwules Pärchen, Ende dreißig. Ich fand die unheimlich nett, aber hab mich niemals getraut, die auf mein Schwulsein anzusprechen. Vor meiner Beziehung mit meiner Freundin hatte ich zweimal schwulen Sex.

Wie war das für dich?

Der Sex selbst war gemischt. Einerseits hat es Spaß gemacht, aber andererseits habe ich mich dabei und hinterher schlecht gefühlt. Ich habe mich vor mir selber geekelt, wollte nur noch weg und abhauen und habe gedacht: ‹Sex mit einem Mann! Bist du etwa schwul?›

Aber heute kommen solche Gedanken nicht mehr?

Nein, überhaupt nicht mehr.

Wer weiß denn, dass du schwul bist?

Es wissen ungefähr zehn Freunde von mir.

Freunde oder Freundinnen?

(lacht) Neun Freundinnen und ein Freund. Aber ich möchte jetzt bald so richtig mein äußeres Coming-out angehen.

Was bedeutet denn äußeres Coming-out für dich?

Das bedeutet, dass ich es meiner Ex-Freundin, meinem Bruder und meinen Eltern – in dieser Reihenfolge – sagen werde und dass ich am Arbeitsplatz und in der Öffentlichkeit dazu stehen kann. Neulich habe ich mir ein paar Coming-out-Bücher in der Bücherei ausgeliehen und sie in der U-Bahn verdeckt gehalten, weil ich nicht wollte, dass das jemand sieht.

Fällt es dir leicht, es den anderen zu sagen?

Ja, ich glaube schon. Meiner Ex-Freundin gegenüber fühle ich mich verpflichtet; außerdem wissen es unsere gemeinsamen Freunde und müssen immer aufpassen, was sie sagen. Meine Eltern sind sehr tolerant, und ich habe es eigentlich nur nicht gesagt, weil noch nicht der richtige Moment war. Ich habe auch ein schlechtes Gewissen dabei, dass ich sie dauernd anlügen muss, wenn sie mich fragen, wo ich abends hingehe. Für meinen Bruder wird es kein Problem sein – einer seiner besten Freunde ist schwul. Und bei der Arbeit dürfte es auch nicht schwierig werden. Ich mache gerade meinen Zivildienst bei einer Tagesstätte für Alkoholkranke. Meine Kollegen sind alle eigentlich sehr tolerant.

Hast du einen festen Freund?

Nein. Aber ich suche eine normale feste Beziehung. Das ist nicht immer einfach. Ich habe festgestellt, dass man umso weniger Chancen hat, je dringender man sucht. Ich versuche gerade, innerlich ruhiger zu werden und die Dinge auf mich zukommen zu lassen. Früher hatte ich immer große Angst, als Schwuler alt zu werden. Ich dachte, die haben im Alter alle eine Glatze, einen dicken Bauch und sind einsam. Die haben nur noch One-night-stands, hocken in schwulen Bars und schauen sich nach jungem Frischfleisch um.

Wie gruselig! Wann fängt denn in deiner Vorstellung Alter an?

Bei vierzig ist die Grenze. Alles darüber ist für mich alt. Ich war richtig erleichtert, als ich erfahren habe, dass es Männer über vierzig gibt, die einen festen Freund haben.

Mittlerweile relativiert sich die Angst auch für mich. Ich habe viel nachgedacht und bin zu dem Schluss gekommen, dass ich jetzt in Ordnung bin, mit vierzig in Ordnung bin, und warum sollen es andere dann nicht auch sein?

Ein schönes Schlusswort. Vielen Dank für das Gespräch!

ÄUSSERES COMING-OUT

Die schwierigste, aber auch wichtigste Phase des Comingouts ist das «Nach-außen-Gehen» – das äußere Coming-out. Zwar kann es grundsätzlich in Ordnung sein, sich nicht zu outen und sein Schwulsein als ein kleines oder großes Geheimnis mit durchs Leben zu tragen. Viele Männer sind auf diese Art und Weise alt geworden. Doch ein dauerndes Verheimlichen kann auch sehr bedrückend sein. Die Sexualität ist zwar nur ein Teil unserer Persönlichkeit, aber sie ist ein wichtiger Teil, denn wenn wir sexuell unzufrieden oder gar unglücklich sind, wirkt sich das auf unser gesamtes Wohlbefinden aus.

Im Übrigen stört es die Beziehungen zu anderen Menschen, wenn wir ständig einen wichtigen Teil unseres Lebens verheimlichen müssen. Wie soll gegenseitiges Vertrauen entstehen, wenn uns andere von ihren Beziehungen erzählen und wir irgendetwas von einem Mädchen oder einer Frau stammeln, die wir angeblich gerade kennen gelernt haben? Schwule, die sich verstecken, müssen schauspielern und dabei aufpassen, dass ihnen kein Fehler unterläuft. Viele erleben es daher als eine große Erleichterung, wenn sie sich jemandem mitgeteilt haben.

Sich Zeit lassen

Doch es sollte nichts übereilt werden, denn die anderen werden uns vielleicht, aber nicht unbedingt mit Rosen empfangen, wenn wir uns outen. Ich selbst gehöre nicht zu denjenigen, die sagen, man sollte sich unbedingt outen. Ganz im Gegenteil: Ich finde, du solltest gut prüfen, wem du dich öffnen kannst und wem nicht. Erst wenn das eigene Selbstbewusstsein groß genug ist und man sich stark genug fühlt, mögliche Tiefschläge einzustecken, ist es sinnvoll, nach außen zu gehen. Viele Männer öffnen sich erst, wenn sie eine schwule Beziehung führen oder erste sexuelle Erfahrungen mit anderen Jungs und Männern gemacht haben, weil sie sich dann sicherer fühlen und besser zu ihren Gefühlen stehen können. Wenn dir unwohl dabei ist, es einem bestimmten Menschen zu sagen, dann lass es und warte ab. Je mehr du innerlich zu deinem Schwulsein stehen kannst, desto sicherer wirst du, und desto weniger können dich andere verletzen. Die folgenden Kapitel prüfen ganz genau, welche Vor- und Nachteile es hat, sich bei bestimmten Menschen zu outen.

Es den Eltern sagen

Für viele Schwule verläuft ein Coming out erst dann befriedigend, wenn sie sich nicht mehr vor den Eltern verbergen müssen. Die meisten sagen es auch irgendwann. Schwule, die es ihren Eltern nicht sagen, sind oft sehr intensiv damit beschäftigt, es geheim zu halten oder darüber nachzudenken, ob und wie sie es den Eltern beibringen könnten.

Das ist nicht verwunderlich, denn die Beziehung zu den Eltern ist grundlegend. In der Jugend ist sie noch sehr eng, weil viele Jungen, die merken, dass sie schwul sind, die Ablösung von zu Hause noch nicht abgeschlossen haben.

Und auch als Erwachsene, wenn Partner oder Freunde den Platz der Eltern längst eingenommen haben, ist und bleibt die Beziehung zu den Eltern die erste und bedeutsamste unseres Lebens. Daher ist eine Auseinandersetzung mit den Eltern über das eigene Schwulsein auch immer etwas Besonderes.

Etwas Besonderes heißt in diesem Fall, dass man ein Coming-out vor den Eltern nicht einfach unter den Tisch fallen lassen kann, wie man es vielleicht am Arbeitsplatz oder mit flüchtigen Bekannten versucht. Das Schwulsein ist ein so wichtiger Aspekt im Leben eines Mannes, dass es schwierig sein kann, das auf Dauer in einer Beziehung zu den Eltern auszuschließen.

Clemens, 28,

beschäftigt sich seit seinem inneren Coming-out – das heißt seit mehr als zehn Jahren – damit, ob er es sagen soll oder nicht. Seine Eltern sind streng katholisch, und der Vater hatte vor Jahren eine schwere Herzoperation. Clemens befürchtet, dass sein Coming-out seinem Vater gesundheitlich schaden könnte. Also hat er sich irgendwann dafür entschieden, nichts zu sagen. Doch die Entscheidung ist nur halbherzig. Jedes Mal, wenn Clemens seine Eltern besucht, bleibt ein wichtiger, wenn nicht gar der wichtigste Teil seines Lebens außen vor. Die Gespräche werden schleppend und belanglos, und bei jedem Besuch verspürt Clemens den Drang, schnellstens wieder wegzufahren. Es ist offensichtlich, dass die Beziehung über kurz oder lang einschlafen wird. Eine Beziehung kann aber nur dann lebendig bleiben, wenn beide Seiten über wichtige Dinge beim anderen Bescheid wissen. Wenn wir den Eltern so etwas Grundlegendes wie die eigene sexuelle Orientierung vorenthalten, lassen wir sie außen vor. Leider sind die Zeiten noch nicht so liberal, dass es überflüssig geworden ist, das Schwulsein zu thematisieren.

Außerdem ist es für die eigene Entwicklung förderlich, wenn man sich der Auseinandersetzung mit den Eltern irgendwann stellt. Denn eine Konfrontation mit den Eltern bedeutet gleichzeitig, dass wir einmal mehr gezwungen sind, innerlich zu unserem Schwulsein zu stehen und das auch vor den Eltern zu vertreten. Das hilft, sich von zu Hause abzulösen und einen eigenen Weg zu gehen. Ich weiß, dass wir Schwulen da im Nachteil sind, weil Heterosexuelle sich nicht vor den Eltern mit ihrer Sexualität outen müssen. Doch so anstrengend dieser Prozess auch sein kann: Die Auseinandersetzung mit der eigenen Sexualität und der Umwelt, in diesem Fall mit den Eltern, kann selbstbewusst und stark machen.

Die Anerkennung von den Eltern ist zunächst noch wichtig

Viele Schwule, die sich noch nicht bei den Eltern geoutet haben, wünschen sich, von den Eltern mit der eigenen Sexualität angenommen und akzeptiert zu werden. Olaf zum Beispiel ist 24 und hat «es» vor zwei Jahren seiner Mutter gesagt. «Ich war unglaublich erleichtert danach. Bevor ich es ihr gesagt habe, musste ich beim Sex mit Tom manchmal daran denken, was meine Mutter wohl sagen würde, wenn sie das wüsste. Ich hab mir gewünscht, dass sie mir zuschaut und das toll findet, was ich mache.»

Jürgen, 29, hatte sich beim Sex geschämt, bevor es seine Eltern wussten: «Beim Sex schoss mir immer wieder mein Vater durch den Kopf, was der wohl sagen würde. Das war mir peinlich und hat den Sex irgendwie gestört. Er ist mir zwar nicht um den Hals gefallen, als er erfahren hat, dass ich schwul bin, aber mir war das hinterher auch egal, was er dachte.»

Den richtigen Zeitpunkt abwarten

Niemand sollte sich dazu drängen, sich bei den Eltern zu outen – ganz im Gegenteil. Es gibt Jungen und Männer, die outen sich zuerst bei Freunden oder in der Schule, weil der Schritt, es den Eltern zu sagen, noch zu groß ist. Im Übrigen kann man sich Freunden oft besser mitteilen, weil man zu denen mehr Distanz hat als zu den eigenen Eltern – und ihnen doch vertraut ist. Bei der Überlegung, sich gegenüber den Eltern zu outen, gilt, wie bei allen anderen Menschen, denen man sich mitteilen will: abwarten, sich Zeit nehmen und auf die eigenen Gefühle hören. Der richtige Zeitpunkt wird schon kommen, und wenn man dabei vierzig wird.

Wenn Eltern abweisend reagieren, liegen die Gründe dafür bei ihnen selbst

Um auf einen möglichen Konflikt mit den Eltern gut vorbereitet zu sein, ist es wichtig zu verstehen, was bei den Eltern passiert. Denn oft ist es so, dass die Reaktion der Eltern gar nichts mit uns als Schwulen zu tun hat, sondern vielmehr mit den Eltern selbst. Wer diese Zusammenhänge begreift, kann sich bei unangenehmen Reaktionen besser abgrenzen.

Es gibt aber auch sehr viele Eltern, die selbstverständlich und gelassen mit dem Schwulsein ihrer Söhne umgehen können. Zum Beispiel Karin und Peter aus Berlin, denen Benjamin mit 16 gesagt hat, dass er schwul ist.

Karin:

«Ich hatte mich schon oft gefragt, ob einer meiner Söhne – Benjamin oder Thorsten – schwul sein könnte. Aber nicht etwa, weil ich Angst davor hatte, so nach dem Motto: ‹Hoffentlich werden die nicht schwul›, sondern weil man im Fernsehen oder in der Zeitung so viel über Schwule und Lesben mitkriegt, dass man sich unweigerlich fragt, ob die eigenen Kinder nicht auch davon betroffen sein könnten. Ich selbst kenne keine Schwulen persönlich, aber anscheinend geht es denen ja nicht mehr schlecht. Ich muss auch ganz ehrlich sagen, und das sage ich jetzt nicht, weil ich irgendwie tolerant oder weltoffen erscheinen will, aber ich habe überhaupt keine Probleme damit.

Eines Tages, es war ein Montagmorgen, kam Benny vor der Schule zu mir und fragte mich, ob ich nachmittags Zeit hätte – er müsste mal mit mir reden. Irgendwie dachte ich mir schon, um was es ging. Ich dachte, entweder hat er Liebeskummer, oder er ist schwul. Nach dem Mittagessen haben wir uns ins Wohnzimmer zurückgezogen, und dann hat Benny gesagt, er wisse seit zwei Tagen, dass er auf Jungs steht.

‹Wie›, sag ich, ‹seit zwei Tagen – wie geht denn das?›

Er sagte, er wäre morgens wach geworden und hätte gewusst, dass er schwul ist. Und jetzt wollte er einen Freund kennen lernen – was er denn da machen könne. In dem Augenblick, wie er das so sagte, habe ich schon einen Schrecken gekriegt, das muss ich zugeben. Einen ziemlich großen sogar, obwohl ich immer dachte, das macht mir gar nichts aus. Das klang plötzlich alles so endgültig. Das Erste, was mir durch den Kopf schoss, war der Gedanke an Enkelkinder. Ich habe mir aber nichts anmerken lassen und mich schnell wieder beruhigt und musste dann auch ein wenig lachen, weil meine Vermutung vom Vormittag gestimmt hatte. Dann haben wir in einer Stadtzeitung die Adresse von einer Beratungsstelle gefunden, die Coming-out-Gruppen anbietet. Da ist Benny dann auch hingegangen und hat, soviel ich weiß, ziemlich lange daran teilgenommen.»

Peter:

«Ich hab das nicht ganz so locker gesehen wie meine Frau. Meine Frau hat mir gleich nach dem Abendessen, als Thorsten und Benny in ihrem Zimmer verschwunden waren, alles erzählt. Als Allererstes habe ich gedacht: ‹Was hast du da bloß falsch gemacht?› Ich hatte nie was mit Schwulen zu tun. Die ziehen zwar jedes Jahr zum Christopher Street Day durch die Stadt – das finde ich auch ganz witzig –, aber sonst habe ich da nie drüber nachgedacht. Am nächsten Tag habe ich mir meinen Kollegen in der Firma gegriffen und ihn darauf angesprochen. Wir haben lange miteinander geredet, über mich, über Schwule, über Vorurteile und vor allem auch über Männlichkeit. Er hat im Endeffekt gesagt, dass das doch alles kein Problem mehr heutzutage ist und dass ich mir nicht so einen Kopf darum machen soll. Seine Reaktion hat mich etwas beruhigt. Benny gegenüber hab ich aber so getan, als wäre das für mich ganz normal, hab ihm auch gesagt, er kann jederzeit zu mir kommen, wenn er Probleme hat. Aber mir selbst hat das ganz schön zu schaffen gemacht. Ich hab mich gefragt – ich weiß, das klingt vielleicht dumm – ich hab mich gefragt, ob ich kein richtiger Vater oder auch kein richtiger Mann für ihn war. Mit meiner Frau habe ich viel darüber gesprochen, und sie war es auch, die mich im Endeffekt davon überzeugt hat, dass wir nichts falsch gemacht haben und dass meine Sorgen viel mehr mit mir als mit Benny zu tun haben.»

Väter und Männlichkeit

Peter hat ziemlich bald begriffen, dass seine Sorgen mehr mit ihm selbst als mit seinem Sohn zu tun haben. Viele Väter zweifeln an der Männlichkeit ihrer schwulen Söhne – und an ihrer eigenen. Sie werfen sich vor, in der Erziehung versagt zu haben und nicht männlich genug gewesen zu sein, um einen Sohn großzuziehen. Peter ist aber nicht zu seinem Sohn gegangen und hat ihn mit Vorwürfen belastet. Stattdessen hat er ihm angeboten, dass er, Benjamin, jederzeit zu ihm kommen könne, wenn er Probleme habe. Die Sorgen um seine eigene Männlichkeit hat er mit dem Arbeitskollegen und mit seiner Frau geklärt.

Johanna:

Johanna, 45, ist Lehrerin, lebt in Fulda und weiß seit zwei Jahren, dass ihr jüngster Sohn Sebastian, 18, schwul ist. Das

Interview mit ihr war sehr aufschlussreich, da sie im Laufe des Gespräches immer mutiger von ihren Gefühlen zu Schwulen und zu ihrem Sohn gesprochen hat. Möglicherweise spricht sie stellvertretend für viele Mütter. Um den Prozess im Gespräch nachvollziehbar zu machen, gebe ich das Gespräch in der Form des Interviews wieder:

Wie haben Sie erfahren, dass Sebastian schwul ist?

Johanna: Das war vor zwei Jahren. Sebastian kam von einer Klassenfahrt wieder und war irgendwie verändert – gar nicht mehr so fröhlich, abwesender als sonst. Eines Tages habe ich ihn beiseite genommen und ihn gefragt, was los ist. Er fing an zu weinen und sagte, dass er sich verliebt habe. Ich fragte ihn: «Wer ist denn die Glückliche?», und dann sagte er: «Sven aus meiner Klasse.» (Pause. Johanna weint.)

Das scheint Sie sehr getroffen zu haben …

Getroffen ist gar kein Ausdruck. In mir ist eine Welt zusammengebrochen.

Was war so schlimm?

Schlimm war, dass ich mir Sorgen um ihn gemacht habe. Ich wollte immer, dass meine Kinder glücklich werden. Aber als Homosexueller kann man nicht glücklich werden.

Warum nicht?

Wenn zum Beispiel Freunde von uns zu Besuch kommen und bei uns im Wohnzimmer sitzen und reden und Sebastian sitzt dabei und dann macht irgendein – Verzeihung – irgend so ein Scheißkerl einen Schwulenwitz, dann bricht es mir das Herz. (weint wieder)

Sie machen sich Sorgen um Ihren Sohn. Aber wie geht es Ihnen persönlich mit Schwulen?

Für mich ist Homosexualität nicht gleichwertig mit Heterosexualität. Ich kann da nicht aus meiner Haut raus. Ich werfe meinem Mann vor, dass er Sebastian kein richtiger Vater war. Ich kenne einige Schwule, mit denen ich beruflich zu tun habe, und die sind alle auch sehr nett. Aber wenn sich jemand tuntig verhält oder in Leder rumläuft, dann finde ich das abstoßend.

Was mögen Sie an den Schwulen, die Sie kennen?

Mir gefällt, dass die auch weibliche Anteile haben; man kann sich besser mit ihnen unterhalten, sie haben ein größeres Gespür für Ästhetik, und viele sehen einfach besser aus.

Aber Tunten haben doch auch weibliche Anteile?

Ja, aber das ist mir zu viel. Da hört's für mich auf. Ein bisschen ist o. k., aber zu viel muss nicht sein.

Und was ist mit den Schwulen, die keine weiblichen Anteile haben?

Nein, also das kommt auch nicht in Frage. Leder und so was, das finde ich abstoßend.

Vermissen Sie weibliche Anteile bei Ihren heterosexuellen Partnern?

In gewissem Sinne ja. Ich wünsche mir oft, dass heterosexuelle Männer mehr weibliche Anteile zulassen würden. Doch andererseits ist es auch gerade die Andersartigkeit, die mich bei heterosexuellen Männern sexuell anzieht. Ich kann Ihnen da keine klare Antwort geben.

Es gibt also auch etwas Reizvolles am Schwulsein?

Nicht nur reizvoll, faszinierend sogar!

Warum dann die Tränen wegen Sebastian?

Wissen Sie, ich mache mir große Sorgen. Die NS-Zeit ist noch nicht lange vorbei, und die Vorurteile sind meiner Ansicht nach noch immer gravierend. Ich will nicht, dass mein Sohn einen schwierigeren Weg geht als andere. Und ich will auch nicht, dass er berufliche Nachteile hat. Wenn ich mir vorstelle, Heterosexualität wäre gesellschaftlich missachtet und ich müsste mich verstecken und mich zum Schein mit Frauen einlassen – wie furchtbar! Ich will nicht, dass es meinem Sohn so geht.

Aber glauben Sie nicht, dass es vielen Schwulen heutzutage gut geht?

Wenn ich ehrlich bin, nein. Die meisten bleiben allein und werden einsam alt. Die wenigsten können eine befriedigende Beziehung haben. Neulich wollte sich ein Bekannter von uns das Leben nehmen, weil sein Freund sich nicht um ihn gekümmert hat. Was sind das denn für Zustände?

Aber so etwas kommt doch in heterosexuellen Beziehungen ständig vor …

Da haben Sie Recht. Vielleicht sind es auch egoistische Gründe, wegen denen es mir schlecht geht.

Zum Beispiel?

Ich bekomme von Sebastian keine Enkelkinder. Gut, ich habe noch Marissa, aber Sebastian fällt als Erzeuger flach. Ich gebe zu, das ist gemein, dass ich so denke, aber es belastet mich.

Das ist nicht gemein, das ist ein Punkt, der viele Eltern beschäftigt. Gibt es noch andere egoistische Gründe?

Hoffentlich halten Sie mich jetzt nicht für bekloppt, wenn ich das sage. Ich sage es besser nicht.

Jetzt machen Sie mich neugierig …

Es gibt auch etwas Positives an Sebastians Homosexualität: Er geht mir nicht verloren. Eine andere Frau wäre eine Konkurrenz für mich, ein anderer Mann ist es nicht. Ich kann mir einfach nicht vorstellen, dass mir ein anderer Mann meinen Sohn wegnehmen würde; eine Frau würde das ohne weiteres tun.

Gibt es Wünsche an Ihren Sohn?

Wenn ich ehrlich bin, ja.

Viele Eltern haben erotische Wünsche an ihre Kinder. Die meisten verleugnen sie, weil sie es bedrohlich finden.

Ich weiß nicht, ob es unbedingt erotische Wünsche sind. Aber ich merke, dass ich Sebastian behalten möchte.

Finden Sie es denn erotisch, wenn zwei Männer miteinander Sex haben?

(Langes Schweigen) Wenn ich ehrlich bin, ja. Es macht mich an, wenn zwei Männer miteinander schlafen. Sehr sogar. Gerade das ist mir aber auch unheimlich. Ich habe Angst, dass ich darauf abfahren könnte.

Viele heterosexuelle Männer stehen darauf, wenn zwei Frauen miteinander schlafen. Bei Ihnen hört sich das so an, als müssten Sie Ihre sexuellen Wünsche an schwule Männer sehr im Zaum halten?

Ja, irgendwie schon. Es macht mich auch wütend zu wissen, dass sich Schwule uns Frauen entziehen. Ich denke manchmal, die sehen doch so gut aus, und die gehen uns Frauen verloren.

So wie sich Ihr Sohn jetzt auch entzieht …

Ja.

Wie geht es Ihnen denn mit schwuler Sexualität?

(nachdenklich) Es ist absurd, aber bei Heterosexuellen stört mich Analverkehr nicht – bei Homosexuellen stößt er mich ab.

Warum?

Weil der passive Teil der Beziehung irgendwie degradiert wird; ein Mann, der sich degradieren lässt; ich weiß, das ist absurd, aber der passive Mann ist in meinen Augen unmännlich.

Könnte es sein, dass Sie fürchten, dass Ihr Sohn unmännlich und dann für Sie nicht mehr attraktiv ist?

Ist es schlimm, wenn ich «ja» sage?

Nein, wenn es so ist …

Mein Gott, ich dachte immer, ich bin so aufgeklärt, und jetzt kommt raus, dass ich eigentlich stockkonservativ bin. Es ist wirklich so, dass ich nicht will, dass Sebastian in die Rolle einer Frau schlüpft. Er verliert dann an Attraktivität.

Der «richtige» Heterosexuelle, der keine weiblichen Anteile hat, ist eben doch reizvoller?

(lacht) Es ist schon unglaublich, wie widersprüchlich Gefühle sein können. Ich weiß selber nicht, was eigentlich los ist. Aber das ganze Thema berührt mich an der Basis. Ich wünsche mir einfach nur, dass Sebastian glücklich wird.

Ich bedanke mich ganz herzlich für das Gespräch!

Bei Johanna geht es mehr um eigene Probleme als um das Schwulsein ihres Sohnes. Sie hat Wünsche an ihren Sohn, die der nicht erfüllen kann. In ihren heterosexuellen Beziehungen reizt sie zum einen das heterosexuell Männliche, zum anderen vermisst sie weibliche Anteile, die sie wiederum bei Schwulen bewundert und ablehnt. Zudem wecken schwule Männer bei ihr sexuelle Phantasien, die sie sich selbst nicht zugesteht. All das hat nur was mit ihr selbst zu tun und nichts mit ihrem Sohn Sebastian. Der ist, wie Psychologen das nennen, eine Projektionsfläche. Auch ihre Vorurteile – Schwule führen konfliktreiche Beziehungen oder Schwule werden einsam alt – machen hauptsächlich ihr selbst zu schaffen, denn Schwulen geht es längst besser, als sie sich das vorstellt. Doch für ihren Sohn und für die Mutter-Sohn-Beziehung bedeuten ihre Konflikte eine große Belastung.

Ralf, der seine Geschichte jetzt erzählt, hat seinen Vater sehr selbstbezogen erlebt. Bei Ralfs Coming-out ging es auch um alle möglichen seelischen Störungen des Vaters, aber nicht mehr um Ralfs Schwulsein.

Ralf ist 23 und lebt in Hannover. Seine Eltern haben folgendermaßen reagiert:

«Es war im Frühling 2000. An einem Wochenende bin ich in die Nähe von Schweinfurt gefahren, wo meine Eltern wohnen. Sie hatten mich gebeten, an diesem Wochenende in ihrem Restaurant zu helfen, weil zwei Kellnerinnen krank geworden waren. Wegen des schönen Wetters war mit einem Gästeansturm zu rechnen. Heike, meine Schwester, und Achim, deren Mann, waren auch gekommen. Am Nachmittag saßen meine Mutter, Heike, Achim und ich in einem kleinen Wohnraum, der neben dem Gastraum liegt, und unterhielten uns, während mein Vater in der Küche stand und das Essen für die Gäste vorbereitete. Irgendwann fragte meine Mutter, ob ich inzwischen mal ‹was Weibliches› gefunden hätte – Hannover sei doch eine große Stadt. Ich habe bei der Frage so einen Schrecken bekommen, dass ich gar nicht nachgedacht habe und rausgeplatzt bin: ‹Nein, aber was Männliches.› Meiner Mutter fiel die Kinnlade nach unten – sie stand auf, sagte ‹Ach so› und ging hinter den Tresen, um Bier zu zapfen, obwohl nur zwei Männer dort saßen, die sie gar nicht gerufen hatten. Ich wollte hinterher, doch meine Schwester, die schon lange Bescheid wusste, meinte, ich solle sie in Ruhe lassen, das müsse sich erst einmal setzen. Mir war aber ganz mulmig, und dann bin ich ins Bad gegangen und habe mir eine heiße Wanne gemacht. Es war ein komisches Gefühl: Seit Ewigkeiten wollte ich es meinen Eltern sagen, und nun war es raus – einfach so!

Als ich in der Wanne saß, kam meine Mutter rein. Sie hatte dicke Augen vom Weinen. Sie meinte, das wäre alles kein Problem für sie, und sie hätte es sowieso schon längst gemerkt. Sie wollte es auf jeden Fall Vater erzählen. Ich war froh, dass sie das tat, weil ich es ihm nicht selber sagen wollte. Als ich mich angezogen hatte und wieder in den Wohnraum kam, sagte Mutter, dass Vater sich vor Schreck nach oben verzogen hätte. Ich sollte ihn erst einmal in Ruhe lassen. Heike sei bei ihm und würde sich um ihn kümmern. Hinterher habe ich erfahren, dass er auf dem Sofa gelegen und teilnahmslos an die Decke gestiert hat. Wie im Delirium hat er immer wieder gejammert, ich wäre kein richtiger Mann und womit er das alles verdient und was er nur falsch gemacht hätte. Heike hat bei ihm gesessen und ihm den Schweiß von der Stirn getupft. Mein Vater, das Opfer!

Mittlerweile wurde das Restaurant aber immer voller. Mutter stand immer noch mit dicken Augen hinter dem Tresen und bemühte sich, mit zwei Besoffenen ein Gespräch zu führen. Ich hab das alles nicht verstanden. Warum hat sie den Laden nicht einfach dichtgemacht? Warum hat sie sich stattdessen das Gelalle von den Kerlen angehört? Ich wurde langsam ärgerlich, weil ich das Gefühl hatte, ein Schwerverbrecher zu sein. Ich fragte meine Mutter, warum sie den Laden nicht zumachte, wenn das alles so ein Drama wäre. Stammkunden hatten wir sowieso nicht, denn unsere Gäste waren vor allem Ausflügler. Doch sie meinte, wir würden das schon hinkriegen.

Achim hatte sich bereits in der Küche zu schaffen gemacht, während Heike und ich anfingen, zu bedienen. Wir haben uns die Beine abgerannt, so voll war es. Angeblich hatte Vater eine Beruhigungspille genommen und gedroht, er würde am liebsten die ganze Packung fressen. Heike war wohl so wütend geworden, dass sie ihm die ganze Packung hingestellt hatte und meinte, er könne sich ja bedienen. Man muss sich das mal vorstellen – nur weil ich schwul bin!

Jedenfalls wurde der Laden immer voller, und wir hatten alle Hände voll zu tun. Irgendwann kam Achim aus der Küche und sagte, wir sollten mal kommen. Das klang fast panisch. Irgendwie dachte ich mir schon, dass es was mit mir zu tun hatte. Also sind wir in die Küche. Achim stand vor dem Fenster und hat mit dem Finger hinausgezeigt. Da ging mein Vater benommen und torkelnd in Richtung Wald – in der rechten Hand hielt er ein Luftgewehr. Heike schrie ‹Jetzt reicht's› und lief hinterher. Man muss dabei bedenken, dass sich die Gäste fast stapelten. Dann ist Achim auch noch hinterher und meinte, es wäre besser, wenn er mit Vater reden würde. Als ich auch noch rauswollte, weil es ja so ganz nebenbei um mich ging, hielt mich meine Mutter fest. Es wäre besser, wenn ich mich zurückhalten würde, weil Vater das nicht verkraften würde. Dieses zerbrechliche Häufchen Elend! Ich war so wütend, dass ich am liebsten nach Hannover zurückgefahren wäre – Scheiß auf die Gäste! Heute ärgere ich mich, dass ich das nicht getan habe. Nachdem Heike und Achim meinen Vater wieder ‹eingefangen› hatten, lag er den ganzen Abend weiter auf dem Sofa und wimmerte. Nur leider hatte niemand Zeit, ihm Luft zuzufächeln.»

Du bist nicht für deine Eltern verantwortlich

Viele Eltern brauchen Zeit, um mit dem Schwulsein ihrer Söhne fertig zu werden. Die Zeit sollte man ihnen auch geben. Aber du solltest dabei aufpassen, dass die Eltern nicht ausfallend oder beleidigend werden, dich in deinem

Coming-out bremsen oder deinem Selbstwertgefühl schaden. Wenn du das spürst, solltest du dich auf jeden Fall und ohne Wenn und Aber zurückziehen und deutlich abgrenzen.

Zum Schluss noch ein paar ermutigende Zahlen: In einer Umfrage, die in Berlin durchgeführt wurde, sagten 42 Prozent aller schwulen Jugendlichen, dass ihre Eltern ausschließlich positiv reagiert haben. 22 Prozent spürten widersprüchliche Reaktionen, das heißt, die Eltern reagierten zuerst negativ und später positiv. Nur 20 Prozent sprachen von deutlich negativen Reaktionen. Bei 16 Prozent wussten die Eltern noch nicht Bescheid. Wenn man die ausschließlich positiven und die widersprüchlichen Reaktionen zusammenfasst, dann ergibt sich ein Wert von 64 zu 20. Das ist doch nicht schlecht, oder?

(Quelle: Senatsverwaltung für Schule, Jugend und Sport Berlin. Fachbereich gleichgeschlechtliche Lebensweisen, in Zusammenarbeit mit Gewerkschaft Erziehung und Wissenschaft Berlin: Sie liebt Sie, Er liebt Ihn. Eine Studie zur psychosozialen Situation junger Lesben, Schwuler und Bisexueller in Berlin.)

Tipps für Eltern

- Wenn Sie erfahren, dass Ihr Sohn schwul ist und die Nachricht Sie erschreckt, dann nehmen Sie sich Zeit, um das zu verkraften.
- Teilen Sie Ihrem Sohn ruhig mit, dass Sie Zeit brauchen, und nutzen Sie den Rückzug, um mit sich selbst klarzukommen.
- Oft kann es helfen, mit anderen zu reden und sich Rat und Informationen zu holen. Sprechen Sie mit Freunden und Bekannten oder suchen Sie eine Beratungsstelle auf – PRO FAMILIA oder lesbisch-schwule Beratungsstellen können Ihnen sicherlich weiterhelfen.
- Vermeiden Sie es, sich selbst Vorwürfe zu machen, denn die Erziehung hat nichts, aber auch gar nichts mit der sexuellen Orientierung zu tun. Auch hierzu gibt es Informationsmaterial.
- Vermeiden Sie es, Ihrem Sohn Vorwürfe zu machen, denn niemand sucht sich seine sexuelle Orientierung aus.

Es in der Schule sagen

Wenn Schüler zu mir in die Beratung kommen und Unterstützung beim Coming-out in der Schule suchen, dann gehe ich die Sache sehr vorsichtig an. Denn man sollte gut abwägen, ob das Klima es zulässt, sich zu outen oder nicht.

Dafür spricht …

Wenn das Klima in der Klasse tolerant und offen ist und du dich mit deiner sexuellen Orientierung einigermaßen gefestigt fühlst, steht einem Outen nichts im Wege. Ganz im Gegenteil: Manchmal ist es ganz hilfreich, sich zuerst in der

Klasse zu outen, wo man vielleicht auch viele Freunde hat, bevor man es den Eltern sagt. Im Grunde genommen geht es bei jedem Outen darum, ein größeres schwules Selbstbewusstsein und mehr Lebensqualität zu erlangen. Je mehr Menschen, die uns wichtig sind, wissen, dass wir schwul sind, und je mehr positive Rückmeldungen wir bekommen, desto besser geht es uns. Viele Jungen, die sich in ihrer Klasse oder an ihrer Schule outen, erleben das als sehr große Erleichterung. Und viele Mitschüler reagieren tolerant, akzeptierend, interessiert und neugierig. Daher ist es grundsätzlich zu begrüßen, wenn sich jemand in der Schule outen will.

Dagegen spricht …

Wenn das Klima eher schwulenfeindlich ist und man sich selbst sehr verletzbar fühlt, kann es auch nach hinten losgehen, wenn man sich der Klasse oder einigen Mitschülern gegenüber mitteilt. Denn die Schule ist vor allem ein Arbeitsplatz, der einem zeitlich viel abverlangt – Schüler verbringen einen sehr großen Teil ihres Lebens in der Schule. Wenn etwas schief geht und die Mitschüler anders reagieren, als man das gehofft hat, ist man den Schikanen der anderen fast täglich ausgeliefert. Das kann zur Folge haben, dass das Selbstwertgefühl stark leidet, die Leistungen nachlassen und ein erstrebter Abschluss nicht geschafft wird. Ein Kollege hat mir die Geschichte eines Jungen erzählt, der sich nur bei einigen Mitschülern geoutet hat und sonst bei niemandem, also auch nicht bei Eltern oder Lehrern. Als die Mitschüler ihn mobbten, gab es keinen Menschen, dem er sich anvertrauen konnte. Er ist von der Schule gegangen und hat das Abitur geschmissen, weil er die täglichen Demütigungen nicht mehr aushielt.

«*Warnend und fördernd*»

Ich habe mit Stefan Witte, 36, gesprochen, der selbst schwul ist und an einer Berliner Gesamtschule Mathematik und Englisch unterrichtet. Ich habe ihn gefragt, wie es ihm als schwulem Lehrer an der Schule geht, wie er die Situation an Schulen grundsätzlich einschätzt und ob er dazu rät, sich zu outen oder nicht:

«Ich habe nie ein Geheimnis daraus gemacht, dass ich schwul bin. Ich dränge es niemandem auf, aber ich sage auch nicht ‹nein›, wenn man mich fragt. Als mich Schüler aus meiner Klasse gefragt haben, ob ich schwul sei, habe ich ‹ja› gesagt. Die Reaktion war angenehm: Die Schüler haben es hingenommen und mich ganz normal behandelt, als sei nichts geschehen. Es hat auch nicht meiner Autorität geschadet. Nur einmal, da hatte ich Pausenaufsicht und bin in einen Raum gegangen, wo eine kleine Gruppe von Schülern saß, die allerdings nicht zu meiner Klasse gehörten. Einer rief: ‹Ey, das ist doch kein Schwulenclub hier.› Dann habe ich ihn vor die Tür gebeten, ihm gesagt, dass das Konsequenzen hätte, und habe seiner Klassenlehrerin Bescheid gegeben. Von da an war Ruhe – der Schüler hat sich nicht noch einmal so aufgeführt. Sonst habe ich nie irgendwelche Beleidigungen erfahren. Für mich ist mein Schwulsein ohnehin kein Problem, aber für viele Schüler. Sie werden durch meine Anwesenheit täglich mit dem Thema konfrontiert und können damit nicht umgehen – vielleicht, weil es ihre Unsicherheiten mit der eigenen sexuellen Orientierung berührt.

Ich selbst bin sehr unsicher, was ich Schülern raten soll, wenn sie sich in der Schule outen wollen. Ich würde mich sowohl warnend als auch fördernd verhalten. Warnend in dem Sinne, als dass der Schüler wirklich sehr gut prüfen sollte, ob die Klasse mit seinem Coming-out umgehen kann. Fördernd, weil ich es grundsätzlich wichtig finde, dass man sich outet – auch in der Schule.

Ich erinnere mich noch gut an einen Jungen, der sich in seiner

Klasse geoutet hat. Anschließend ist er, man kann fast sagen: ‹gemobbt› worden. Mein Kollege und ich haben ihm unsere Unterstützung angeboten und ihm geraten, mit der Klassenlehrerin zu sprechen. Das hat er dann auch getan, mit dem Ergebnis, dass sie durchgegriffen und der Klasse einen Vortrag gehalten hat, der sein Ziel erreichte: Das Mobben hörte augenblicklich auf.»

Prüfen, ob die eigene seelische Verfassung ein Outen erlaubt

Ich selbst habe viele Jahre lang Seminare mit Schülerinnen und Schülern geleitet und finde es sehr schwierig, das Klima in den Klassen und die Haltung der Jugendlichen verallgemeinernd einzuschätzen im Sinne von: «Schüler sind alle lieb und nett» oder «Schüler sind alle kleine Monster, was Homosexualität angeht». Meine Erfahrung ist, dass sehr viele Schüler offen für schwule Themen und auch sehr interessiert daran sind. Die zunehmende gesellschaftliche Toleranz gegenüber Schwulen spiegelt sich auch in den Klassen. Bei sehr vielen Schülern, die ich kennen gelernt habe, dürfte es kein Problem sein, sich zu outen. Aber es gibt eben auch die anderen: Schüler, die sich zynisch, ablehnend oder aggressiv gegen Schwule verhalten. In manchen Klassen ist das Klima so aufgeheizt, dass ich jedem Schwulen sofort raten würde, genau zu prüfen, ob er ein mögliches Mobbing seelisch verkraften würde. Denn man darf nicht übersehen, dass Jungen, die sich soeben geoutet haben, noch sehr empfindlich, sehr verletzbar sind. Das ist auch weiter nicht verwunderlich, denn schließlich haben sie sich mit sexuellen Empfindungen gezeigt, die nicht bei allen Menschen auf Wohlwollen stoßen. Doch das Gefühl der Verletzbarkeit kann manchmal auch den Blick verstellen für das, was wirklich passiert. Robert, 22, erinnert sich noch gut daran, wie es ihm ging, als er sich in der Klasse outete:

«Ich war fünfzehn, als ich merkte, dass ich schwul bin. Kurze Zeit später wollte ich auch, dass es meine Klasse erfährt – meine Mutter wusste es bereits. Ich hatte aber keine Ahnung, wie ich es den anderen sagen sollte. Ich konnte ja nicht hingehen, mich vor die Klasse stellen und sagen: ‹Hört mal zu, ich bin übrigens schwul.› Also wollte ich das über Mario machen. Nach der Schule sind Mario und ich immer zusammen nach Hause gegangen – wir hatten denselben Weg. Ich wusste, wenn ich ihm das sage, dann wissen es am nächsten Tag alle. Also habe ich ihm, als wir gerade zum Bus gingen, gesagt, dass ich bisexuell bin (schwul habe ich mich nicht getraut). Er hat nur genickt und gar nichts gesagt. Keine Reaktion! Nichts! Ich hab mich aber auch nicht getraut, noch mal nachzufragen. Dann hab ich mir Vorwürfe gemacht und gedacht: ‹Hättest du doch bloß die Klappe gehalten.›

Die nächste Zeit passierte gar nichts in der Klasse. Niemand sprach mich an, niemand guckte blöd, kein dummer Spruch – obwohl ich jederzeit damit gerechnet habe. Ich war nervös, unsicher und fühlte mich andauernd beobachtet. Ich dachte, die würden ständig über mich reden und heimlich Witze machen. Einerseits wollte ich ja auch, dass sie es wissen, andererseits wollte ich das aber auch nicht. Mir ging es ziemlich beschissen in der Zeit. Immer, wenn ich mit Mario nach Hause gegangen bin, habe ich gehofft, dass er mich mal fragt, was ich damit gemeint hätte oder irgendwas anderes. Aber er hat kein Wort darüber verloren. Nach einiger Zeit, ich weiß nicht mehr, wie lange, habe ich es nicht mehr ausgehalten und habe ihn gefragt, wie er das denn finden würde, dass ich bisexuell bin. Zuerst hat er mich nur dumm angeglotzt – ich glaube, der wusste gar nicht, was ich meine – und dann hat er gesagt, er hätte keine Probleme damit, er hätte sich auch schon mal gefragt, ob er bisexuell wäre, aber er glaubte das nicht. Er meinte, er wäre ‹ganz normal›. Als er das so gesagt hat, war ich irgendwie erleichtert. Er hatte es niemandem erzählt, niemand wusste davon. Ich hatte mir das alles nur eingebildet. Dann habe ich gedacht: ‹O.K., jetzt stehst du auch dazu!›, und hab immer, wenn sie was von anderen Mädchen erzählt haben, gesagt, dass ich auf Jungs stehe. Ich weiß nicht, was sie wirklich gedacht haben, aber niemand hat mich dumm angemacht deswegen.»

Wenn die anderen mobben

Wenn sich ein Schüler in einer schwulenfeindlichen Umgebung geoutet hat, kann Folgendes passieren:

_ Einige oder alle aus der Klasse demütigen ihn in seinen sexuellen Empfindungen. Viele Jungs können dem innerlich gar nichts oder zumindest über lange Zeit nichts entgegensetzen und schämen sich für ihre sexuellen Empfindungen.
_ Einige oder alle aus der Klasse schließen ihn aus. Das berührt eine der größten Ängste des Menschen – die Angst vor Einsamkeit und gesellschaftlicher Isolation.
_ Demütigung und Isolation können zu Resignation und Leistungsabfall bis hin zu Selbstmordgedanken führen.

Jeder Junge, der sich in der Schule geoutet hat und merkt, dass die anderen nicht damit umgehen können, sollte sich auf jeden Fall noch anderen Menschen gegenüber öffnen, denn ein tägliches Gemobbt-Werden hält niemand lange durch. In so einem Fall kann es sehr hilfreich sein,

_ mit den Eltern zu sprechen, wenn man das Gefühl hat, es ihnen sagen zu können;
_ einen Lehrer/eine Lehrerin des Vertrauens mit einzubeziehen;
_ sich Freunden anzuvertrauen;
_ eine Beratungsstelle aufzusuchen.

Ansonsten gilt für das Coming-out in der Schule dasselbe, was auch für das Coming-out bei den Eltern gilt: Wenn eine unerwünschte Reaktion kommt, hat das nichts mir dir als Schwulem zu tun, sondern ausschließlich mit den Problemen der anderen. Denn an dir als Junge oder als Mann ist nichts falsch, auch wenn du das Gefühl hast, du seist nicht in Ordnung.

Vielleicht kann es helfen, wenn du verstehst, was das Problem bei vielen heterosexuellen Jungen ist. Dazu muss ich aber ein bisschen weiter ausholen: Es gab eine Untersuchung von einem Hamburger Sexualforscher, Gunter Schmidt, der Jungen im Jahre 1970 unter anderem nach ihrem homosexuellen Verhalten befragt hat. Das Ergebnis: 18 Prozent aller Jungen im Alter von 16 und 17 Jahren hatten schwule Erlebnisse; 10 Prozent erlebten sogar einen Orgasmus dabei. Das ist doch eigentlich recht viel, wenn man bedenkt, dass die Jungen mit Sicherheit nicht alle schwul waren. Doch Schmidt fragte das Gleiche noch einmal im Jahr 1990. Die befragten Jungen waren wieder zwischen 16 und 17. Und was kam heraus? Da die Zeiten immer schwulenfreundlicher werden, müssten viel mehr Jungen als damals schwule Erlebnisse haben. Doch das Gegenteil ist passiert: Nur zwei Prozent hatten schwulen Sex – mit Orgasmus sogar nur ein Prozent. Schwule sexuelle Erfahrungen unter Jugendlichen hatten also nicht nur ein wenig, sondern rapide abgenommen. Schmidt vermutet, dass das damit zusammenhängt, dass heutzutage jeder über Schwule redet. Damals in den Sechzigern und Siebzigern war Schwulsein etwas, über das nur hinter vorgehaltener Hand geflüstert wurde. Wenn zwei Jungen miteinander onaniert haben, dann konnten sie sich selbst immer noch sagen: «Schwul, was ist das? Mit mir hat das nichts zu tun.»

Heterosexuelle Jungen onanieren kaum noch gegenseitig

Heute kann man sich so etwas nicht mehr einreden. Viele kennen Schwule aus dem Fernsehen oder vielleicht sogar persönlich, und da die meisten nicht schwul sein wollen, onanieren sie auch nicht mit anderen Jungen. Es ist aber unwahrscheinlich, dass ein Bedürfnis, das 1970 noch bei 18 Prozent aller Jungen da war, zwanzig Jahre später verschwunden ist. Wir können also davon ausgehen, dass das Bedürfnis heutzutage eher unterdrückt wird, als das 1970 geschehen ist. Und was ist der Grund dafür? Ganz einfach: Angst! Oft ist es Angst, die einige heterosexuelle Männer davon abhält, sich ihren homosexuellen Anteilen zu stellen. Angst und Feindseligkeit haben viel miteinander zu tun. Der Begriff Homophobie, der ausdrückt, dass jemand schwulenfeindlich ist, heißt von seinem Ursprung her: krankhafte Angst vor Schwulen. Ein anderes Beispiel: Fremdenfeindlichkeit, wie sie zum Beispiel Rechtsextreme zur Schau tragen, heißt in der Fachsprache «Xenophobie». Vom Ursprung her bedeutet Xenophobie nichts anderes als die «krankhafte Angst vor Fremden». Niemand überdeckt seine Angst so sehr mit Aggression wie ein rechtsextremer Gewalttäter.

Die anderen haben Angst – sehr heftig sogar

Die Angst von heterosexuellen Jungen ist gewissermaßen verständlich. Jungen in und kurz nach der Pubertät sind oft noch sehr verunsichert in ihrer männlichen Identität. Einerseits sind sie als Männer so erzogen worden, dass sie immer stark sein müssen, andererseits wird von ihnen Charme und Einfühlungsvermögen erwartet. Das kann ganz schön verunsichern. Es geht also nicht nur dir als Schwulem so, dass du als Mann verunsichert bist – bei Heterosexuellen ist es nur anders gelagert. Je unsicherer aber die Jungen sind und je mehr sie glauben, einem Bild vom starken Mann entsprechen zu müssen, desto mehr werden sie sich aufblasen. Schwulsein bedroht ihr männliches Selbstwertgefühl, wenn sie davon überzeugt sind, dass Schwule keine richtigen Männer sind. Und was tut man am besten, damit niemand denkt, man könnte schwul sein? Man macht möglichst viele dumme Witze über Schwule oder ereifert sich lautstark, um von den eigenen Schwächen abzulenken. Das ist eine Binsenweisheit, die sich immer wieder bestätigt.

Ich habe zusammen mit meiner Kollegin in unserem Buch *Gemischte Gefühle – ein Lesebuch zur sexuellen Orientierung* sehr ausführlich über Homophobie und die Gründe dafür geschrieben. Im gleichen Buch ist auch ein Interview mit einem türkischen Jungen, der Vorurteile gegen Schwule hat. In diesem Interview wird deutlich, dass die Vorurteile nichts, aber auch gar nichts mit Schwulen, sondern nur mit ihm selbst zu tun haben.

Auch Mädchen oder Frauen können homophob reagieren, denn auch sie können ein völlig verzerrtes Bild von einem Mann mit sich herumtragen. Doch meistens sind es Männer, die Schwierigkeiten mit Homosexualität haben.

Sobald du dich für deine Gefühle schämst, haben die anderen, die mit sich selbst im Unklaren sind, gesiegt. Es ist daher wichtig, dass du dich innerlich schützt, wenn andere dumme Sprüche machen oder wenn du angegriffen wirst. Wenn sich in deiner Gegenwart mal wieder jemand aufbläst, dann solltest du ihm so viel Luft gönnen, bis er irgendwann geplatzt ist.

Es Freundinnen und Freunden sagen

Bei einer Umfrage unter Berliner schwulen Jugendlichen im Alter von 15–28 wurde unter anderem die Frage gestellt, wer, außer den Eltern, von dem Schwulsein der Befragten wisse. Ganz deutlich auf Platz eins landeten Freunde mit 82 Prozent, gefolgt von Freundinnen mit 71 Prozent. Akzeptierend reagierten dabei 86 Prozent der Frauen/Mädchen und 85 Prozent der Männer/Jungen. Zum Vergleich: Bei den Eltern waren es nur 42 Prozent, die ausschließlich positive Reaktionen zeigten.

Freundinnen und Freunde können beim Coming-out eine Schlüsselrolle spielen. Einerseits fühlt man sich ihnen verbunden und hat Vertrauen zu ihnen, andererseits ist die Beziehung nicht so eng, wie sie es oft noch zu den Eltern ist. Das hat den Vorteil, dass man mit Freundinnen/Freunden unbefangener über schwierige Themen sprechen kann.

Matthias

Matthias hat sich zuerst bei Freunden geoutet, bevor er es seinen Eltern erzählte:

«Ich war 16, als ich sicher wusste, dass ich schwul bin. Zu Hause wollte ich nichts davon erzählen, weil mein Vater und mein Bruder immer so komisch reagiert haben, wenn es um mich ging. Einmal hatte ich meine Haare blond gefärbt, und dann haben sie dauernd blöde Witze gemacht von wegen, ich sehe ja aus wie ein Schwuli. Irgendwann ist mein Vater richtig sauer geworden und hat mir verboten, die Haare blond zu färben. Er meinte, er wollte sich nicht vor den Nachbarn blamieren. Ich hab gesagt: ‹Das sind meine Haare, und damit kann ich machen, was ich will.› Meine Mutter fand die blonden Haare zwar auch nicht toll, aber sie hat nichts dagegen gesagt. Sie hat mit meinem Vater geredet, und danach war es wieder o. k.

Mein Bruder ist eben ein ‹richtiger Mann›, spielt Fußball und so. Ich gehe immer zum Standardtanzen, und das finden sie blöd. Mein Vater regt sich auch tierisch darüber auf, dass ich mal Modedesigner werden will. Ob ich eine Tunte werden wollte. Mit meiner Mutter komme ich ganz gut klar, aber ich will nicht, dass sie von meinem Schwulsein erfährt, weil sie es dann meinem Vater erzählt. Letztes Jahr sind mein Vater, mein Bruder und ich zu einem Campingurlaub nach Italien gefahren – das war die Hölle. Ich kam mir vor wie ein Aussätziger. Sie haben dauernd an mir rumgenörgelt, ich soll mit ihnen Fußball spielen und so ein Mist. Als ich wieder zu Hause war, hatte ich die Schnauze dicke voll von dem Heteroscheiß. Am liebsten wäre ich ausgezogen.

Kurz nachdem wir wieder da waren, musste ich mit jemandem reden. Meine besten Freundinnen sind Francis und Anna. Beide sind in meiner Klasse; Francis ist auch meine Tanzpartnerin. Eines Abends bin ich zu Francis gegangen. Anna war auch da. Dann habe ich ihnen gesagt, dass ich schwul bin. Anna hat gelacht und meinte, das hätte sie sich sowieso gedacht. Ich glaube, Francis war etwas enttäuscht, weil sie mich ganz gerne mag. Aber sie hat sich das nicht anmerken lassen, und ich habe auch nichts gesagt. Unserer Freundschaft hat mein Coming-out jedenfalls nicht geschadet.»

Erst die Freunde, dann die Mutter – und zum Schluss der Vater

Nachdem er es den beiden Mädchen gesagt hatte, fand Matthias immer mehr Mut, sich auch anderen gegenüber zu outen. Kurze Zeit später wusste es die ganze Klasse. Als Nächstes kam die Mutter an die Reihe, die sagte, sie hätte das schon lange geahnt, und die es auch gar nicht schlimm fand. Zum Schluss haben es Vater und Bruder von der Mutter erfahren. Matthias hatte durch den Rückhalt seiner Freunde so viel schwules Selbstbewusstsein aufgebaut, dass der Vater sich hätte die Zähne ausbeißen können, wenn er versucht hätte, Matthias noch ein einziges Mal wegen seines Schwulseins zu ärgern. Die Haare blieben blond, und das stand ihm auch recht gut.

Es der Partnerin oder der Ehefrau sagen

Ein Coming-out bei der Partnerin oder Ehefrau unterscheidet sich in einem wichtigen Punkt von anderen äußeren Coming-outs. Wenn ein Mann sich seiner Frau oder Freundin gegenüber outet, beendet er die Beziehung zur Partnerin zumindest in der Weise, wie sie bisher verlaufen ist – in den meisten Fällen beendet er damit die sexuelle Beziehung. Auch die Partnerin, die erfährt, dass ihr Mann oder Freund schwul ist, muss – ob sie will oder nicht – die Beziehung lösen oder neu definieren. Jedes Outen in einer heterosexuellen Bindung ist daher immer zugleich auch mit Abschied und Trauer verbunden. Denn in vielen Fällen empfinden schwule Männer eine tiefe Zuneigung zu ihrer Ehefrau oder Partnerin und wollen sie nicht verlieren. Manchmal gibt es auch gemeinsame Kinder, sodass ein Outen gleichzeitig ein Lösen von der Familie bedeutet. Es ist verständlich, dass viele Männer große Schwierigkeiten damit haben, ein Coming-out bei der Partnerin oder in der Familie zu durchleben.

Die Beziehung geht weiter, aber anders

Ich persönlich kenne das Thema aus Beratungen und aus meinem Freundes- und Bekanntenkreis, wo einige Männer sich nach jahrelangen heterosexuellen Beziehungen von ihren Partnerinnen gelöst haben. Auch mein Freund hat lange mit einer Frau zusammengelebt. Ich kann daher sagen, dass bei den meisten ehemaligen Paaren, die mir begegnet sind, die Beziehungen anschließend auf einem anderen, liebevollen und freundschaftlichen Niveau weiter fortgeführt wurden. Es ist für beide Partner oft erleichternd, wenn der schwule Mann mit offenen Karten spielt. Denn nichts ist bedrückender, als wenn man seine Sexualität ein Leben lang vor Menschen, die man liebt und schätzt, verheimlichen muss.

Angst, es ihr zu sagen – zum Beispiel Christian

Wie groß die Angst sein kann, sich bei der Freundin zu outen, zeigt die Geschichte von Christian, 35:

«Als ich 24 war, habe ich mich total in Cordula verliebt – und sie sich in mich. Kurz darauf trennte sie sich von ihrem Ex-Freund, und wir wurden ein richtiges Traumpaar.

Doch nach zwei Jahren Beziehung kamen meine schwulen Gefühle hoch, die ich zwar schon immer gespürt hatte, aber nie so richtig wahrhaben wollte. Damals bin ich mit einem Freund, der gerade sein Coming-out hatte, öfter schwul ausgegangen. Während er ab und an bei Männern übernachtet hat, lief bei mir nichts, außer dass ich wild geflirtet habe. Doch dann habe ich einen Kölner kennen gelernt, in den ich mich ein bisschen verliebt habe. Als ich das Cordula gestanden habe, wurde sie sehr wütend. Sie sagte, dass sie sich von mir trennen würde, wenn ich sie mit einem Mann betrügen würde. Hätte ich mich in eine andere Frau verliebt, so hätte sie es mir vielleicht verzeihen können, aber bei einem Mann wäre das etwas anderes. Sie habe schon einmal eine langjährige Beziehung zu einem Mann gehabt, der während der Beziehung sein Coming-out hatte. Die Trennung von ihm hatte sie sehr verletzt, und sie wollte so etwas nicht noch einmal erleben.

Ich habe Cordula dann versprochen, dass ich mich nicht wieder auf etwas Schwules einlassen würde, und habe dem Kölner den Laufpass gegeben.

Silvester 88/89 sind Cordula und ich nach Berlin gefahren, weil Cordula wie jedes Jahr mit einem Freund feiern wollte. Von Cordula wusste ich schon, dass dieser Freund schwul ist. Als ich ihn kennen gelernt habe, ging es mir total schlecht, denn mir wurde plötzlich bewusst, dass ich so leben und sein wollte wie er – ganz normal schwul. Ich fühlte mich stark zu dem Mann hingezogen und hab ihm das auch gesagt, aber er wollte darauf nicht eingehen. Die Situation war ja auch viel zu brisant, da er ein langjähriger Freund von Cordula war. Ich war ratlos; ich wusste nicht, was ich machen sollte. Als ich wieder zu Hause war, habe ich meine Schwester angerufen. Aber sie sprach nicht mit mir über meine Gefühle, sondern nur über die gesellschaftlichen Konsequenzen: ‹Wenn du unbedingt schwul sein willst, dann zieh zumindest nach Berlin – da gibt's so viele Schwule, da kann man vielleicht offen leben. Hier in dem Kaff behältst du dein Schwulsein besser für dich!› Ich habe dann wieder versucht, meine schwulen Gefühle zu unterdrücken. Kurze Zeit später musste ich für ein dreimonatiges Berufspraktikum nach Bielefeld. Dort fühlte ich mich völlig unbeobachtet und fing wieder an, schwul auszugehen. In dieser Zeit habe ich einen Frankfurter kennen gelernt. Er hieß Klaus und sagte mir, er sei in mich verliebt. Wir haben ein paarmal miteinander geschlafen. Cordula habe ich natürlich nichts davon erzählt. An einem Wochenende wollte Cordula wieder einmal mit mir nach Berlin fahren, aber ich wollte Klaus in Frankfurt besuchen. Ich habe ihr erzählt, ich wäre von einem Zivildienstkollegen zu einer Party in Frankfurt eingeladen worden. Natürlich bin ich in Wirklichkeit zu Klaus gefahren. Das Wochenende in Frankfurt habe ich sehr genossen. Er hat mir die Stadt gezeigt, und abends waren wir schwul aus. Die ganze Zeit zeigte er mir, wie sehr er mich mag. Am Sonntagabend brachte er mich mit seinem Auto wieder nach Bielefeld. Mir ging es die ganze Fahrt über ziemlich schlecht. Ich wusste, ich hatte eine Grenze überschritten. Ich hatte Cordula betrogen und musste ihr endlich die Wahrheit sagen, aber ich hatte große Angst, weil ich wusste, dass ich sie dann verlieren würde. Noch am selben Abend rief Cordula mich in Bielefeld an und sagte mir auf den Kopf zu, dass sie mich von Anfang an verdächtigt habe, sie zu belügen. Ich sei doch gar nicht bei einem Zivildienstkollegen gewesen, sondern bei einem schwulen Mann. Da konnte ich es nicht mehr leugnen. Das Telefonat bedeutete die Trennung von Cordula.

Am nächsten Tag rief ich sie an, aber sie wollte nicht mehr mit mir über das reden, was geschehen war. Ich war viel zu konfus, um nur einen klaren Gedanken zu fassen. Ein paar Tage später rief Cordula an und sagte, sie wolle mir meine Sachen wiederbringen, aber ich solle nicht in der Wohnung sein, sie wolle mich nicht sehen. Ich dachte, sie würde mir meine beiden Pullover, die noch in ihrer Wohnung lagen, wiederbringen, doch als ich nach Hause kam, war in meinem Zimmer ein großer Haufen aufgetürmt. Cordula hatte alle Sachen, die irgendwie mit mir zu tun haben, auf den Boden gehäuft – alles, was ich ihr in den vier Jahren einmal geschenkt hatte; meine Briefe, Fotos, alle Weihnachts- und Geburtstagsgeschenke, quasi die ganze Beziehung. Das wirkte auf mich wie eine schallende Ohrfeige. Ich konnte spüren, wie tief ich sie verletzt hatte. Ich brauchte unbedingt Abstand. Glücklicherweise habe ich kurz darauf ein Auslandsstipendium bekommen und bin für ein Jahr nach Italien gegangen – weit genug weg von allem. Von dort aus habe ich zwei Briefe an sie geschrieben, aber sie hat nicht geantwortet. Vier Jahre lang hatten wir keinen Kontakt.

Eines Tages bekam ich eine Urlaubskarte von ihr. Ich habe mich sehr darüber gefreut und ihr geantwortet. Einige Monate später haben wir ein Treffen in einem Café verabredet. Es war anfänglich sehr schwierig, miteinander zu sprechen, aber ich war froh, sie wiederzusehen. Sie hat mir vorgeworfen, dass ich sie die ganze Zeit über angelogen habe. Ich fühlte mich schuldig, aber ich wusste auch, dass ich sie wirklich geliebt hatte. Heute denke ich, meine Problematik war das doppelte Spiel gewesen. Ich war zu feige, ihr die Wahrheit zu sagen. Ich hätte viel früher damit herausrücken sollen. Aber ich hatte gedacht, ich könnte alles haben, Männergeschichten und eine Beziehung zu Cordula. Nur weil ich zu feige war, mir einzugestehen, dass ich als schwuler Mann leben will. Ich hatte Cordula belogen und mich selber auch.»

Heimlich schwul – zum Beispiel Alexander

Alexander, 45, lebt mit seiner Frau und seiner Tochter zusammen. Bis auf einen guten Freund weiß niemand, dass er schwul ist.

«Ich will nicht, dass meine Familie erfährt, dass ich homosexuell bin. Ich möchte weiterhin mit ihnen leben, und ich schäme mich auch dafür, auf Männer zu stehen. Es ist schon eine große Belastung für mich. Aber meine Frau würde es nicht verstehen. Wir sind jetzt seit fast zwanzig Jahren verheiratet, und wenn ich ihr jetzt sagen würde, dass ich schwul bin, würde eine Welt für sie zusammenbrechen. Sie würde mir vorwerfen, dass ich sie all die Jahre betrogen hätte. Und sie hätte auch Recht damit. Ich betrüge sie eigentlich täglich, wenn ich phantasiere, mit einem Mann ins Bett zu gehen. Meinen Sie, sie würde es mir abnehmen, dass ich sie liebe? Wie kann ein Homosexueller eine Frau lieben? Aber ich liebe sie, ob Sie es glauben oder nicht. Es gibt eben auch die andere Seite. Und die quält mich. Jeden Nachmittag, wenn ich von der Arbeit komme, fahre ich an einem Parkplatz vorbei, wo sich Männer treffen. In der Nähe des Parkplatzes ist eine Toilette, wo sie es dann machen. Vor zwei Jahren habe ich einen Mann dort getroffen, Peter heißt der, der sich in mich verliebt hat. Ich habe ihn – meistens an Sonntagen – zu Hause besucht. Das lief alles ganz gut bis zu dem Zeitpunkt, wo seine Gefühle für mich so stark wurden, dass er von mir verlangt hat, ich solle mich meiner Frau gegenüber öffnen. Ich habe gesagt: ‹Kommt nicht in Frage!› Dann habe ich die Beziehung beendet, weil mir das zu heiß wurde. Doch die Zeit danach war sehr belastend: Ich hab eine Wahnsinnsangst gehabt, dass der meine Adresse rausfindet und bei uns zu Hause anruft. Also bin ich immer wieder zum Parkplatz und habe mit ihm geredet. Er ist mir manchmal nachgefahren, weil er wissen wollte, wo ich wohne. Irgendwann habe ich ihm die Nummer von meinem Büro gegeben. Ich dachte, wenn wir öfter telefonieren, ist er ruhig gestellt und verfolgt mich nicht weiter. Das hat auch geholfen. Doch dann ist etwas ganz anderes passiert –

ich habe mich in jemanden verliebt, den ich auf dem Parkplatz kennen gelernt hatte. Zu der Zeit habe ich oft überlegt, ob ich meiner Frau Bescheid sagen sollte. Ich konnte nicht mehr schlafen, wollte von zu Hause weg und bin mir wie ein Betrüger, wie ein Krimineller vorgekommen. Ich konnte meine Frau kaum noch ertragen, und auf der anderen Seite tat sie mir auch Leid. Aber ich habe meinen Mund gehalten. Stattdessen habe ich ganz viel mit Peter darüber geredet. Wir sind heute gute Freunde geworden, und er ist der Einzige, der weiß, dass ich homosexuell bin.»

Überrascht, erstaunt und verletzt – zum Beispiel Christiane

In vielen Fällen reagieren die Partnerinnen gar nicht so dramatisch, wie ihre Männer sich das vorstellen. Trotz aller Verletzungen kommen sie besser damit klar, wenn sie es wissen, als wenn man es ihnen verheimlicht und die Beziehung darunter leidet.

Christiane, 36, ist Architektin und hat vor über zehn Jahren erfahren, dass ihr damaliger Liebhaber Jan schwul ist. Wie es ihr dabei ging, habe ich im Interview erfahren:

Wie hast du erfahren, dass Jan schwul ist?

Damals lebten wir in Aachen und haben beide Architektur studiert. Wir hatten aus meiner Sicht eine sehr gute Beziehung. Ich konnte mir gut vorstellen, mit Jan alt zu werden. Zu der Zeit hatte ich eine Affäre mit einem anderen Mann, und da Jan und ich uns alles sagten, habe ich Jan natürlich auch davon erzählt. Am selben Abend hat Jan mir aber gesagt, dass er manchmal darüber nachdenkt, schwul zu sein.

Was hast du in dem Augenblick empfunden?

Ich war überrascht und erstaunt und verletzt natürlich. Aber dann habe ich das erst mal verdrängt und gedacht: «Vielleicht überlegt er sich das noch anders.» In gewisser Weise habe ich das nicht so richtig ernst genommen.

Wie ging es dir denn in dieser Zeit mit Schwulen?

Das war überhaupt kein Thema für mich. Ich kannte bis dahin nur einen Freund, der schwul war; ich hatte aber auch keine Vorurteile oder Bedenken dagegen. Ich habe einfach nicht darüber nachgedacht.

Was passierte dann, nachdem Jan dir das gesagt hat?

Zunächst ging alles ganz normal weiter. Etwa ein halbes Jahr später – wir haben beide im selben Büro gearbeitet, das gegenüber von Jans Wohnung lag – bin ich in der Mittagspause rüber zu Jans Wohnung gegangen, weil ich wissen wollte, warum er nicht im Büro war. Sein Mitbewohner war da und meinte, Jan wäre die Nacht über gar nicht zu Hause gewesen. Hinterher kam raus, dass er bei einem anderen Mann übernachtet hat.

Wie ging es dir jetzt?

Das war ein Schock! Du musst bedenken, dass ich immer noch der Überzeugung war, Jan und ich hätten eine Traumbeziehung. Ich war total wütend und konnte es kaum noch ertragen, mit ihm zusammenzuarbeiten. Wir saßen aber gerade gemeinsam an einem Uniprojekt, und ich wusste, dass ich irgendwie damit klarkommen musste. Das war nicht leicht für mich, wenn er zur Arbeit kam, supergut aussah, supergut drauf war und ich mit der Tatsache fertig werden musste, den Mann fürs Leben verloren zu haben.

Wäre es für dich anders gewesen, wenn Jan dich wegen einer anderen Frau verlassen hätte?

Das kann ich nicht sagen, weil mich noch nie ein Mann wegen einer anderen Frau verlassen hat. Aber mein Selbstbewusstsein war schon sehr angeknackst durch die Trennung, und das wäre mir bei einer anderen Frau ähnlich gegangen. Doch andererseits hätte ich mehr um Jan gekämpft, wenn es eine Rivalin gegeben hätte. Man kann es, glaube ich, schneller akzeptieren, wenn der Partner schwul ist, weil man das sowieso nicht ändern kann.

Wie ging es mit euch beiden weiter?

Kurz danach bin ich für einige Wochen durch die USA gereist. Wir wollten eigentlich einen Teil der Reise gemeinsam machen, aber das hatte sich ja nun erledigt. Als ich nach Aachen zurückkam, nahmen Jan und ich wieder eine Beziehung auf. Doch dieses Mal wusste ich, dass das nur zeitlich begrenzt sein konnte, bis er den nächsten Mann kennen lernen würde. Und das geschah dann auch. Die zweite Trennung von Jan war dann auch nicht mehr so schlimm für mich.

Wie ging es mit eurer Freundschaft weiter?

Sehr gut. Wir haben uns ja nicht getrennt, weil wir uns nicht mehr verstanden haben, sondern weil Jan festgestellt hat, dass er Männer liebt. Zwischen uns blieb aber alles wie früher – bis auf die Tatsache, dass wir nicht mehr miteinander geschlafen haben. Nach der Beziehungstrennung sind wir zusammengezogen, was uns noch näher zusammengebracht hat. Heute verstehen wir uns immer noch so gut wie damals, und das ist alles fast dreizehn Jahre her. Zusammen mit Mark, meinem Freund, leiten wir ein gemeinsames Architekturbüro.

Gibt es für dich etwas, das an schwulen Männern anziehender ist als an heterosexuellen?

Ich finde viele heterosexuelle Männer dominant. Sie wollen Vorschriften machen und einer Frau sagen, was sie tun und lassen soll. Ich bin aber selbst ein dominanter Typ, und ich lasse mir ungern etwas vorschreiben. Mit Schwulen ist das irgendwie gleichberechtigter. Schwule dominieren nicht so. Außerdem kann ich mit den Schwulen, die ich kenne, viel besser einkaufen gehen. Mark kriegt schon nach fünf Minuten eine Krise, wenn er ein Kaufhaus betritt.

Und was zieht dich an heterosexuellen Männern an?

Mark setzt mir viel entgegen. Mit meiner dominanten Art kann ich ihn nicht wirklich unter Druck setzen – er lässt sich einfach nichts gefallen. Das mag ich.

Ich bedanke mich für das Gespräch.

Es am Arbeitsplatz sagen

Wer eine volle Stelle hat, ist normalerweise an fünf Tagen die Woche für fast acht Stunden täglich an seinem Arbeitsplatz – das ist mehr Zeit, als wir mit unserem Partner oder mit Freunden verbringen. Zwischen Arbeit und Mensch besteht sozusagen eine Beziehung, die mehr Zeit und Energie abverlangt als alles andere im Leben. Wenn sich ein Schwuler an seinem Arbeitsplatz versteckt, dann heißt das, dass er den größten Teil seines Lebens damit verbringt, zu schauspielern – ein anstrengendes Unterfangen.

Dietmar

Dietmar, 27, aus Köln erlebte Folgendes:

«Ich bin Fitnesstrainer und habe als Koordinator in einem großen Fitnessstudio in Köln gearbeitet. In der gesamten Hierarchie des Clubs war ich ungefähr in der Mitte. Die Mitarbeiter waren alle heterosexuell. Viele hatten auch ganz eindeutig etwas gegen Schwule. Von meinem Chef habe ich irgendwann erfahren, dass das Management es nicht gerne sehen würde, wenn die Mitarbeiter schwul sind. Der Witz an der ganzen Sache ist aber der, dass die männlichen Mitglieder, die im Club trainieren, fast alle schwul sind. Das muss man sich mal vorstellen! Das Management hat was gegen Schwule, die ihnen auf der anderen Seite die Kohle in den Rachen schaufeln!

Weil ich aber Angst hatte, blöde angemacht zu werden oder nicht aufsteigen zu können – damals wollte ich dort Karriere machen –, habe ich mich verstellt. Viele der anderen Trainer wirkten so schwulenfeindlich, dass ich mich regelrecht geschämt habe, schwul zu sein. Ich hatte auch Angst, meine Autorität zu verlieren.

Ich habe dann so richtig einen auf hetero gemacht – mir ist das schon ein wenig peinlich, das alles zu erzählen. Aber es war halt so. Wenn wir Weihnachtsfeiern hatten oder irgendein anderes Fest, habe ich mit den Mitarbeiterinnen geflirtet – alles nur, damit meine Vorgesetzten denken, dass ich hetero bin. Einmal habe ich versucht, mit einer Kollegin anzubändeln, und habe mir eingeredet, dass ich vielleicht doch auch ein bisschen hetero bin. Doch am Ende habe ich die Spaltung nicht mehr auf die Reihe gekriegt – zum Beispiel, wenn ich im Club die Mitglieder betreut habe, die ich zum Teil aus der Szene kannte. Ich dachte dann: ‹In welcher Welt lebst du eigentlich? Hier die Schwulen, wo du eigentlich hingehörst, und da die Heteros, mit denen du eigentlich gar nichts zu tun haben willst, weil sie dich ablehnen.› Nach zwei Jahren habe ich gekündigt. Das war der schönste Tag in meinem Leben. Von da ab habe ich mir geschworen, dass ich mich nie mehr so verstellen werde.»

Selbstverleugnung

In Dietmars Beispiel kommen zwei Faktoren zusammen, die ein Coming-out sehr schwer machen: Auf der einen Seite steht ein schwulenfeindliches Unternehmen, das nicht gerade dazu einlädt, sich in seiner schwulen Orientierung zu öffnen. Auf der anderen Seite steht Dietmar, dessen schwules Selbstwertgefühl noch sehr unsicher ist. Da ich die Umstände von Dietmars Arbeitssituation näher kenne, weiß ich, dass ihm ein selbstbewussteres Auftreten keine beruflichen Nachteile gebracht hätte und dass so viel Selbstverleugnung niemand von ihm erwartet hat.

Dennoch gibt es Situationen, in denen es für Schwule besser ist, sich nicht zu outen, wenn zum Beispiel die Karriere auf dem Spiel steht oder wenn die Aussicht besteht, gemobbt zu werden. Dann muss man gut abwägen zwischen Seelenfrieden und beruflichem Fortkommen einerseits und dem inneren Ziel, sich sexuell zu befreien, andererseits.

Bewusst und klar abwägen

Ich glaube, es ist wichtig, den Entscheidungsprozess, sich zu outen oder nicht, bewusst und bedacht durchzumachen. Man sollte gut darauf achten, ob man sich versteckt, weil es wirklich der Arbeitsplatz verlangt, oder ob eigene Ängste am Werk sind, die nur bedingt oder gar nichts mit dem Arbeitsplatz zu tun haben.

Einer Umfrage zufolge haben sich über die Hälfte aller Schwulen an ihrem Arbeitsplatz geoutet – unabhängig von ihren Berufen. Es gibt auch viele Schwule, die sich ihren Beruf oder ihren Arbeitsplatz danach aussuchen, ob es möglich ist, sich dort zu outen. Denn über einen längeren Zeitraum hinweg kann ein ewiges Verstecken ganz schön an den Nerven zerren und die Lebensqualität erheblich mindern.

2. KAPITEL
[Geliebter Feind]
Die schwule Szene

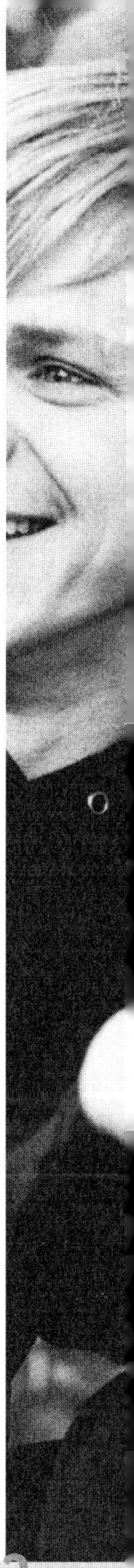

GESCHICHTE: WARUM ES ÜBERHAUPT EINE SZENE GIBT

Die Szene für Heterosexuelle ist das Leben. Viele heterosexuelle Männer und Frauen lernen sich ganz selbstverständlich bei der Arbeit, in der Straßenbahn, in der Clique oder bei einem Kurs in der Volkshochschule kennen. Auch für Schwule wird es immer einfacher, sich im Alltag zu begegnen. Je mehr Männer zu ihrem Schwulsein stehen, desto wahrscheinlicher wird es, dass sie sich auch außerhalb von Bars, Clubs, Saunen und Parks über den Weg laufen.

Doch diese Freiheiten sind neu. Über Jahrzehnte hinweg bestimmte der § 175 das Leben von Schwulen – ein Paragraph, der schwulen Sex unter Strafe stellte. Aus der Not heraus ist damals eine Szene entstanden, die sich auf Bahnhöfe, Klappen (öffentliche Toiletten) und dunkle Parks beschränken musste und mittlerweile zu einer eigenständigen, selbstbewussten Kultur gewachsen ist.

Bis 1900

Die Geschichte des Paragraphen geht bis weit ins vorletzte Jahrhundert zurück. Im preußischen Gesetzbuch von 1851 hieß es damals noch unter dem § 143: «Die widernatürliche Unzucht, welche zwischen Personen männlichen Geschlechts oder von Menschen mit Tieren verübt wird, ist mit Gefängnis von sechs Monaten bis zu vier Jahren, sowie mit

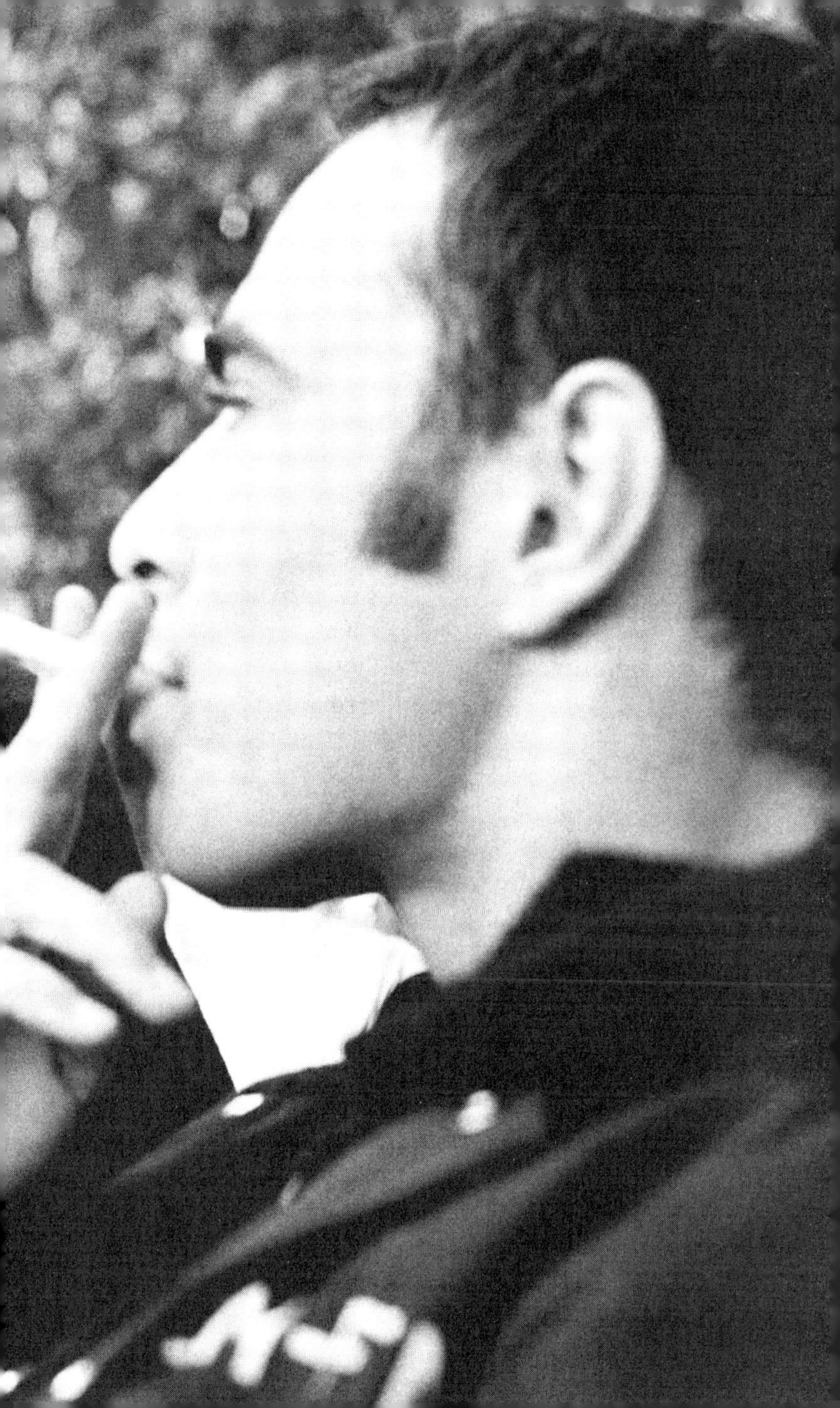

zeitiger Untersagung der Ausübung der bürgerlichen Ehrenrechte zu bestrafen.» Nach der Reichseinigung 1871 wurde der Paragraph als § 175 in das Strafgesetzbuch übernommen und hielt sich, mit Änderungen, bis 1994!

Die Sexualmoral in der damaligen Zeit wurde von den Kirchen und dem Bürgertum bestimmt. Demnach war Sexualität nur dann moralisch legitim, wenn sie innerhalb der Ehe stattfand und sich auf den Moment der Zeugung beschränkte. Alles, was von diesem Sexualbegriff abwich, wurde als krank und pervers eingestuft.

1910/20

Doch um die Jahrhundertwende herum begann eine Zeit, in der man in Deutschland begann, die bürgerlichen Werte zu überprüfen. Vor allem die Veröffentlichungen des Begründers der Psychoanalyse, Sigmund Freud, trugen dazu bei, dass man die kleinbürgerliche Moral des 19. Jahrhunderts immer mehr in Frage stellte. Sehr vereinfacht ausgedrückt stellte Freud fest, dass die Sexualität ein grundlegendes Bedürfnis des Menschen ist und dass deren Unterdrückung mehr Schaden als Nutzen hervorruft. In den ersten zwei Jahrzehnten des 20. Jahrhunderts begann man, öffentlich und heftig über Sexualität zu diskutieren. Während Vertreter der Kirchen weiterhin auf konservative Werte wie Heirat, lebenslange Treue und Sex nur im Falle der Zeugung beharrten, wagten sich Sexualwissenschaftler, Mediziner, Psychologen und Pädagogen zunehmend mit liberaleren Ansichten an die Öffentlichkeit. Sie forderten legale Abtreibungen, Gleichberechtigung von Frauen und die Straffreiheit für schwulen Sex. Der Sexualwissenschaftler Magnus Hirschfeld war eine der führenden Persönlichkeiten, die sich für liberale sexuelle Verhältnisse in Deutschland und besonders für die Abschaffung des Paragraphen 175 einsetzten. Er

war maßgeblich daran beteiligt, das Thema Homosexualität ins öffentliche Bewusstsein zu rücken. 1919 eröffnete er das *Sexualwissenschaftliche Institut* – eine Ehe- und Sexualberatungsstelle, die Paaren, Schwulen und Menschen mit sexuellen Problemen eine Anlaufstelle bot.

Zur gleichen Zeit wurde auch das Nachtleben bunter: Cabaret, Varieté, schwule Cafés, Bars und Tanzveranstaltungen boten Schwulen jetzt erstmalig auch die Möglichkeit, Kontakte knüpfen zu können, ohne dafür immer nur heimlich in Parks zu gehen oder für Sex bezahlen zu müssen. In Berlin, das damals in puncto Nachtleben europaweit führend war und Menschen aus allen Ländern anzog, wurden vor dem Ersten Weltkrieg um die vierzig schwule Lokale gezählt. Von der Vielfalt der Bars und Kneipen her unterschied sich die Szene gar nicht so sehr von der Szene heute: Es gab elegante Bars, preiswerte Kneipen, Tanzveranstaltungen für Lesben und Schwule, Lokale für Ältere, für Jüngere oder für alle Altersgruppen. In Zeitungen konnte man Kontaktanzeigen aufgeben, wenn deren Texte auch nicht so offensichtlich und eindeutig wie heute formuliert werden durften. Vor Opernhäusern, Theatern, Bahnhöfen und auf Plätzen herrschte ein reges schwules Treiben. Weiter unten in der Hierarchie der Szeneorte rangierten dunkle Parks, die aber immer noch angesehener waren als öffentliche Toiletten.

Doch ganz unbeschwert war schwules Leben nicht, denn der § 175 zeigte seine verheerende Wirkung. Dabei waren es gar nicht so sehr die polizeilichen Razzien, die das bunte Treiben trübten, als vielmehr die Angst, erpresst zu werden. Hinter jedem potenziellen Sexualpartner, den man in der Szene kennen lernte, konnte sich ein Erpresser verbergen. Daher nahmen Schwule auch nur in den seltensten Fällen ihre Liebhaber mit nach Hause – viel zu groß war die Gefahr, entdeckt zu werden. Wer einmal in den Fängen eines Erpressers war, kam nicht wieder heraus. Oft wurde die Lage für die Erpressten so aussichtslos, dass sie keinen anderen Ausweg sahen, als sich das Leben zu nehmen. Erpresst wurden alle: vom Arzt über den Handwerker bis zum Schüler. Der Stummfilm «Anders als die anderen» von 1919 thematisierte das Dilemma. Er erzählt die Geschichte von Paul Körner, der wegen seiner Beziehung zu einem jungen Mann erpresst wird – bis Körner am Ende Selbstmord begeht. Doch die Gesellschaft war noch nicht reif für so viel Selbstkritik: Die Zensur stoppte den Film.

In solchen Zeiten hatte das Dunkle, das Anonyme der Szeneorte eine lebenswichtige Funktion: Je schneller, je flüchtiger der Kontakt, desto geringer die Gefahr, entdeckt, verhaftet oder erpresst zu werden. Viele Schwule fürchteten so sehr, auf einen Erpresser zu stoßen, dass sie es vorzogen, trotz aller Feste in der Dunkelheit des Parks nach Partnern zu suchen, wo sie schnell und mit der Möglichkeit, unerkannt zu bleiben, entwischen konnten.

1930/40

Nur wenige Wochen nachdem die Nationalsozialisten die Macht in Deutschland übernommen hatten, bekam die Szene das zu spüren: Das bunte Treiben war mit einem Mal zu Ende, und die meisten schwulen Lokale wurden geschlossen. Einige ließ man in der ersten Zeit noch geöffnet, um weiterhin die Möglichkeit zu haben, Schwule verhaften zu können. Doch bald schon ging man dazu über, die Adressbücher der Verhafteten zu benutzen, um an andere Schwule heranzukommen. Schwule vermieden es, untereinander in Kontakt zu bleiben oder sich nach dem Verbleib von Männern zu erkundigen, die von einem Tag auf den anderen verschwunden waren, weil sie dann sofort in Gefahr gerieten, auch verhaftet zu werden.

Doch den entscheidenden Schritt, der das Schicksal der Schwulen für die nächsten dreißig Jahre besiegeln sollte, vollzogen die Nazis 1935: Sie änderten den § 175 dahin gehend, dass nicht mehr nur die «widernatürliche Unzucht» – damit war schwuler Analverkehr gemeint –, sondern bereits gegenseitiges Onanieren bis hin zu anzüglichen Blicken ausreichte, um jemanden zu verhaften. Jetzt reichte also schon der kleinste Verdacht aus, um jemanden zu verurteilen. Außerdem wirkte sich die Gesetzesänderung auf alle deutschen Männer aus: Von nun an konnte jeder männliche Deutsche in den Verdacht kommen, schwul zu sein. Damit war der Denunziation Tür und Tor geöffnet. Die Angst, nach dem § 175 verurteilt zu werden, muss sehr groß gewesen sein. So etwas wie eine «Szene» gab es nicht mehr. Männer verkehrten zwar sexuell, jedoch häufig auch in einer abgewandelten, pervertierten Form, wie sie nur in einem autoritären, destruktiven System lebendig werden kann. In der Hitlerjugend, in der SS und selbst in den Konzentrationslagern gab es immer wieder homosexuelle Handlungen (anders kann man das nicht nennen!), die von denen ausgeübt, erpresst oder erkauft wurden, die eine gewisse Machtstellung hatten. Das System ermöglichte es, dass einige schwule oder heterosexuelle Männer ihre homosexuellen Bedürfnisse in einer sadistischen Art und Weise ausleben konnten. Oft kam es zu Vergewaltigungen. Mit dem, was wir heute unter schwuler Liebe und Sexualität verstehen, hatte das nichts zu tun.

Die Nazis brachten Schwule zuerst ins Gefängnis und nach Verbüßung der Haft zur «Umerziehung» in Konzentrationslager. Dort bekamen sie als Erkennungszeichen den rosa Winkel. In der Hierarchie der KZ-Insassen befanden sie sich auf der untersten Stufe und waren der Willkür der SS-Männer ausgeliefert, was in vielen Fällen den Tod zur Folge hatte. Sehr viele Schwule wurden in den berüchtigten Steinbrüchen eingesetzt und starben dort an Entkräftung, durch Arbeitsunfälle oder durch Erschießungen und Folter. Der ehemalige SS-Insasse und Arzt Eugen Kogon beschreibt in einem Nebensatz die gesellschaftliche Isolation von Schwulen: «Ähnlich wie gegen die Juden, wenn auch in kleinerem und die Öffentlichkeit wenig berührendem Maße, ging die SS gegen die Homosexuellen vor ...»

1950/60

Auch nach dem Krieg zeigte sich die Bevölkerung wenig davon berührt, was Schwule in der NS-Zeit erlebt hatten. Stattdessen setzte sich wieder der bürgerliche Mief des 19. Jahrhunderts in deutschen Wohnzimmern fest. Während man einerseits eiligst bestrebt war, die Schrecken der NS-Zeit zu vergessen, hielt man andererseits, was die Sexualität betraf, an konservativen, zum Teil auch an nationalsozialistischen Werten fest. In Westdeutschland blieb der § 175 nicht etwa in der humaneren Form in Kraft, sondern in seiner nationalsozialistischen Version – und zwar bis 1969. Schwule, die soeben den Naziterror überlebt hatten, mussten sich weiterhin verstecken. Sie konnten weder Ansprüche auf Wiedergutmachung geltend machen, noch unter Anteilnahme der Öffentlichkeit ihre KZ-Erlebnisse verarbeiten. Respektvolle Reue, wie sie anderen Opfern der NS-Diktatur entgegengebracht wurde, hielt man bei Schwulen offensichtlich nicht für nötig. Einige Männer wurden sogar noch nach dem Krieg erneut nach dem § 175 verurteilt und ins Gefängnis geschickt, obwohl sie bereits im KZ inhaftiert waren!

In der DDR war die Lage etwas menschlicher – zumindest nach dem Gesetzbuch. Der § 175 wurde bereits 1950 in seiner nationalsozialistischen Fassung rückgängig gemacht. Er stellte von da ab nur noch schwulen Analverkehr unter

Strafe. Aber auch das wurde bereits 1957 geändert: Bestraft wurde lediglich gleichgeschlechtlicher Sex mit Minderjährigen oder Abhängigen oder unter Androhung von Gewalt. 1968 wurde der Paragraph ganz abgeschafft. Dagegen wurde der § 151 eingeführt, der Frauen als mögliche Täterinnen mit berücksichtigte. 1988 entfiel auch dieser Paragraph. Doch die Staatssicherheit bespitzelte Schwule und Lesben trotz aller gesetzlichen Liberalität.

Eines der größten Probleme von Schwulen war es, dass sie das Gefühl hatten, mit ihren sexuellen Bedürfnissen allein auf der Welt zu sein. Es gab nicht diesen Austausch und diese gegenseitige Unterstützung, wie wir sie heute kennen. Es gab auch keine Straßenfeste und Paraden, über die die Tagesschau berichtete und durch die sichtbar wurde, wie viele Lesben und Schwule in Deutschland lebten. Im Grunde genommen waren die meisten Schwulen im Stadium des inneren Coming-outs stecken geblieben, und zwar in der bedrückenden Variante. Ein äußeres Coming-out war höchstens im engsten Freundeskreis möglich. Viele sind in die scheinbare Normalität der Ehe geflüchtet. Wenn sie Sex haben wollten, mussten sie sich heimlich einen Partner suchen; durch Parks schleichen, sich möglichst unauffällig auf Klappen aufhalten oder bezahlen. Wer Pech hatte, begegnete einem Schwulenhasser oder geriet in eine Polizeirazzia und wurde bestenfalls registriert, schlimmstenfalls verhaftet. Aufgrund der Pressefreiheit gab es zumindest einige schwule Magazine, die über die Lage von Schwulen berichteten. Wie sehr Schwule isoliert waren und welchen positiven Effekt es haben konnte, dass es wenigstens diese Magazine gab, zeigt ein Brief, den ein Leser 1954 an ein Magazin schrieb und den Hans-Georg Stümke in seinem Buch «Homosexuelle in Deutschland» abgedruckt hat:

«Glauben Sie mir: Ich habe Furchtbares hinter mir. Alles davon kann ich dem Papier nicht anvertrauen. Ich bringe es einfach nicht fertig. Vor wenigen Wochen erst kehrte ich aus einer psychiatrischen Behandlung zurück, in die man mich genommen hatte, nachdem man mich gerade noch von dem zweiten Selbstmordversuche hat abhalten können. Ich war wochenlang völlig apathisch. Bis mir Ihre Zeitschrift in die Hände fiel: das war das, was ich schon lange suchte. Ihre Artikel geben mir Kraft, reißen mich aus meiner Apathie und verleihen mir neuen Lebensmut, den ich bis dato nie gekannt habe. Billigen werden Sie es wohl nie, aber können Sie wenigstens verstehen, dass es Situationen gibt, wo man an sein eigenes Leben Hand anlegt? Bin ich nach alldem noch wert, ein Glied der menschlichen Gesellschaft zu sein?»

1969 wurde der § 175 geändert; nun war nur noch Sex zwischen einem erwachsenen Mann und einem unter 21-jährigen Jugendlichen strafbar; 1973 wurde die Altersgrenze auf unter 18 herabgesetzt. Verglichen mit früheren Zeiten war mit dieser Änderung eine Menge erreicht. Doch noch waren wir den Heterosexuellen längst nicht gleichgestellt – heterosexuelle Männer wurden erst dann bestraft, wenn ihre Sexualpartnerin unter 16 war.

1969 war auch das Jahr, in dem sich in der New Yorker Christopher Street das erste Mal Lesben und Schwule erfolgreich gegen die Polizei wehrten, die eine Razzia in dem Lokal «Stonewall» durchführen wollte. Dieses Ereignis wird bekanntlich von Lesben und Schwulen mit jährlichen Umzügen zum so genannten Christopher Street Day (CSD) gefeiert. Nun kam eine ganze Menge in Bewegung. Wenn auch langsam, so wuchs doch allmählich bei Lesben und Schwulen ein Gefühl des Selbstwertes, das bisher völlig unbekannt war. Das erste Mal hatten sich Lesben und Schwule gegen Repressionen und Gewalt gewehrt. Das erste Mal wurde vielen bewusst, dass sie nicht alleine dastanden. Das erste

Mal gab es eine Alternative zu den quälenden Selbstzweifeln – zu seinen sexuellen Gefühlen zu stehen.

Es war damals auch die Zeit weltweiter Studentenunruhen. In Deutschland wehrten sich Studenten vor allem gegen die bürgerliche Moral der Elterngeneration, die die Zeit des Nationalsozialismus erlebt und mitgeprägt hatte. Es war gleichzeitig auch ein Kampf gegen die verstaubte Sexualmoral des 19. Jahrhunderts, die sich dank dieser Generation wieder ungehindert hatte ausbreiten dürfen.

1970

Die Studentenunruhen hatten zur Folge, dass sich in den siebziger Jahren auch die Verhältnisse für Schwule ein wenig lockerten: Die ersten schwulen Saunen nahmen ihren Betrieb auf, schwule Restaurants wurden eröffnet, und einige Bars, Kneipen und Clubs erhielten einen Darkroom. Auf politischer Ebene wurde die Schwulenbewegung aktiv, die sich unter anderem für eine völlige Streichung des § 175 einsetzte. Doch nach wie vor musste man klingeln und sich mustern lassen, bevor man eine oft rot belichtete, plüschige «Homobar» betreten konnte. Das Misstrauen war immer noch sehr groß. Auch wenn die 68er-Demonstrationen sexuelle Freiheiten für Heterosexuelle erreicht hatten – Schwule blieben nach wie vor eine Minderheit, die in den Köpfen der meisten Menschen seelisch krank war und von der man so gut wie nichts wusste.

1980

Ende der siebziger, Anfang der achtziger Jahre wurde bekannt, dass es AIDS gab, das damals noch GRID hieß – Gay Related Immune Deficiency – was so viel heißt wie «schwulenbezogene Immunschwäche». Weil das aber diskriminierend klang und die Krankheit nicht nur Schwule betraf, taufte man sie AIDS – Acquired Immune Deficiency Syndrome, erworbener Immundefekt. Doch mit AIDS drohte das soeben gewachsene zarte Pflänzchen schwuler Kultur zugrunde zu gehen. Alte Vorurteile lebten auf: Einige Medien schimpften, wir wären nicht fähig zu «wahrer Liebe», würden dauernd unsere Partner wechseln und hätten nichts anderes als Sex im Kopf.

Doch trotz allem hatte AIDS auch einen positiven Effekt: Plötzlich wurde über Schwule gesprochen. Man muss sich das wirklich mal vorstellen – in den Jahren davor hatte man nur kichernd und hinter vorgehaltener Hand das Wort «schwul» in den Mund genommen. Nun wussten selbst die Eheleute Schmidt aus Würfelsfelden – ob sie nun wollten oder nicht –, was ein Darkroom ist, wie man durch Klappenwände vögelt und warum man Poppers nimmt. Ein für die Gesellschaft heilsamer Schock, wie sich später gezeigt hat.

Mitte bis Ende der achtziger Jahre kam das Privatfernsehen – ein weiterer Schritt in Richtung Öffnung. Die Sender wurden vielfältiger, bunter, und auch das Angebot wurde angesichts der großen Konkurrenz immer breiter und mutiger. Schwule, Lesben, Transsexuelle, Bisexuelle, schwule Väter, lesbische Mütter, Sadomasos, Fetischisten – es gab kaum ein Thema, das nicht in Talkshows und Reportagen aufgegriffen wurde.

1990

So allmählich kamen Schwule auch außerhalb des Fernsehens heraus – im wahrsten Sinne des Wortes. Waren es zuvor nur einige wenige schwule Cafés, die Stühle und Tische vor die Tür gestellt hatten, so konnte man jetzt vielerorts draußen sitzen und sich die Frühlingssonne auf die Nase scheinen lassen. Die Szene erlebte ein äußeres Coming-out.

Dann gab es mit der Wiedervereinigung einen weiteren Schubs, denn die DDR hatte – wie gesagt – den Homosexuellenparagraphen bereits seit einigen Jahren völlig abgeschafft. In Westdeutschland aber war noch der § 175 in Kraft. Als er 1994 ganz gestrichen wurde, war ein wichtiges politisches Ziel der Schwulenbewegung erreicht.

Doch die Abschaffung des Paragraphen und die zunehmende gesellschaftliche Akzeptanz hat in den Köpfen vieler Schwuler einen Schlussstrich unter die politische Bewegung gezogen. Plötzlich stand nicht mehr die Befreiung von Diskriminierung und Unterdrückung im Mittelpunkt, sondern der Körper, die Musik und der Spaß. Man kann auch sagen: Der Körperkult löste den politischen Kampf ab. Auf dem Christopher Street Day spielen politische Parolen nur noch eine untergeordnete Rolle – eine Entwicklung, die einige Schwule kritisieren. Doch für viele gilt es jetzt, das Erreichte nach außen zu tragen und zu zeigen, wie schön schwules Leben sein kann. Durch den CSD wird sichtbar, was für eine vielfältige, bunte Kultur sich Lesben und Schwule in den letzten Jahren geschaffen haben. Eine Kultur, in der Lesben und Schwule immer mehr gemeinsam organisieren, veranstalten, unternehmen.

2000 – ...

Wenn wir von *Szene* sprechen, dann meinen wir in der Regel Bars, Kneipen, Clubs, Saunen oder Parks. Doch die Szene ist viel differenzierter und umfasst Gruppenaktivitäten wie Selbsthilfegruppen, schwule Sportvereine, politische Aktivitäten, Dienstleistungen wie Reisebüros, Rechtsanwalts- oder Arztpraxen und so weiter. Viele sprechen mittlerweile von einer *community*; einer schwul-lesbischen Gemeinschaft, die neben der heterosexuellen Gesellschaft entstanden ist, einen eigenen Lebensbereich bildet und mit Dienstleistungen für sich sorgt – und das nicht schlecht. Für Jüngere gibt es Coming-out-Gruppen, für Ältere Gruppen ab 40 oder 50; HIV-Positive finden andere Positive, mit denen sie etwas unternehmen können; schwule Ausgehgruppen sollen einem das leidige Alleine-Ausgehen ersparen; Leder- und S/M-Leute treffen sich genauso wie schwule Behinderte, schwule Christen, Bisexuelle, schwule Ausländer, Transsexuelle und Transvestiten. Natürlich ist das in Mannheim oder Flensburg anders als in Köln oder Berlin. In kleinen oder mittelgroßen Städten ist das Angebot eher «familiär» und beschränkt sich auf wenige Bars und politische Aktivitäten oder Selbsthilfegruppen. Doch die Szene ist dank Internet überall erreichbar. Denn auch dort haben sich Schwule längst eine eigene Kultur geschaffen.

Die Szeneorte, an denen man schnell und unkompliziert Sex haben kann, sind geblieben. Doch im Gegensatz zu damals sind sie nicht mehr ein Ausdruck von Diskriminierung und Gewalt. Sie sind freiwillig. Früher hat man verächtlich auf die herabgeschaut, die sich bei Wind und Wetter in Parks und auf stinkenden Klos ihre Partner suchen mussten. Heute beneidet uns so mancher Heterosexuelle um unsere Möglichkeiten, schnell und unkompliziert an Sex zu kommen.

CHAT, DARKROOM, KLAPPE, PARK UND SAUNA

Die schwule Szene verfügt über viele Möglichkeiten, relativ anonym und ohne lange Kennenlerngespräche zu Sex zu kommen. Aber über kaum etwas gehen die Ansichten und Gefühle weiter auseinander als über Chat- und Darkrooms, Parks, Klappen oder Saunen. Während es die einen «total geil» finden, winken andere eher ab und sagen sich: «Ich brauche mehr Intimität.»

Beide Formen der Sexualität, die bezogene und die eher anonyme, haben Vor- und Nachteile. Das Anonyme kann etwas sehr Reizvolles haben, weil zwischen den Sexpartnern eine größere Distanz besteht als innerhalb einer Beziehung. Das lässt sexuellen Phantasien und Wünschen einen größeren Spielraum. Viele Männer aber können dem Anonymen überhaupt nichts abgewinnen. Sie benötigen für Sex eine gewisse Atmosphäre der Intimität und des Vertrauens. Manche bekommen keine Erektion, wenn sie irgendwo in einem Darkroom oder in einem dunklen Park stehen oder wenn sie nicht eine gewisse Nähe zum Partner hergestellt haben. Viele Jugendliche, die sich noch im Coming-out befinden, können mit der anonymen Form der Sexualität meistens gar nicht so viel anfangen. Doch es gibt, was anonymen oder bezogenen Sex angeht, kein Richtig und kein Falsch, kein Schlecht und kein Gut. Anonymer Sex ist eine ganz besondere Form der Sexualität und nicht besser oder schlechter als Sex in einer Beziehung – es ist einfach nicht miteinander vergleichbar. Das wäre so, als wollte man Äpfel mit Zitronen vergleichen. Problematisch wird es, wenn jemand bestimmte Szeneorte meidet, weil er es unmoralisch findet, dass Schwule häufig One-Night-Stands oder anonymen Sex haben, sich das aber eigentlich wünscht. Viele Schwule klagen auch darüber, dass man an solchen Szeneorten niemanden für eine Beziehung kennen lernen könne. Solche Ansichten sind eher hinderlich. Wir können überall Partner kennen lernen, wo sich Schwule aufhalten. Viele, die sich in der Szene die Nächte um die Ohren schlagen, sind genauso auf der Suche wie du. Die Frage ist allerdings, ob man immer jeden Szeneort zur Partnersuche «missbrauchen» sollte. Denn Darkrooms, Parks oder Saunen könnten viel

er Schwan trägt Bart
iMac

mehr Spaß machen, wenn man sie als das ansehen würde, was sie eigentlich sind: eine Spielwiese für Sex.

Chat

Jeder, der einen Computer und einen Internetzugang hat, kann sich ohne Probleme in einen Chatroom klicken. Dort kommuniziert man per Tastatur mit anderen. Man kann auch ein Zweiergespräch führen, das andere nicht «belauschen» können. Manche Männer onanieren dabei, andere machen einen Treffpunkt aus und treffen sich noch am selben Abend. Der Vorteil bei der Kontaktaufnahme am Computer ist, dass man sich ungehemmt mit seinen Phantasien zeigen kann. Und man kommt schnell und unkompliziert zu einer sexuellen Begegnung. Es sollen auch schon Beziehungen auf diese Art und Weise entstanden sein.

Andererseits weiß man nie, wer sich hinter den Namen verbirgt, was natürlich auch peinliche Überraschungen nach sich ziehen kann.

Darkrooms

Manche Bars, Kneipen oder Clubs haben Hinter- oder Kellerräume, in denen man cruisen oder Sex haben kann. Ein Teil der Räume ist meistens in dämmeriges Licht gehüllt, während es Ecken gibt, die völlig dunkel sind. Überall gibt es «Spielecken» wie Holzverschläge oder Bereiche, in denen eine Badewanne steht (wo man Spiele mit Urin machen kann) oder ein Film gezeigt wird. Viele finden die Umgebung von Kellerräumen und die Dunkelheit stimulierend. Anders als beim Computer sieht (und fühlt) man, wen man vor sich hat.

Klappen

Öffentliche Toiletten, wo Schwule stehen und sich Partner für Sex suchen, nennt man Klappen. Klappen gehören zu den ältesten Treffpunkten für Schwule. Manche gehen mit ihrer Eroberung nach Hause, andere treiben es gleich da. In einigen Klappen sind auch Löcher in den Klowänden, wo man sich einen blasen lassen kann oder vögeln kann, ohne zu wissen, wer auf der anderen Seite ist. Manche finden den Geruch von öffentlichen Toiletten geil. Auch heute noch zählen Klappen im Bewusstsein vieler Schwuler zu den schmutzigsten Treffpunkten. Aber im Grunde genommen stellen sie nur eine Facette von Sexualität dar.

Parks

Parks haben den Vorteil, dass sie verschiedene Formen der Kontaktaufnahme zulassen: Wer lieber genau sehen will, wen er vor sich hat, und vielleicht auch auf etwas mehr aus ist, als nur auf eine kurze Nummer, geht tagsüber oder am frühen Abend. Wer die Dunkelheit und das Anonyme bevorzugt, geht nachts. Viele Männer haben auch gleich im Park Sex; andere verabreden sich oder gehen miteinander nach Hause.

Saunen

Auch in Saunen lässt sich das Anonyme mit dem eher bezogeneren Kennenlernen gut verbinden. In Dampfsaunen kann man anonymen Sex und auch Gruppensex haben, und die zahlreichen Kabinen laden dazu ein, mit einem Mann oder mit mehreren Männern Sex zu haben. Bar- oder Ruhebereiche erlauben intensivere Kontaktmöglichkeiten als zum

Beispiel Chat oder Darkroom. Es gibt viele Partner, die sich in der Sauna kennen gelernt haben.

TUNTEN

Früher hat man Tunten Transvestiten genannt. Transvestiten sind Frauen und Männer, die es lieben, die Kleidung des anderen Geschlechtes zu tragen. Früher standen den Menschen die Haare zu Berge bei der Vorstellung, jemand könne in die Rolle des anderen Geschlechtes schlüpfen. Und weil man für alles «Unnormale» auch möglichst pathologisch klingende Bezeichnungen benötigte, hat man sie Transvestiten genannt. Heute sagt das kein Mensch mehr – zumindest nicht in der Schwulenszene. Wenn du in eine Kneipe kommst und sagst: «Oh, hier gibt es aber viele Transvestiten!», dann ist es sehr wahrscheinlich, dass dir eine Handtasche um die Ohren fliegt. In der Szene heißen sie Tunten, Fummeltrinen oder liebevoll Transen, auch wenn sie sich nicht notwendigerweise immer schminken oder ständig Frauenkleider anziehen.

Echte Kerle

Von «tuntig» spricht man, wenn Männer entweder im Fummel, also in Frauenkleidern rumlaufen, oder wenn sie sich in Mimik und Gestik besonders weiblich verhalten. Auch Lederschwule spielen mit den Rollen und sind manchmal tuntig. Manche Tunten laufen immer als Frau durch die Gegend, andere nur ab und zu. Es gibt aber auch viele, die das nur zu bestimmten Anlässen tun, wie zum Christopher Street Day oder zum Tuntenball. Das Vorurteil, Tunten wären sexuell eher passiv und würden sich nur bumsen lassen, ist falsch. Viele Tunten sind aktiv, wenn es darum geht, wer wen vögelt.

Aber warum das Ganze hier in einem Coming-out-Buch? Ganz einfach: Vielleicht hast du Lust dazu, mal eine Tunte zu sein, traust dich aber nicht, weil du Angst hast, noch mehr aus der Norm herauszufallen, als du es als Schwuler ohnehin schon tust. Doch dazu gibt es einiges zu sagen.

Tunten-Coming-out

Tunten treiben den ganzen Kult um Männlichkeit auf die Spitze: Indem sie sich wie Frauen geben, zeigen sie allen mühsam erworbenen Männlichkeitsidealen wie breiter Gang, rausgestreckter Schwarzenegger-Brust und sorgsam kontrollierten, coolen Blicken die kalte Schulter. Aber anders als Transsexuelle, die den Wunsch verspüren, ihr Geschlecht zu wechseln, fühlen sich Tunten als Männer. Sie stellen ihr Geschlecht niemals zur Disposition.

Wenn du ein Coming-out als Tunte erlebst, bedeutet das, noch einen Schritt weiter zu gehen, als Schwule das ohnehin tun müssen: Du musst dich noch mehr mit den Bildern von männlich und weiblich auseinander setzen und musst noch mehr dagegen ankämpfen, dich nicht in deiner geschlechtlichen Identität verunsichern zu lassen.

Richtige und falsche Schwule

Manchmal haben Tunten auch in der Szene einen schweren Stand. Am CSD sind sie ja noch ganz witzig, aber ansonsten will man mit ihnen nicht viel zu tun haben, weil der Männlichkeitskult, wie er bei Heterosexuellen herrscht, auch in der Schwulenszene eingezogen ist. Bei manchen Schwulen gibt es die Auffassung, dass sich «richtige» Schwule «ganz normal» verhalten sollten. Solche Ansichten sind fatal, denn sie wiederholen das, was wir als Schwule genug erlebt haben – ausgegrenzt zu werden, weil wir nicht in das Bild der männlichen heterosexuellen Norm passen.

WIE MAN MIT KÖRPERKULT UND ÄLTERWERDEN FERTIG WIRD

Für viele Schwule haben die ersten Begegnungen mit der Szene etwas unglaublich Befreiendes. Endlich ist man unter anderen Schwulen, endlich muss man sich nicht mehr verstecken. Man kann sagen, was einem in den Sinn kommt, ohne gleich überlegen zu müssen, ob der andere jetzt komisch gucken oder mit der Lippe zucken könnte. Und zu allem Überfluss findet man jetzt überall Männer, die als Liebhaber oder als Partner in Frage kommen, wo doch früher, in der Schule oder in der Clique, die Gefahr, einen Hetero anzubaggern, sehr groß war. Und wer will schon gerne einen derartigen Korb einstecken!

Die Szene ist der Ort, wo wir hingehen, wenn wir mit Freunden zusammen sein wollen, und wo wir unsere Liebhaber und Partner suchen und bestenfalls auch finden. Mit Szene meine ich nicht nur Clubs, Bars und Parks, sondern alles, was die schwule Gemeinschaft zu bieten hat: Gruppenaktivitäten, Dienstleistungen, Kontaktanzeigen, Chats, schwule Infoläden, Saunen und so weiter und so fort. Wir brauchen diese Welt, weil es immer noch nicht vollkommen selbstverständlich ist, andere Schwule im alltäglichen Leben zu treffen, und ein Hetero günstigstenfalls erstaunt schauen würde, wenn wir ihm im Supermarkt ein- bis zweideutig zublinzeln würden. Wir gehen mit unseren Wünschen und Bedürfnissen in der heterosexuellen Mehrheit gnadenlos unter. Heterosexuelle lernen sich in der Schule, bei der Arbeit, in der Clique oder beim Joggen kennen. In der Szene haben wir genau diese Situation für uns hergestellt: Dort sind wir in der Mehrheit, dort können wir uns frei bewegen, mit Freunden Blödsinn machen, über andere Schwule tratschen und nach Partnern Ausschau halten, sooft wir wollen.

Im Grunde genommen ist die Szene so etwas wie eine Familie. Selbst in den Großstädten, die ein großes Angebot an Lokalitäten aufweisen und in denen eine gewisse Anonymität herrscht, haben die meisten Orte etwas Familiäres, wenn man nur oft genug hingeht, genügend Leute dort kennt und sich wohl fühlt. Wie es aber in Familien nun einmal ist, so fühlt man sich einerseits stark angezogen und zugehörig, ist aber andererseits auch hin und wieder genervt und überlegt sich, die Familie zu verlassen. In kleineren Städten, wo es nur wenig schwule Bars oder Clubs gibt, kann es passieren, dass es einem ganz schön auf den Geist geht, immer die gleichen bekannten Gesichter zu sehen. Aber auch in Großstädten zeigen sich familiäre Ermüdungserscheinungen: Da gibt es Zeiten, in denen man sich lieber zu Hause verkriecht oder mit Heteros um die Häuser zieht, als schon wieder bis frühmorgens im selben Club abzuhängen, den übrig gebliebenen Gästen hinterherzuhecheln und sich den Housebeat reinzuziehen.

Einerseits – andererseits

Die meisten Schwulen, mit denen ich gesprochen habe, fühlen sich zur Szene hingezogen, betonen aber gleichzeitig, dass sie vieles nervt. Ich will kurz auflisten, welche negativen Stimmungen und Gefühle mir zur Szene begegnet sind:

- Alle sind immer so cool.
- In der Szene geht es nur darum, wer jung ist und gut aussieht.
- Eine richtige Beziehung lernt man dort nicht kennen.
- In der Szene geht es immer nur um Sex.
- Alle sind nur auf der Suche.

Ich erinnere mich noch gut an ein Beratungsgespräch, das ich mit Jens, 17, hatte. Jens ist bisexuell, hatte aber seine schwule Seite bis dahin noch nicht ausgelebt. Eines Tages hat er sich die Adressen von schwulen Bars und Cafés rausgesucht und ist alleine losgezogen, vielleicht zwei- oder dreimal, bis er dann wieder bei mir in der Beratung saß.

Jens: Also ich hab jetzt die Schnauze voll. Ich will da nicht mehr hin!

Was war denn so schlimm?

Alles. Ich sitze die ganze Zeit nur rum – wie soll man denn da jemanden kennen lernen?

Ich verstehe noch nicht ganz, wo das Problem liegt?

Das Problem ist, dass alle so cool sind.

Was hast du denn getan, um andere auf dich aufmerksam zu machen?

(schweigt zuerst) Ich habe Zeitung gelesen.

Sehr uncool!

Ja, aber was soll ich denn sonst machen? Mich hinsetzen und wie blöde rumglotzen?

Bis jetzt weiß ich ja immer noch nicht, was denn eigentlich passiert ist, das dich so aufgewühlt hat?

Das ist es ja, nichts ist passiert! Nichts! Niemand hat mich mal angeschaut oder versucht, mit mir zu reden. Wahrscheinlich sehe ich nicht gut genug aus.

Ach, jetzt verstehe ich. Es gab keine stehenden Ovationen, als du den Raum betreten hast, niemand hat vor Schreck sein Glas fallen lassen, und die Männer haben nicht alle wie geile Hunde an deinen Beinen geschnüffelt, während du in deine Zeitung vertieft warst. Das ist natürlich sehr ärgerlich. Wie bist du denn mit dieser Niederlage umgegangen?

(schaut verdrießlich vor sich hin) Ich bin nach Hause gefahren und hab mich ins Bett gelegt.

Und dann?

Dann habe ich beschlossen, dass das alles nichts für mich ist.

Darf ich ergänzen?

Ja.

Du hast beschlossen, dass du beschissen aussiehst und wahrscheinlich nie jemanden abkriegen wirst.

(zögerlich) Ja.

Schön sein

Jens brachte die Sache auf den Punkt. Es geht sehr stark ums Aussehen. Um was sollte es auch sonst gehen? Der erste Eindruck, den man zunächst bekommt, wenn man mit fremden Schwulen zusammen ist, ist nun mal der äußere Eindruck. Die so genannten inneren Werte stehen leider nicht auf der Stirn und haben die Angewohnheit, sich erst allmählich entdecken zu lassen, weil sie eben – wie der Name schon sagt – innen sind. Von draußen sieht man auch nicht, wer in einem Haus wohnt. Insofern hat es keinen Zweck, sich darüber zu beklagen, dass es in der Szene um Äußerlichkeiten geht, sondern wir müssen das akzeptieren, ob wir wollen oder nicht. Die Frage ist nur, wie wir damit umgehen. Jens jedenfalls ist zu haarsträubenden Schlussfolgerungen gelangt. Das kann einem den Aufenthalt in der Szene natürlich ganz schön vermiesen.

Andererseits ist der Frust verständlich. Wenn wir beim Vergleich mit der Familie bleiben, dann ging es bei Jens eigentlich um die Frage: Sehe ich gut genug aus, um bei euch aufgenommen zu werden? Oder anders ausgedrückt: Bleibe ich allein, wenn ich nicht eurem Schönheitsideal entspreche?

Doch es ist auf die Dauer äußerst zermürbend, sich immer wieder in Frage zu stellen und abzuwerten: zu klein, zu groß, zu dick, zu dünn, schmale Brust, dicker Bauch, schlapper Bizeps, langweiliges Gesicht, zu kleiner Schwanz. Darunter leidet irgendwann das Selbstbewusstsein, und das wiederum tötet Lebensfreude und Charme, zwei Dinge, die dich schön für andere machen.

Sven, 20, kam zu mir in die Beratung, weil er Unterstützung beim Coming-out suchte. Eines Tages hatte er eine Kontaktanzeige aufgegeben und sehr viele Antworten erhalten. Doch gleich das erste Treffen verlief für ihn unbefriedigend: Nach einem langen Abend in einem Café sagte der andere, dass er Sven zwar sehr möge, aber dass der Funke nicht übergesprungen sei. Das kränkte Sven so sehr, dass er keinen weiteren der Männer, die sich auf seine Anzeige gemeldet hatten, anrufen wollte. Hier ist ein Auszug aus dem Gespräch zwischen Sven und mir:

Was ging dir durch den Kopf, als der andere das gesagt hat?

Das Erste, was ich dachte, war: «Logo, so, wie du aussiehst, ist das kein Wunder, dass er nicht will.»

Wie siehst du aus?

Ich bin viel zu schmächtig. Guck dir mal meine Schultern und meine Brust an.

Du hast einen schlanken, drahtigen Körper …

Ich weiß, ich bin ein schmaler Typ. Aber das ist nicht das, was die Männer wollen.

Was wollen die Männer?

Mehr kräftige Typen, breite Schultern, stärkere Arme.

Jetzt, wo du es sagst: Ich habe auch noch nie schlanke Männer in Beziehungen gesehen – das war mir vorher noch gar nicht aufgefallen …

(grinst) Ja, aber irgendwie ist das doch so. Schau dich doch mal um!

Mir fällt auf, dass du deinen Körper immer unter schlabberigen T-Shirts versteckst. Du willst nicht, dass andere dich sehen …

Es gibt nichts zu sehen. Ich habe mich schon immer zu schmal gefunden. Das hindert mich auch daran, die Männer anzusprechen, die mir wirklich gefallen. Wenn ich im Bus einen geilen Typen sehe, dann ist das Erste, was mir durch den Kopf schießt, mein Körper. Und dann denke ich: «Lass die Finger davon, der ist sowieso eine Nummer zu groß für dich.» Ich wünschte, ich wäre selbstbewusster.

Stell dir mal vor, es geht gar nicht wirklich um deinen Körper, sondern deine negative Sicht steht für etwas anderes. Um was könnte es gehen?

(überlegt) Ich glaube, es geht darum, dass ich mich unmännlich finde. Ich will mehr Muskeln haben, weil ich männlicher sein will. Schon als Kind habe ich gedacht, dass ich kein richtiger Mann bin.

Das heißt, es geht gar nicht wirklich um deinen Körper, sondern du hast ein Problem mit deiner Männlichkeit?

(nachdenklich) Ich glaube ja.

Natürlich findet nicht jeder jeden toll. Abfuhren gehören dazu – das musste auch Sven schlucken. Doch andererseits will jeder Mensch attraktiv und begehrenswert sein, und jeder Mann will männlich wirken. Viele Schwule aber stehen mehr oder weniger unter dem Druck, ständig gut aussehen zu müssen. Sie testen sich andauernd, indem sie darauf achten, ob sie angeschaut werden oder nicht. Jeder Besuch in der Szene ist ein Gang über den Laufsteg und damit verbunden, sich selbst immer wieder neu zu bewerten, indem sie prüfen, wie andere reagieren. Sie sind bedrückt, wenn niemand geschaut hat, oder sie sind erleichtert, wenn sie viel Beachtung gefunden haben. Dieses Spiel ist nicht nur äußerst anstrengend, es ist auch ein Spiel mit dem Feuer; ein Spiel, bei dem man sich nicht nur die Finger, sondern auch das Selbstbewusstsein gehörig verbrennen kann. Dabei kann die Nörgelei am Körper und an der eigenen Männlichkeit auch eine Funktion haben: Wer ständig etwas an sich auszusetzen hat, lernt niemanden kennen und vermeidet damit all das, was Beziehungen oft so anstrengend macht: sich einlassen müssen und sich von dem mitunter auch angenehmen Gefühl des ewigen Suchens und Hoffens verabschieden zu müssen. Ein Hoch auf die Selbstabwertung!

Es ist wichtig und hilfreich, eine realistische Einschätzung zum eigenen Äußeren zu bekommen. Wer durchschnittlich aussieht und einem unerreichbaren Schönheitsideal hinterherjagt, wird die Chancen, die er hat, gar nicht nutzen können, weil er nur damit beschäftigt ist, sich schlecht zu fühlen. Die meisten sehen durchschnittlich aus, und ihnen bleibt nichts anderes übrig, als sich damit abzufinden. Nur wenige stechen durch besonders gutes oder durch besonders schlechtes Aussehen heraus. Frag mal deine Freunde: Männer, die du toll findest, sind vielleicht gar nicht der Typ deines besten Freundes, oder Männer, die dein Freund toll findet, interessieren dich nicht. Oft reizt uns ein Mann, weil er irgendetwas an sich hat, das uns optisch und sexuell sehr anzieht, obwohl wir diesen Mann nicht als gut aussehend einstufen würden. Wer es schafft, sich von diesem blödsinnigen Druck zu befreien, wird innerlich entspannter sein – und das macht dann wirklich attraktiv.

Jung sein

Bei den Gesprächen im Rahmen des Buches war ich sehr erstaunt darüber, dass viele nicht nur unter dem Druck stehen, gut aussehen zu müssen, sondern auch denken, dass in der Szene nur Jugend zählt. Ich weiß zwar, dass es einen Jugendkult gibt, doch ich hatte vermutet, dass das alles nicht mehr so schlimm ist wie früher. Ich kann mich noch gut erinnern, als meine Mutter mir einmal erzählt hatte, dass «Homosexuelle» arme Menschen wären, weil sie mit dreißig schon zum alten Eisen gehören würden. Damals war ich vielleicht zwölf oder dreizehn und hatte noch keine Ahnung, dass ich selber schwul bin. Jedenfalls brannte sich das bei mir so tief ein, dass ich das lange Jahre auch geglaubt habe. Schwul sein hieß für mich immer, als über Dreißigjähriger in seiner Einzimmerwohnung vor der Glotze zu vergammeln und irgendwann einmal anonym auf einer Wiese verscharrt zu werden. Nun bin ich vierzig, habe eine Dreizimmerwohnung, einen Pflegesohn und eine Katze, und mir geht es wunderbar. Ich lebe in einer gut funktionierenden Beziehung – meinen Freund habe ich übrigens erst vor zwei Jahren, also im fast schon scheintoten Alter von 38, bei einem schwul-lesbischen Fest kennen gelernt – und in der Szene fühle ich mich nicht mehr oder weniger beachtet als vor zwanzig Jahren. Natürlich habe ich in einem Club, dessen Besucher durchschnittlich 23 sind, nicht die gleichen Karten wie ein 26-Jähriger, aber ich muss gestehen, dass mir das egal ist.

Mal ganz davon abgesehen, dass ein Club mit ohrenbetäubender Musik ohnehin nicht der günstigste Ort ist, um jemanden kennen zu lernen, sind ältere Männer schlecht beraten, wenn sie sich unters junge Volk mischen und dort hoffen, jemanden zu finden, obwohl natürlich auch das passieren kann. Doch die Szene hat andere, «sanftere» Möglichkeiten, um mit jemandem in Kontakt zu kommen: Tanzkurse, Gesprächs- und Aktivitätsgruppen, Kontaktanzeigen. Und die, die alt werden, sind nicht allein: Schon mit meiner Generation werden unzählig viele Schwule alt, die sich in der Öffentlichkeit auch als Schwule zu erkennen geben. Ich habe nicht das Gefühl, mit vierzig allein dazustehen. Viele, die jetzt sechzig, siebzig oder achtzig sind, haben es in jungen Jahren gar nicht erlebt, unbefangen im Café zu sitzen und die Horden schwuler Männer draußen vorbeilaufen zu sehen. Viele haben geheiratet, weil sie Diskriminierungen befürchteten. Sie entstammen einer Generation, die sich ihr Leben lang verstecken musste und die nie die schwulen Kontaktmöglichkeiten hatte, die wir heute haben. Im schummerigen Park war Jugend vielleicht wirklich das Einzige, was zählte. Viele mussten für Sex bezahlen, weil es sonst keine Möglichkeit gab, Sex zu bekommen, was das Vorurteil bestätigte, Schwule würden nur auf kleine Jungs abfahren (als wenn heterosexuelle Männer nicht gerne eine jüngere Geliebte hätten!). Wir müssen aufpassen, dass wir die Ängste und Probleme einer anderen Generation nicht auf heute übertragen. Jeder, der sich damit quält, älter zu werden, läuft einer deprimierenden Illusion hinterher, die mit der Wirklichkeit nichts, aber auch gar nichts mehr zu tun hat.

Cool sein

Dieser ganze Druck, jung und schön sein zu müssen, bewirkt natürlich, dass sich manche ziemlich cool verhalten. Es ist ein Selbstschutz, cool aufzutreten, denn wer cool ist, kommt nicht in Gefahr, durch andere abgewertet zu werden. Aber die Wahrscheinlichkeit, als Cooler angesprochen zu werden, ist nicht besonders groß, denn niemand will sich einen Korb einfangen. Es gibt Männer, die sehen das nicht ganz so tragisch, wenn sie abblitzen. Je stärker das Selbstbewusstsein, desto geringer die «Korbphobie». Doch die Gefahr, enttäuscht zu werden, ist verständlicherweise sehr groß, denn in Clubs oder Parks geht es immer auch um Anmache, Sexualität und den Wunsch nach Beziehungen. Diejenigen, die da zusammen stehen oder sitzen, sind auf eine gewisse Art und Weise sehr verletzbar. Das erklärt, warum die Atmosphäre an manchen Szeneorten so cool ist. So abgedroschen das inzwischen auch klingen mag: Hinter einer coolen Maske steckt immer auch Unsicherheit und Angst. Es ist wichtig, sich das bewusst zu machen, sich davon abzugrenzen und nicht jede negative Reaktion in der Szene persönlich zu nehmen, auf sich selbst zu beziehen. Auch der schönste Schwule kocht nur mit Wasser.

«NICHTS IST VERGÄNGLICHER ALS DAS ÄUSSERE» Roy über seine Erlebnisse in der schwulen Szene vor und nach einem Unfall

Im Juni 1998 hatte Roy einen schweren Unfall: Während eines Aushilfsjobs in einer Druckerei geriet seine linke Hand zwischen die Druckerwalzen. Seitdem musste er mehr als zwanzigmal operiert werden. Am Oberschenkel und am seitlichen Bauch entfernte man ihm ein großes Stück Haut, um sie für seine Hand zu verwenden. An den operierten Stellen sind Narben geblieben. Roy muss jetzt in einer Welt klarkommen, die nach perfekten Körpern schreit.

«Ich sehe die Dinge aus zwei Blickwinkeln: aus der Sicht eines Gesunden, der ich mal war, und aus der Sicht eines Behinderten, der ich zumindest nach offiziellem Status nun bin, auch wenn ich mich selbst so nicht nennen möchte. Am besten fange ich mit der Zeit vor meinem Unfall an:

Ich war viel in der Szene unterwegs; in der ‹Busche› (ein Club in Berlin, J. B.) und im ‹Golfstrom› – so nennt man die West-Berliner Schwulenszene rund um den Nollendorfplatz. Wie die meisten anderen war auch ich auf der Suche nach dem körperlich perfekten Mann. Ich war fixiert auf schöne Männer mit Engelsgesichtern, deren Gesichtszüge ganz eben und klar waren – keine Narben, keine Pickel, kein Bart, keine Brille. Der Körper musste athletisch und durchtrainiert sein und durfte keine Makel aufweisen – keine Rettungsringe, keine Haare auf der Brust, keine körperlichen Einschränkungen, nichts, aber auch gar

nichts, was ein perfektes Bild hätte stören können. Mir war es völlig egal, was die Leute beruflich machten oder was sie erlebt haben. Mein Spruch war immer: Ich kann doch nicht mit den inneren Werten ins Bett gehen! Wenn ich beim Sex irgendeinen körperlichen Makel gefunden hätte, wäre sofort Schluss gewesen. Ich hätte gar keine Lust mehr verspürt. Ich weiß, das alles klingt furchtbar brutal, aber es war so. Die Männer, die ich wollte, habe ich auch immer gekriegt, aber meistens nur für eine Nacht. Anschließend habe ich mich regelmäßig verknallt, und zwar so, wie ich die Liebe verstand. Nur lag meine Drehzahl bei eintausend Umdrehungen pro Minute, während sich die anderen mit hundert begnügten, und – Dramatiker, wie ich bin – habe ich dann fünf Tage am Telefon gesessen und gewartet, bis es klingelte. Doch das passierte nie. Die Männer wollten einen One-Night-Stand, und das war's.

Mein eigenes Selbstbewusstsein in dieser Zeit war schlecht. Manchmal fühlte ich mich total begehrt und toll, und am nächsten Tag konnte das völlig umschlagen: Dann stand ich morgens vor dem Spiegel und dachte: ‹Wie siehst du denn aus?› Ich hatte von mir selbst ein Bild im Kopf, wie ich auszusehen hatte. Meistens dachte ich, das Gesicht stimmte nicht, und dann war der Tag gelaufen.

Ich hatte auch eine wahnsinnige Angst vor dem Älterwerden. Diese Vorstellung, alt zu sein und niemanden mehr abzubekommen, hat mich sehr beschäftigt. Mit 26 habe ich mich bei anderen als 23 vorgestellt. Ich wollte jung sein, schön sein und perfekt funktionieren. Wenn jemand gesagt hätte, er steht auf Schwarzhaarige, dann hätte ich mir sofort die Haare schwarz gefärbt.

Meinen eigenen Körper mochte ich gar nicht so sehr; ich fand mich zu dünn und habe mir mehr Muskeln gewünscht. Ich glaube, mein ganzer Drang nach Perfektion hatte etwas damit zu tun, dass ich ein Heimkind war. In der DDR war es früher so, dass Heimkinder oft als minderwertiger angesehen wurden – bei mir war es jedenfalls so (darum habe mich wohl auch nie angepasst). In der Schule habe ich das stark zu spüren bekommen. Ich musste alles doppelt so gut machen, musste immer besser sein – irgendwann dachte ich, ich muss perfekt sein, um den Vorstellungen der Leute zu entsprechen, und war es dann auch. Immer. Im Grunde wollte ich damit nur mein Minderwertigkeitsgefühl überspielen. Genauso ging es mir später in der Schwulenszene.

Ich habe aber auch sehr viel Bestätigung in der Szene bekommen; bin oft angemacht worden und habe – wie gesagt – diejenigen, die ich haben wollte, auch bekommen. Obwohl ich sehr schüchtern war. Ich habe mich nicht getraut, jemanden anzusprechen. Die Leute sind auf mich zugekommen, und selbst dann habe ich einen auf cool gemacht, aber nicht, weil ich cool war, sondern weil ich Angst hatte – Angst, unperfekt auszusehen. Heute weiß ich, dass ich damals hilflos und unsicher war und alles hinter einer Maske verstecken musste. Ich hatte ja keine Ahnung, wie viel es bedeutet, einfach nur zu leben. Irgendwann habe ich Sebastian kennen gelernt, mit dem ich heute noch zusammen bin. Sebastian hat das Engelsgesicht, das ich mir immer gewünscht hatte. Ich habe mich wieder mit tausend Umdrehungen verliebt, doch endlich kam auch was zurück. Da störte es mich plötzlich gar nicht mehr, dass da Haare auf der Brust waren. Wir haben eine sehr intensive Partnerschaft und außerdem eine offene Beziehung – also auch Sex mit anderen Männern. Das klappt sehr gut. Es gibt nichts, was ich Sebastian nicht erzählen würde, und umgekehrt ist es genauso, da ist Vertrauen da. Durch Sebastian habe ich viel Bestätigung gefunden, und es ist die erste Beziehung, in der ich mich wirklich wohl fühle, nachdem ich vorher zwei vergebliche Versuche hinter mir hatte.

Dann kam mein Unfall

Man kann es auch mein zweites Coming-out nennen.

Ich muss dazu sagen, dass ich nie im Entferntesten daran gedacht hatte, dass mir so etwas einmal passieren könnte. Ich hielt mich immer für ‹unsterblich›.

Ich lag drei Monate im Krankenhaus und wurde viele Male operiert. In dieser Zeit habe ich es öfter mitbekommen, dass sich Menschen getrennt haben, weil der andere ‹entstellt› war. Ein Mann zum Beispiel hatte nach einem Unfall eine verkrüppelte Hüfte – seine Frau hat sich irgendwann nicht mehr blicken lassen. Ich hatte furchtbare Angst, dass Sebastian das Gleiche mit mir machen würde. Die ersten drei Wochen konnte er nicht kommen, weil er selbst krank war. Ich habe immer gedacht: ‹Wenn der die Hand sieht, lässt er dich sitzen.› Vom Kopf her wusste ich, dass er mich nicht sitzen lässt, aber Angst hatte ich trotzdem.

Sebastian hat toll reagiert. Als er mich das erste Mal im Krankenhaus besucht hat, habe ich ihn an mich rangezogen und mich endlich richtig ausgeheult. Er war einfach für mich da.

Nachdem ich aus dem Krankenhaus entlassen wurde, habe ich die erste Zeit meine Hand versteckt. Ich habe immer langärmelige Pullover oder Sweatshirts getragen, um meine Hand im Ärmel verstecken zu können. Ich muss dazu sagen, dass die Hand damals nicht so aussah wie jetzt, sondern wirklich schlimm – ich übertreibe da nicht. Einmal zum Beispiel, da saß ich in der S-Bahn, und mir gegenüber saß eine Frau, die gerade ihren Kuchen ausgepackt hatte und ihn essen wollte. Plötzlich sah sie meine Hand und packte den Kuchen wieder ein. Solche Sachen haben mich immer sehr verletzt. Ganz schlimm war ein Erlebnis im Zug zwischen Halle und Weimar, das ich kurz nach meinem Krankenhausaufenthalt hatte. Ich saß im Speisewagen, hatte einen Kaffee bestellt und gelesen, als sich plötzlich ein Mann und eine Frau mir gegenüber hinsetzten. Die Frau sah auf meine Hand, und auf einmal begannen die beiden, über Kranke und Behinderte zu sprechen. Sie sagten, dass man als Mensch zu hundert Prozent funktionieren müsste. Aber da gäbe es Menschen, die durch einen Unfall oder durch eine Krankheit nicht mehr zu hundert Prozent funktionieren könnten und dass diese Menschen eine finanzielle Belastung für den Staat und für andere wären. Und die, die äußerlich entstellt sind, wären außerdem eine Zumutung. Sie redeten immer weiter über Behinderte – ich hielt meinen Kaffee in der Hand und hörte zu. Die redeten über mich, aber nicht mit mir! Ich war sprachlos, wusste nicht, was ich sagen sollte, wurde wahnsinnig wütend und hielt die ganze Zeit meinen Mund. Irgendwann bin ich aufgestanden und gegangen und war so wütend und verletzt, dass ich gar nicht wusste, was ich tun sollte. Erst viel später ist mir klar geworden, dass es Menschen gibt, die sich selbst aufwerten wollen, indem sie andere abwerten – sie überdecken ihre eigenen Defizite mit den Defiziten anderer. Sebastian hat mich vom Zug abgeholt, und ich habe ihm gleich erzählt, was passiert ist. Den Tag über konnte ich meine Stimmung noch kontrollieren, aber abends hielt ich es nicht mehr aus – ich bin zusammengebrochen. Ich empfand mich als Zumutung für meine Umgebung, als eine Belastung; ich fühlte mich minderwertig und wollte nicht mehr leben. Sebastian hat mir Mut gemacht, aber meine Selbstmordgedanken kamen immer wieder.

Ich bin nicht mehr ausgegangen. Ich habe mich in meiner Wohnung oder bei Sebastian verkrochen und habe Depressionen bekommen. Meine Physiotherapie habe ich auch abgebrochen, denn was sollte mir das noch bringen? Ich fühlte mich wahnsinnig einsam. Der Gedanke ließ mich nicht mehr los, dass ich für mein ganzes Leben entstellt und eine Zumutung für andere wäre. Wenn ich in der S-Bahn saß, starrten mich alle an. Ich kam mir vor wie in einer Freak-Show. Zum Teil war das Einbildung, weil ich den ganzen Tag an meine Hand dachte und mich sehr damit auseinander setzte; zum Teil starrten die Leute aber wirklich. Sex mit anderen Männern schloss ich für mich sowieso für alle Zeit aus, weil ich dachte, dass ich total unattraktiv und überhaupt nicht mehr begehrenswert für andere wäre. Eines Abends hielt ich es nicht mehr aus und wollte von einer Brücke springen. Unten war Wasser. Und Dunkelheit. Ich stellte mir vor, wie sie mich umschließen würde, so sanft, so weich mit einem Gefühl der Geborgenheit. Endlich hätte man mich nicht mehr sehen müssen, und ich wäre keine Zumutung mehr gewesen. Ich wollte weg von der Wirklichkeit.

Ich dachte, ich hätte kein Leben mehr …

… und in mein altes konnte ich nicht mehr zurückkehren. Von einer Telefonzelle aus rief ich bei Sebastian an – ich war mir sicher, dass er nicht da wäre – und wollte mich auf seinem Anrufbeantworter verabschieden. Aber es war nicht der Anrufbeantworter, sondern er selbst, der da auf einmal sprach. Die erste Zeit habe ich nichts gesagt, aber er wusste sofort, dass ich es war. Er hat mich angefleht, zu ihm zu kommen, und geschrien: ‹Roy, jetzt sag endlich was!› Wir haben uns dann getroffen, aber nicht in seiner Wohnung, weil er Besuch hatte und ich nicht wollte, dass die mitkriegen, wie es mir ging. Als ich mich bei ihm ausweinen konnte, ging es mir besser.

Irgendwann merkte ich, dass ich sterben würde, wenn ich nichts tue; nicht sofort, aber Stück für Stück. Im Grunde standen mir nur zwei Wege offen: Entweder würde ich so weitermachen wie bisher, mich und die Welt hassen, verbittert und traurig sein und mich von allem zurückziehen, oder aber nach vorne gehen, etwas daraus machen und mich verwirklichen, auch wenn ich nicht wissen würde, was mich erwartete.

Ich habe mich für den zweiten Weg entschieden.

Kurz darauf habe ich bei der Schwulenberatung eine Therapie angefangen. Mein Therapeut hat ebenfalls eine körperliche Einschränkung – durch eine Sehschwäche ist er fast blind. Er hat mir sehr dabei geholfen, zu erkennen, dass es auch ohne einen perfekten Körper geht und ohne Perfektionismus. Und mit einem Mal ist mir etwas Entscheidendes klar geworden: Nichts ist vergänglicher als das Äußere.

Damit ging es mir besser.

Und dann – es muss im März 1999 gewesen sein – passierte für mich das Unvorstellbare. Nach langer Überredungskunst meiner Freundin Ina bin ich mit ihr in eine Disco gegangen – das war in Weimar. Dort war ein Typ, der mich die ganze Zeit anflirtete, was ich überhaupt nicht verstand, da ich doch überzeugt war, dass mir so etwas nie wieder passieren würde. Jedenfalls ging das ein paar Stunden so und brachte mich total durcheinander. Wie konnte der mich geil finden mit meinen ganzen Narben, mit dieser Hand? Ich verstand die Welt nicht mehr. Ich bin dann zu Ina gegangen, habe sie an den Schultern gepackt, durchgeschüttelt und ihr gesagt, dass ich das alles nicht begreife. Ich wusste nicht, was ich machen sollte. Ina riet mir, ganz einfach zu dem Typen zu gehen und mit ihm zu quatschen. Ich habe mir dann superviel Mut angetrunken und bin hingegangen. Gleich von Anfang an habe ich mit offenen Karten gespielt. Und es war vollkommen o. k. für ihn, dass ich so bin, wie ich bin – ihn interessierten weder Narben noch kaputte Hände. Wir haben uns, solange ich noch in Weimar war, so oft wie möglich getroffen. Da lief dann auch was im Bett. Ich war ziemlich überfordert, weil ich mit alldem nie gerechnet hätte. Wir haben viel miteinander geredet, und mir ist viel klar geworden.

Für mich hat sich sehr viel verändert. Ich begann, die Dinge vollkommen anders zu sehen als früher. Diese ganzen Oberflächlichkeiten, die mich einmal ausgemacht hatten, brachen weg. Ich war auf einmal der Mensch, den ich früher nie beachtet hätte. Nichts war mehr so, wie es war, denn ich war nicht mehr der, der ich einmal war. Ich erkannte, dass nicht Perfektion entscheidend ist, sondern die Ausstrahlung, die jemand hat – was er tut und wie er lebt. Äußerliche Attribute sind ziemlich unwichtig geworden. Sicher, ich habe da noch ein bestimmtes Raster, was Männer betrifft, aber das ist heute völlig anders gelagert. Es ist tatsächlich so, dass das wirklich Wichtige unsichtbar ist. Es nützt nichts, eine perfekte Hülle vor sich zu haben, wenn das Innere leer ist.

Ich weiß jetzt, wie es ist, ein Leben zu haben

Ich bin dann wieder ausgegangen. Doch ich muss sagen, ich bin nicht mehr so spontan wie früher. Ich bin heute viel selbstbewusster. Zum Beispiel bin ich es jetzt, der ohne Probleme Männer anspricht. Aber doch ist da oft Angst, dass mich Typen ablehnen könnten. Ich kann nicht einfach so mit jemandem mitgehen; ich muss erst Vertrauen bekommen, muss erst wissen, wie er zu meiner Hand und zu meinen Narben steht. Ich gehe mittlerweile auch nicht mehr in die alten Szeneorte, nicht in die ‹Busche› – jedenfalls nicht allein – und nicht in den ‹Golfstrom›. Die Zeit ist vorbei.

Jedes Mal, wenn mich jemand wegen meiner Hand abweist, wirft mich das um Wochen zurück. Und es kommt eben immer wieder vor. Einmal zum Beispiel, im ‹Ackerkeller›, da kam jemand auf mich zu, sah meine Hand und machte irgendeine dumme Bemerkung. Da bin ich zu ihm gegangen und habe gesagt: ‹Pass auf, ich muss mich nicht mit dir unterhalten! Wenn du ein Problem hast – ich nicht!› Danach ging es mir besser, weil ich meine Wut rausgelassen hatte, anders als bei den Leuten im Zug. Ich will, dass mich Menschen respektieren! Das verlangen sie ja auch für sich. Aber getroffen hat es trotzdem.

‹Ich gehe nicht mit einem Krüppel ins Bett›

Ein anderes Mal habe ich jemanden in der ‹Busche› kennen gelernt. Wir tanzten eng umschlungen und irgendwann nahm er meine linke Hand in seine. Ich sah in seine Augen, um seine Reaktion zu sehen. Das tue ich immer, wenn jemand meine Hand entdeckt. Dann sagte ich: ‹Und? Was nun?›, und der Typ sagte: ‹Ich glaube nicht, dass ich mit einem Krüppel ins Bett gehe!›, und verschwand. Das hat mich so verletzt – ich kann das nicht in Worte fassen. Danach habe ich mir jedenfalls die Rübe zugeknallt.

Erst neulich habe ich etwas Ähnliches erlebt. Ich habe einen Mann kennen gelernt, mit dem ich die ganze Zeit geflirtet habe. Er saß irgendwann auf meinem Schoß, und es war klar, dass wir im Bett landen würden. Dann sah er meine Hand und war mit einem Mal verschwunden. Fand noch irgendeine banale Ausrede – ich weiß nicht mehr, was – und war weg. Das hat mich verdammt einsam gemacht. Ich habe nachher mit Sebastian darüber gesprochen, und er meinte, da wäre einfach Unsicherheit, Hilflosigkeit und eigene Angst dabei, damit konfrontiert zu sein oder sich damit auseinander setzen zu müssen. Wahrscheinlich hat er Recht, und das hilft mir auch ein wenig. Ich brauche halt auch die Bestätigung und Akzeptanz von anderen, und wenn so etwas passiert, geht es mir unglaublich schlecht. Ich fühle mich weniger wert als andere; fühle mich wie ein Außenseiter, und das macht mich wütend und traurig. Ich verlange ja nur, dass sie ein kleines Stück Vorstellungskraft zeigen; dass sie mal einen Schritt nach hinten machen und das ganze Bild betrachten und dass sie die Gelegenheit dazu wahrnehmen.

Ich habe es gelernt, andere offensiv auf meine Hand anzusprechen. Ich frage sie, wie sie es finden und ob sie wirklich kein Problem damit haben, auch, wenn es darum geht, miteinander ins Bett zu gehen. Dadurch mache ich auch viele positive Erfahrungen. Ich hatte zum Beispiel schon mehrere Affären. Viele sagen, dass es sie gar nicht stört und dass ich nicht bloß das Stück Hand bin, sondern dass da ein ganzer Mensch dahinter steckt, der wichtig ist. Nur leider setzen sich die negativen Reaktionen immer tiefer bei mir fest als die positiven. Wenn das doch umgekehrt wäre!

Ich kann diese Scheißreaktionen nicht mehr ertragen, und ich will auch nicht mehr verletzt werden. Ich weiß, dass ich ganz alleine damit klarkommen muss und dass das niemand für mich erledigen kann. Ich weiß aber auch, dass ich es irgendwann schaffen werde, damit klarzukommen, doch das braucht noch Zeit. Ich gehe jetzt zu LAMBDA, wo es eine Gruppe für Behinderte gibt. Dort sind Lesben und Schwule, die, wie ich, körperlich eingeschränkt sind. Nicht-Behinderte können zwar nachvollziehen, was in mir vorgeht, aber wirklich verstehen können sie es nicht.

Trotz allem geht es mir heute gut. Wenn ich jetzt mein Leben betrachte und ihm eine Schulnote geben müsste, würde ich eine Zwei plus geben – meinem alten Leben eine Vier.»

Roy ist 29 und in der Ausbildung zum Mediendesigner.

3. KAPITEL

[Streunende Kater]

Auf der Suche nach einem Partner

WIE MAN EINEN FREUND FINDET

Der Wunsch schwuler Männer nach einer Beziehung ist groß: Über neunzig Prozent möchten gerne einen Partner, fast die Hälfte hat ihn bereits gefunden – Tendenz steigend. (AIDS-Forum DAH: Schwule Männer und AIDS. Eine Befragung im Auftrag der Bundeszentrale für gesundheitliche Aufklärung/Köln.) Die andere Hälfte sucht also noch.

Es ist nicht immer einfach, den passenden Freund zu finden, denn schließlich wollen wir ja nicht irgendjemanden, sondern einen, in den wir uns verlieben und der zu uns passt. Doch die Partnersuche scheint unberechenbar: Manchmal passiert es von ganz alleine, dass wir jemanden kennen lernen, manchmal aber auch überhaupt nicht. Da gehen wir dauernd aus, flirten bei jeder sich bietenden Gelegenheit (oder versuchen es zumindest) und suchen in der Szene, in Kontaktanzeigen oder im Internet – aber keine dauerhafte Bindung ergibt sich. Vielmehr sieht es so aus, als würde jeder Tag, den wir verzweifelt suchen, uns immer weiter von dem entfernen, wonach wir eigentlich schauen.

Ja und nein

Menschen sind zwiespältig. Zum einen wollen sie eine Beziehung, zum anderen haben sie auch Angst davor. Es ist hilfreich, diesen Zusammenhang zu verstehen, denn im Endeffekt geht es darum, diese widersprüchlichen Gefühle

von Wollen und Angst bei sich selbst zu kennen und beim anderen richtig einzuschätzen. Erst dann kann man geschickt damit umgehen. Vielleicht hilft folgendes Beispiel zu verstehen, was ich meine:

Vor dem Haus eines Mannes streunt ein großer, schwarzer Kater mit funkelnden grünen Augen. Er schleicht schon seit einiger Zeit um das Haus herum, und er scheint niemandem zu gehören. Der Mann mag große schwarze Kater, sucht schon lange einen und hätte es gerne, wenn der Kater bei ihm einziehen würde. Doch der Kater traut sich nicht, die Wohnung zu betreten, denn er kennt den Mann nicht. Also geht der Mann vor die Tür, hockt sich vor ihn hin und versucht, den Kater zu streicheln. Der maunzt ein- oder zweimal und weicht dann zurück. Der Mann bewegt sich weiter auf ihn zu, redet dabei ein paar beruhigende Worte, doch es hat keinen Zweck. Irgendwann setzt sich der Kater in sicherer Entfernung hin, glotzt den Mann an und wartet, was passiert. Der Mann geht jetzt schneller auf ihn zu, weil er ungeduldig wird. Der Kater erschrickt, springt auf und verschwindet im Gebüsch. Der Mann versteht das alles nicht, denn schließlich will der Kater doch ein Zuhause, und der Mann will nichts Böses von ihm. Als der Kater nirgends mehr zu finden ist, murmelt der Mann trotzig: «Dann eben nicht!», und geht zurück in sein Haus. Doch ein Leben ohne Kater war nicht das, was er sich vorgestellt hat.

Einige Zeit später streunt wieder ein Kater um das Haus – vielleicht ist es derselbe, vielleicht auch ein anderer. Als der Mann vor die Tür geht und ihn streicheln will, macht der Kater wieder einige Schritte zurück. Doch dieses Mal ist der Mann vorsichtiger. Er geht in seine Wohnung zurück, öffnet die Fenster und legt ein paar Brekkies auf die Fensterbank. Manchmal ruft er dem Kater einige aufmunternde Worte zu, aber ansonsten kümmert er sich weiter um seine täglichen Dinge; geht arbeiten, trifft sich mit Freunden und lässt es sich gut gehen. Er denkt zwar hin und wieder an den Kater und legt ihm auch zwischendurch frische Brekkies hin, aber ansonsten sagt er sich: Entweder er kommt, oder er kommt nicht.

Ich weiß nicht, ob genau dieser Kater die Wohnung des Mannes betreten wird, aber die Chance dazu ist groß – größer jedenfalls als beim ersten Mal. Die Gelassenheit des Mannes gibt dem Kater die Möglichkeit, sich in Ruhe und mit einem Minimum an Angst zu überlegen, was er will. Und wenn er sich auch gegen den Mann entscheidet – die Wahrscheinlichkeit ist groß, dass irgendwann ein anderer Kater kommt und die Brekkies fressen will.

Die «Katerjagd» gehört mit zu den nervenaufreibendsten Aktionen im Leben eines Schwulen – aber auch zu den spannendsten und schönsten, wenn man es richtig anpackt. Ich bin davon überzeugt, dass man seinem Glück etwas nachhelfen kann. Wenn man innerlich bereit ist, die Dinge auf sich zukommen lassen und sich geschickt verhält, ist es oft nur eine Frage der Zeit, bis der Richtige kommt. Das Problem ist nur: Wie schafft man es, gelassen zu werden und die Männer auf sich zukommen zu lassen?

Sich mit seiner Sehnsucht verbünden

Zunächst einmal ist es ganz normal, Sehnsucht nach einem Partner zu verspüren – da unterscheiden wir Schwulen uns überhaupt nicht von heterosexuellen Frauen und Männern. Wenn wir Hunger haben, dann wollen wir ja auch etwas essen. Wir Menschen sind nun mal Gruppenwesen, und niemand will einsam und allein vor der Glotze alt werden. Daher ist es wichtig, zu dem Gefühl der Sehnsucht zu stehen, sich innerlich dafür zu entscheiden, jemand kennen lernen zu wollen und mit einem uneingeschränkten «Ja» aktiv zu werden. Alle Zweifel am Schwulsein, an den Schwulen oder an der eigenen Wertigkeit sollten schnellstens verschwinden.

Der nächste Schritt führt uns dorthin, wo Schwule sich aufhalten: in Coming-out-Gruppen, in Kneipen, Bars, Cafés, Clubs, Saunen, Parks, auf Veranstaltungen und so weiter. Doch nicht allen Schwulen fällt es gleich nach dem Coming-out in den Schoß, einen Freund zu finden. Viele tun sich schwer damit, weil sie nicht wissen, wie sie es anstellen sollen. Das geht im Übrigen auch vielen älteren Schwulen so.

Warum manche Probleme damit haben, einen Freund zu finden

Im Gegensatz zu vielen Heterosexuellen haben wir es nicht in der Pubertät gelernt, wie man erfolgreich um einen Menschen wirbt. Stattdessen sind die meisten Schwulen während dieser Zeit mit ihrem Coming-out beschäftigt; da bleibt oft keine Energie mehr für die Partnersuche übrig, zumal viele in dieser Zeit auch überhaupt noch nicht sicher sind, ob sie schwul oder bisexuell sein könnten. Heterosexuelle Jugendliche dagegen, die oft schon stärker von ihrer Orientierung überzeugt sind, sofern sie sie überhaupt in Frage stellen, beginnen meist schon während der Pubertät mit den ersten Beziehungen. Auch wenn sie manchmal nur für ein paar Tage «miteinander gehen», so lernen sie doch eine ganze Menge darüber, wie man mit Zuneigung und Ablehnung, Nähe und Distanz, Wünschen, Sehnsüchten und unerfüllbaren Träumereien umgeht. Diese Erfahrung fehlt vielen Schwulen, und sie müssen sich das oft erst aneignen, wenn sie ihr Coming-out durchlebt haben.

Daniel, 13

Ich will das anhand eines Beispiels klar machen: Vor einiger Zeit kam Daniel zu mir in die Beratung, der gerade sein inneres Coming-out hatte. Daniel war zu diesem Zeitpunkt 13 und sagte, er wisse schon seit seinem 9. Lebensjahr, dass er schwul sei. Nun sei er sich aber ganz sicher und wolle unbedingt einen Freund kennen lernen. Das ist übrigens typisch für Coming-outler: Sobald die innere Gewissheit da ist, wollen viele nicht länger warten und einen Freund kennen lernen. In diesem Punkt unterscheiden sich schwule Jungs überhaupt nicht von heterosexuellen, die auch im Alter von 13, 14 beginnen, sich nach Mädchen umzusehen. Der Unterschied ist jedoch, dass viele heterosexuelle Jungen jetzt aktiv werden und sich in der Liebe ausprobieren können.

Daniel hatte jedoch keine Ahnung, wo er einen anderen Jungen kennen lernen sollte, und ich muss gestehen: ich auch nicht. Also bin ich mit ihm in einen schwulen Infoladen gegangen, dessen Mitarbeiter Coming-out-Gruppen anbieten. Dort sagte man uns, dass alle Jungs in so einer Gruppe älter als 16 sind, doch das war Daniel zu alt – er wollte einen gleichaltrigen Freund. Auch im Infoladen zuckte man mit den Schultern. Dann habe ich bei einem bekannten Jugendmagazin angerufen, die Kontaktanzeigen von Kindern und Jugendlichen veröffentlichen, aber in der Regel nur heterosexuelle. Ich habe dort gefragt, ob auch ein schwuler Junge inserieren könne. Dann sagte man mir, dass die Kontaktanzeigen nach redaktionellen, nicht nach sozialen Gesichtspunkten ausgewählt würden. Es sei unwahrscheinlich, dass Daniels Anzeige berücksichtigt werden würde. Daraufhin hat Daniel bei Mitarbeitern einer Jugendfreizeiteinrichtung angerufen, die einmal im Monat eine schwul-lesbische Disco veranstalten. Aber auch dort ging es erst ab 15, 16 los; für Daniel wäre also kein passender Junge dabei. Nun kam auch noch das Problem mit den Eltern dazu. Die durften nichts von Daniels Schwulsein wissen. Zu der Uhrzeit aber, als die Coming-out-Gruppe stattfand, musste Daniel zu Hause sein. Um daran teilnehmen zu können, dachte sich Daniel für seine Eltern eine Ausrede aus. Mit Unterstützung eines Psychologen nahm er schließlich an einer Coming-out-Gruppe teil, bei der, wie gesagt, die Teilnehmer alle älter als 16 waren. Zusammengefasst heißt das: Ein 13-Jähriger, der ein gesundes Bedürfnis nach einer Beziehung hat und sich jetzt ausprobieren möchte, muss heimlich und mit Unterstützung eines Psychologen an einer Gruppe teilnehmen, deren Mitglieder als Partner überhaupt nicht in Frage kommen. Das Ganze findet hinter dem Rücken der Eltern statt, die sich im Nachhinein im Übrigen als äußerst schwulenfeindlich zeigten. Zum Vergleich: Viele Eltern finden es süß, wenn ihre heterosexuellen 12/13-Jährigen die ersten Beziehungsversuche starten. Bei Daniel ziehen die pubertären Jahre ungenutzt ins Land.

Du solltest nicht ungeduldig oder traurig werden, wenn es mit der Partnersuche nicht gleich so klappt, wie du dir das eigentlich wünschst. Vor allem solltest du dich nicht minderwertig fühlen, wenn du öfter oder andauernd bei der Partnersuche scheiterst. Du hast viel Zeit, und vom Leben kann man gut lernen. Es gibt einige Hürden, die einer erfolgreichen Partnersuche im Weg stehen, und die gilt es zu knacken. Wir werden sie uns jetzt einzeln vornehmen.

Eine negative Einstellung zum Schwulsein und zu Schwulen

Wenn du daran zweifelst, ob es in Ordnung ist, schwul zu sein, dann kann dir das im Wege stehen, wenn du einen Freund suchst. Vielleicht schimpfst du ständig über «die Schwulen» oder über «die Szene» und hältst dich von

Schwulen fern, weil du sie nicht magst. Vielleicht stellt sich auch jedes Mal, wenn du auf einen anderen zugehen willst, weil er dir gefällt, deine schwulenfeindliche Seite dagegen und sagt: «Lass die Finger davon, denn der ist schwul, und das ist nicht richtig.» Damit stehst du dir selbst im Weg. Das ist in etwa so, als wolltest du ein erfolgreicher Theaterschauspieler werden, obwohl du Theater eigentlich langweilig und überflüssig findest. Deine schwulenfeindliche Seite kann so viel Energie von dir abverlangen, dass für ein geschicktes und gelassenes Werben um einen feschen Kater nichts mehr übrig bleibt.

Dieser Prozess muss nicht immer bewusst ablaufen. Marc, 32, erinnert sich noch gut an seine versteckte Schwulenfeindlichkeit:

«Vor ein paar Jahren habe ich immer gedacht, ich bin nur schwul, weil ich irgendetwas Schlimmes in meiner Kindheit erlebt habe. Ich wusste zwar nicht, was, aber ich war davon überzeugt, dass Schwule gestört sind und dass es normal und gesund ist, hetero zu sein. Ich bin viel mit meinen schwulen Freunden zusammen gewesen, bin auch ständig ausgegangen und habe nach einem Freund gesucht, aber es hat nie geklappt. Ich war auch irgendwie neidisch auf meine Freunde, weil die eine Beziehung hatten und ich nicht, habe aber gleichzeitig gedacht: ‹Die sind alle unnormal.› Ich selbst kam mir so ‹gesund› vor, weil ich mein eigenes Schwulsein in Frage gestellt habe. Irgendwann meinte ein Freund zu mir, er hätte die Schnauze voll von meinem psychologischen Geschwätz und ich hätte mein Coming-out ja noch gar nicht abgeschlossen. Zuerst dachte ich: ‹Der spinnt!› Doch dann hat mich das ziemlich beschäftigt. Heute sehe ich das alles anders. Mir geht es gut mit Schwulen, und ich finde auch nicht mehr, dass ich gestört bin oder dass die anderen gestört sind. Vielmehr denke ich, dass ich damals gestört war, weil ich mich nicht intensiver auf andere Männer eingelassen habe.»

Wer sich selbst wegen seines Schwulseins ablehnt, lehnt auch die potenziellen Partner ab, die er eigentlich sucht. Es ist zwar nicht so, dass Jungs oder Männer mit einer schwulenfeindlichen Haltung auf keinen Fall einen Freund finden können. Die Frage ist nur, ob nicht die Qualität der Beziehung darunter leidet, wenn man eigentlich Schwule und ihren Lebensstil ablehnt. Andererseits kann es auch sein, dass man einen Partner findet, dem es ähnlich geht, der einen versteht und mit dem man die eigene Schwulenfeindlichkeit beheben kann. Doch das setzt voraus, dass man sie auch beheben will.

Wenn Jungs oder Männer zu mir in die Beratung kommen, die sich in jemand anderen verliebt haben und die gleichzeitig ihr Schwulsein ablehnen, bestärke ich sie immer zuerst darin, ihre schwule Seite zu akzeptieren. Denn erst wenn alle Gefühle «an einem Strang ziehen», lässt es sich viel besser um jemand anderen werben. Vielleicht bekommt man ja sogar Spaß dabei.

Ein Leben ohne Partner – geht denn das?

So verständlich es ist, dass Menschen nach einem Partner suchen, so sehr sollte man sich auch einmal die Frage stellen: «Ist es wirklich so schlimm, ohne Partner zu sein?» Denn kaum etwas stört eine abwartende Haltung mehr als die Überzeugung, ohne Partner sei das Leben nur halb so schön oder langweilig. Im Übrigen stimmt diese Weltsicht gar nicht. Mit einer Beziehung kann das Leben genauso langweilig sein, im schlimmsten Fall langweilt man sich sogar zu zweit.

Doch unsere Vorstellung von einem erfüllten Leben ist davon geprägt, dass nur eine Beziehung unserem Dasein die nötige Befriedigung verschafft. Das ist auch nicht weiter verwunderlich, denn wir sind den ganzen Tag Einflüssen ausgesetzt, die uns sagen, dass wir ohne Partner nur halb so viel wert sind wie mit. Filme, Werbung, Pop, Magazine, Bücher, Märchen – überall wimmelt es nur so von Menschen, die leiden, weil sie alleine sind oder sich freuen, weil sie jemanden gefunden haben. Andere Lebensmodelle, wie zum Beispiel ein erfülltes Single-Leben mit viel Spaß und einer Prise Lebensglück, werden selten als positiv und erstrebenswert bewertet. Wie soll man da solo und gleichzeitig selbstbewusst bleiben?

Viele Schwule fühlen sich minderwertig, weil andere einen Freund haben und sie selbst nicht. Sich minderwertig zu fühlen ist aber keine gute Eintrittskarte für eine Beziehung. Daher sollte jeder für sich in Ruhe überprüfen, ob es wirklich so schrecklich öde ist, ohne Partner zu sein, oder ob da nicht eher Gefühle von Minderwertigkeit oder gesellschaftliche Zwänge mit am Werk sind. Denn das Single-Leben kann mitunter sehr aufregend sein:

- man muss sich niemandem gegenüber rechtfertigen;
- man kann Freunde treffen, wann man will;
- man kann seinen Hobbys nachgehen, sooft man will;
- man kann sich die Nächte in Clubs um die Ohren schlagen, ohne mit dem Freund Stress zu bekommen;
- man kann seine Sexualität ausleben und sich ausprobieren, ohne dabei ein schlechtes Gewissen zu bekommen oder mit dem Partner darüber reden zu müssen;
- man kann sein Leben organisieren, ohne es mit jemandem abzusprechen;
- man hat mehr Zeit für sich selbst.

Ich will damit nicht sagen, dass ein Single-Leben schöner ist als das Leben mit einem Freund, aber es ist zumindest gleichwertig. Den emotionalen Teil können oft auch platonische

Freunde bedienen, und die Sexualität kann man sich in der Szene holen – wenn man das will. Ich schreibe das alles nicht, weil ich dich überzeugen will, Single zu bleiben, sondern weil ich glaube, dass es wichtig ist, sein eigenes Leben zu mögen und es sich schön einzurichten, um attraktiv für andere zu sein. Denn der Kater, der um dein Haus streunt, möchte schließlich nicht in eine Bruchbude einziehen. Je mehr wir uns mit uns selbst wohl fühlen, desto weniger klammern wir und desto weniger Angst haben andere, sich an uns zu binden.

Verzweifelt suchen

Wer sich aber überhaupt nicht wohl fühlt mit sich und seinem Leben, der strahlt das oft auch nach außen aus, zum Beispiel indem er andere – oft unbewusst – spüren lässt, dass er verzweifelt sucht. Ich habe mal in einem Buch ein ungeschriebenes Gesetz des Lebens gefunden, nach dem das Pferd, auf das ein reicher Mann gesetzt hat, immer eine Sekunde eher durchs Ziel läuft als das Pferd desjenigen, der soeben Bankrott gemacht hat. Übersetzt soll das heißen: Der, der gerade unbedingt etwas benötigt, wird es nicht bekommen. Schwule, die ausstrahlen, dass sie es gar nicht mehr abwarten können, dem Mann fürs Leben zu begegnen, werden andere eher abschrecken, als dass sie anziehend wirken. Männer, die Kontaktanzeigen aufgeben, in denen zum Beispiel steht «Einsamer Junge sucht dich für jetzt und für das ganze Leben», werden kaum Liebhaber finden. Denn du darfst nicht vergessen: Andere haben auch Angst! Angst vor zu viel Intimität und Angst vor zu viel Verbindlichkeit. Das ist ganz normal. Doch wer Angst hat, will vorsichtig geködert werden. Anziehend ist, wer unabhängig erscheint; wer in sich ruht und signalisiert, dass er auch warten kann.

Männer, die ständig suchen, gehen nur noch aus, um jemanden kennen zu lernen. Jeder Besuch in einer Kneipe oder Bar, jede Nacht im Club, jeder Saunagang ist damit verbunden, auf einen möglichen Partner zu treffen. Und jeder Mann, dem sie begegnen, wird daraufhin abgeklopft, ob er ein möglicher Partner sein könnte oder nicht. Verständlich, dass es unter solch einem Druck nicht gelingt, etwas «Zufälliges» wie das Verlieben auf sich zukommen zu lassen.

Überhöhte Erwartungen an einen Partner und an eine Beziehung haben

Viele, die verzweifelt suchen, haben ein bestimmtes Bild im Kopf, wie ein Partner sein sollte und wie eine Beziehung verlaufen muss. Das ist nicht immer ein realistisches und realisierbares Bild, sondern kann sich auch im Bereich der Illusionen bewegen. Jungs und Männer, die ohne Partner und dabei unglücklich sind, leiden oft unter ihren Wünschen nach ihrem Traumprinzen. Wenn sie endlich mal einen Mann gefunden haben, dann schauen sie kurze Zeit später wieder nach jemand Besserem. Niemand kann es ihnen so richtig recht machen, niemand löst die verliebten Gefühlsstürme aus, die sie sich die ganze Zeit erhoffen. Auch das hat viel mit Angst zu tun: In dem Augenblick, wo wir jemand anderen haben können, lässt die Begeisterung nach, weil die Beziehung plötzlich so greifbar nahe ist. Nun sind wir es, die in der Widersprüchlichkeit von Wunsch und Angst gefangen sind; nun sind wir der Kater, der vorsichtig wird und nicht in das Haus gehen will. All das ist normal und sollte nicht immer gleich dazu führen, den Partner fallen zu lassen. Natürlich kann es sein, dass der andere nicht der Richtige für uns ist. Aber es kann auch sein – und das gilt es jetzt zu überprüfen –, dass wir keine große Lust mehr verspüren, *gerade weil* der andere der Richtige ist.

Eine Beziehung muss nicht immer so verlaufen, wie wir es als Kinder in Märchen gelernt haben oder wie es uns Hollywood vorgaukelt. Sie kann viel unspektakulärer sein, ohne dramatische Liebesszenen, ohne animalischen Sex, ohne verträumte Harmonie. Das ist nicht weiter verwunderlich, denn der Eintritt in eine Beziehung bedeutet oft auch den Abschied von der Freiheit des Single-Daseins, das plötzlich so aufregend erscheinen kann wie nie zuvor. Sich auf einen Partner einzulassen heißt, sein Leben zu verändern und einige Gewohnheiten aufzugeben. Das kann ein Verliebtheitsgefühl dämpfen und muss nicht immer heißen, dass der Partner der falsche Mann für uns ist.

Sich selbst abwerten

Es gibt kaum einen Aspekt, der die Partnersuche mehr vermiest, als die ständige Nörgelei an sich selbst. Man fühlt sich unattraktiv oder hässlich, findet sich nicht liebenswert oder beklagt, zu wenig Selbstbewusstsein oder zu wenig Charme zu besitzen, um jemanden aufzureißen.

Bei der Selbstabwertung spielen mehrere Faktoren eine Rolle: Die Werbung, die uns immer wieder suggeriert, einen perfekten Körper haben zu müssen; die Szene, die Jugend- und Körperkult fördert; gesellschaftliche Vorurteile gegen Schwule und schließlich die Tatsache, dass viele Schwule diese Vorurteile auch verinnerlicht haben und gegen sich selbst richten.

Wer sich nicht mag, macht sich handlungsunfähig, denn er kann sich seine Partner nicht aussuchen. Er rechnet ständig mit einer Abfuhr. Er ist dankbar für das, was sich ihm bietet, und hat das Gefühl, dauernd zugreifen zu müssen, weil es ja ohnehin eine große Ehre ist, dass ihn überhaupt jemand wahrnimmt. Jeder Mensch kennt Selbstabwertung, und bis zu einem gewissen Grad ist das auch normal. Aber wir sollten aufpassen, dass sie nicht überhand nimmt, sonst besteht die Gefahr, dass wir in Gegenwart eines Traumprinzen, sofern er uns begegnet, so sehr schrumpfen, dass man uns irgendwann wirklich nicht mehr sieht.

Man kann die Selbstabwertung aber ganz gut in den Griff bekommen, wenn man mit sich insgesamt versöhnlicher umgeht; es lernt, sein Leben zu genießen und seinen Körper so zu nehmen, wie er ist, unabhängig von dem, was die Werbung sagt. Wie langweilig wäre die Welt, wenn alle den gleichen Standardkörper zur Schau tragen würden? Jeder Mensch, egal, wie er aussieht, wie alt er ist, was er ist oder wie er sich verhält, ist für irgendjemand anderen auf dieser Welt attraktiv. Davon solltest du dich überzeugen. Schau dich in deinem Freundes- und Bekanntenkreis um – die wenigsten, die in Beziehungen leben, sehen aus wie Supermodels oder sind erfolgreich wie Bill Gates. Die meisten sind Mittelmaß.

ÜBUNG: WIE MAN ERFOLGREICH KEINEN FREUND FINDET

Teil I: Theoretischer Teil

Es ist nicht leicht, auf Dauer ohne Partner zu bleiben. Viele scheitern bereits kurz nach ihrer Pubertät und lernen jemanden kennen. Andere wähnen sich viele Jahre sicher, bis ihnen dann mit dreißig, vierzig, fünfzig oder sechzig der Mann fürs Leben begegnet. Das ist besonders gemein, weil es einen oft so überraschend trifft und man gar nicht vorbereitet ist. Damit du erfolgreich allein bleibst, solltest du zunächst gewisse Voraussetzungen bei dir selbst schaffen. Denn nur so ist garantiert, dass du von Begegnungen mit einem Mann verschont bleibst.

1. Schritt: Der sicherste Ort, dich vor einer Beziehung zu schützen, ist das eigene Heim. Das Fernsehprogramm ist mittlerweile so abwechslungsreich, dass es heutzutage niemandem mehr wirklich schwer fallen dürfte, zu Hause zu bleiben. Sollte es dann doch einmal passieren, dass es klingelt, der Traumprinz vor der Tür steht und sagt: «Verzeihung, ich bin der Traumprinz und suche eine Beziehung – sind Sie noch frei?», dann darfst du der Aufforderung natürlich nicht nachkommen.
2. Schritt: Mache dir täglich klar, dass die Schwulen eigentlich komische Menschen sind. Ärgere dich oder schäme dich, dass es gerade dich erwischt hat.
3. Schritt: Verliebe dich grundsätzlich in Männer, die

- heterosexuell sind,
- in einer Beziehung leben,
- sich nicht für dich interessieren,

oder verliebe dich grundsätzlich nie.

4. Schritt: Schaffe dir innere Barrieren, die dir zur Not als Hilfsmittel dienen, zum Beispiel: «Wenn man jemanden beim Sex kennen lernt, kann daraus sowieso nie eine Beziehung entstehen» oder «In Bars lernt man sowieso niemanden kennen» (oder in Saunen oder in Parks) oder «Schwule sind sowieso beziehungsgestört».
5. Schritt: Um sich auf Dauer zu schützen, ist es unbedingt erforderlich, ein stabiles Minderwertigkeitsgefühl zu entwickeln. Denn nur so hält man andere von sich fern. Sehr erfolgreich darin sind Männer, die sich durch und durch schrecklich finden. Manchmal hilft es aber auch schon, sich klar zu machen, was für ein Weichling man ist, wie unscheinbar man eigentlich aussieht, dass man zu alt ist, wie schlaff die Muskeln sind oder dass man es im Bett nicht bringt. Wenn auch das nicht hilft, schau dich um: überall nur Beziehungen. Wenn das kein Grund ist, sich schlecht zu fühlen!
6. Schritt: Nun geht es darum, das soeben aufgebaute Minderwertigkeitsgefühl zu stabilisieren. Gehe allein in eine Kneipe oder in eine Bar (ein Club tut es auch) und begreife endlich, dass dich niemand beachtet. Sollte doch mal jemand schauen, überlege dir Gründe, warum er geschaut haben könnte, zum Beispiel:

- er hat dich verwechselt;
- du sitzt auf einem Platz, der eigentlich jemand anderem gehört;
- er denkt nach und registriert dich gar nicht;
- du bist so hässlich, dass man einfach schauen muss;
- andere Gründe.

Schreibe deine Vermutungen auf und meditiere darüber.
7. Schritt: Entfalte vor deinem inneren Auge ein Bild von einem Mann und von einer Beziehung, das unerfüllbar

bleiben wird. Nimm dir Märchen und amerikanische Filme zum Vorbild. Träume so lange davon, bis du die Sehnsucht kaum noch aushältst. Mache diese Sehnsucht zu deinem Lebensgefühl.

8. Schritt: Nun müssen andere erfahren, was für ein Beziehungsversager du bist, damit sich der Zustand weiter verfestigt. Erzähle allen, die dir etwas bedeuten, wie schwer es ist, einen Mann kennen zu lernen. Der Erfolg wird spürbar, wenn du aus Versehen jemanden kennen lernst und sich alle darüber wundern.

Wenn es dir jetzt schlecht genug geht, darfst du dich an Teil II wagen.

ÜBUNG: WIE MAN ERFOLGREICH KEINEN FREUND FINDET

Teil II: Praktischer Teil

Wenn du die seelischen Voraussetzungen dafür geschaffen hast, allein zu bleiben, heißt das noch lange nicht, dass du auch wirklich allein bleibst. So unglaublich das auch klingen mag, aber es kann dir immer wieder passieren, dass du jemanden kennen lernst. Schlimmstenfalls spricht dich sogar jemand an. Nimm solche Ereignisse nicht als Fehlschlag, sondern erkenne sie als Chance, die es zu ergreifen gilt – eine Chance, an der es sich gut üben lässt. Die Übungen bauen nicht aufeinander auf. Du musst also nicht alle Übungen machen (keine Angst – so viele Männer wirst du gar nicht finden!). Jede einzelne Übung eignet sich, um den Heilungsprozess zu beschleunigen.

1. Übung: Wenn dich jemand ablehnt, sieh endlich ein, dass er nicht der Einzige ist. Alle Menschen finden dich unattraktiv.
2. Übung: Wenn du in einer Bar oder in einem Club stehst und jemanden entdeckst, der dir gefällt, dann suche nach einem originellen Spruch, mit dem du ihn ansprechen könntest. Der Spruch muss so originell sein, dass er Hollywood-Anmachen weit in den Schatten stellt. Wenn dir nichts einfällt, dann liegt das daran, dass du es insgesamt nicht bringst.
3. Übung: Wenn dich jemand anmacht, finde ihn doof. Falls dir das nicht gelingt, überleg doch mal: Allein die Tatsache, dass er gerade dich anbaggert, stempelt ihn schon zum Volltrottel.
4. Übung: Wenn du gerade jemanden kennen gelernt hast, erinnere dich an alle Niederlagen, die du bisher mit Männern erlebt hast. Schau in den Spiegel: Du wirst auch an der neuen Beziehung scheitern!
5. Übung: Wenn du gerade jemanden kennen gelernt hast, verliebe dich sofort in ihn, und zwar unsterblich. Hoffe, dass er die Sehnsucht, mit der du dich in Teil I eingerichtet hast, erfüllen wird. Teile ihm bereits nach wenigen Minuten eures Kontaktes alle deine Gefühle mit. Wenn das nicht hilft, sage ihm, dass du ein einsamer Kuschelbär bist, der dringend Liebe braucht.
6. Übung: Mach dir klar, was eine Beziehung wirklich bedeutet: Du wirst nie mehr selbstbestimmt handeln können. Seine Nähe wird dich bis in alle Ewigkeit erdrücken.
7. Übung: Wenn du dich in einen Mann verliebt hast, begreife, dass das alles sowieso keinen Zweck hat. Baue stattdessen ein stabiles und chronisches Leidensgefühl auf.
8. Übung: Wenn du dich in einen Mann verliebt hast, mache dir bewusst, dass er wunderschön ist, alles kann und

von allen begehrt wird. Vergleiche dich mit ihm: Du bist nichts dagegen!

9. Übung: Wenn sich jemand in dich verlieben sollte, finde eine unbedeutende negative Seite an ihm. Bausche sie so weit auf, bis du keine Lust mehr hast, ihn wiederzusehen.

10. Übung: Wenn du auf einen Mann triffst, den du geil findest, dann mache die Sache kompliziert: Prüfe, ob er der Mann fürs Leben sein könnte, und rede mit ihm darüber, noch bevor ihr miteinander schlaft. Wenn auch das nicht hilft, entwickle eine Erektionsstörung.

11. Übung: Wenn du einen Mann kennen gelernt hast, vermeide es, eine sexuelle Spannung aufkommen zu lassen. Erzähle ihm nach wenigen Minuten eures ersten Kontaktes möglichst detailliert und strukturiert, wie du dir eine Beziehung vorstellst. Mache dir vorher Notizen, damit du nicht ins Stottern kommst.

Mit drei oder vier Übungen müsstest du es eigentlich geschafft haben. Herzlichen Glückwunsch!

4. KAPITEL

[Liebe inkl.]

Schwule in Beziehungen

WIE MAN MIT EINER BEZIEHUNG KLARKOMMT

Im Kapitel über die Partnersuche habe ich behauptet, dass es angenehm und erstrebenswert sein kann, ohne Partner zu leben. Doch ein Leben mit Partner hat genauso viele Vorteile. Wenn man einen Freund gefunden hat, der zu einem passt, mit dem man sich also emotional, geistig und/oder sexuell gut versteht, dann setzt das sehr viel Energie frei. Das Gefühl, bei jemandem angekommen zu sein, verleiht ein schönes, leichtes Lebensgefühl und verschafft ein hohes Maß an Befriedigung. Und ein fester Freund erspart die Unruhe, die Suchende oft haben: werben, gut aussehen müssen, sich darstellen müssen, Niederlagen einstecken.

Eine Freundin, die schon seit einigen Jahren verheiratet ist, kicherte neulich vor sich hin, als ein gemeinsamer Freund von uns grübelte, ob er seinen neuen Schwarm nun anrufen sollte oder ob es besser wäre, noch etwas damit zu warten. «Wenn ich an diesen Stress denke», sagte sie, «ob man jetzt nun anrufen soll oder nicht. Was bin ich froh, dass ich damit nichts mehr zu tun habe.»

Rund 50 Prozent aller Schwulen leben in einer Beziehung

Es wird immer selbstverständlicher, dass Schwule in Beziehungen leben. Vor einiger Zeit telefonierte ich mit Thomas

Grossmann, der den Coming-out-Klassiker «Schwul, na und?» geschrieben hat und kurz darauf den schwulen Partnerschaftsratgeber «Beziehungsweise andersrum». Das war Mitte der achtziger Jahre. «Beziehungsweise andersrum» musste wegen zu geringer Verkaufszahlen vom Markt genommen werden. Ich wollte von Thomas wissen, woran das gelegen haben könnte. Thomas meinte, die Zeit sei damals noch nicht reif gewesen für solch ein Buch. Schwule waren noch viel zu sehr mit dem Coming-out, mit Diskriminierungen und mit AIDS beschäftigt, um sich um Beziehungsprobleme zu kümmern. Schließlich war es noch gar nicht so lange her, dass schwuler Sex illegal war. Den Schritt von der Strafbarkeit zur Legalisierung musste man erst einmal gedanklich und emotional verarbeiten.

Doch in den Neunzigern und im neuen Jahrtausend scheint sich einiges geändert zu haben. In der öffentlichen Diskussion geht es nicht mehr nur darum, ob es richtig oder falsch ist, wenn zwei Männer eine Beziehung führen, sondern auch, inwieweit man schwule Beziehungen gesetzlich absegnen könnte, sodass sie der Ehe gleichgestellt sind. Es ist also eine ganze Menge passiert seit den achtziger Jahren.

Was schwule und heterosexuelle Beziehungen gemeinsam haben

Doch nicht alle Menschen, die in Beziehungen leben, befinden sich in einem chronischen Glückszustand. Das denken oft nur diejenigen, die gerade keinen Freund haben. In einer Beziehung zu leben heißt oft auch, an sich und an der Beziehung zu arbeiten. Das kann sehr viel Spaß machen, weil man sich selbst weiterentwickeln kann und sich am anderen reibt, das kann aber manchmal auch anstrengend sein. Wenn zwei Partner miteinander in einen Konflikt geraten, geht es oft um grundsätzliche Themen, mit denen alle

wo ist die Gleic
Homo-Ehe sofo

Reichstag
Sitz des Bundestages
tellung?

Beziehungen zu tun haben, egal, ob sie nun heterosexuell, lesbisch oder schwul sind:

- Viele beschäftigt die Frage, ob sie den passenden Partner gefunden haben oder nicht.
- Die Ausgewogenheit zwischen Nähe und Distanz sollte stimmen. Sind sich die Partner zu nah oder ist einer von beiden verschlingend oder kontrollierend, fühlt man sich erdrückt. Sind beide oder ist einer von beiden zu sehr auf Distanz, bleiben Wünsche nach Geborgenheit, Nähe und Gemeinsamkeit unerfüllt.
- In vielen Beziehungen geht es darum, wer der Stärkere ist (Machtkämpfe).
- Einer der Partner hat Erwartungen, die der andere nicht erfüllen kann (zum Beispiel Treue, gemeinsames Wohnen, gemeinsame berufliche Ziele).
- Es gibt Missverständnisse in der Kommunikation, die Streit nach sich ziehen.
- Paare sind bestrebt, ihre Beziehung und ihre Sexualität lebendig zu halten.
- Andererseits sträuben sich viele Paare auch – oft unbewusst – gegen Entwicklung und Veränderung, weil das die Existenz der Beziehung in Frage stellen könnte.

Was schwule von heterosexuellen Beziehungen unterscheidet

Es gibt aber auch Themen, mit denen sich speziell Schwule in ihren Beziehungen auseinander setzen müssen. Zum Beispiel können wir uns nur bedingt an heterosexuellen Beziehungen orientieren – wir haben kaum Vorbilder, wie es funktioniert, wenn zwei Männer zusammen sind. Von unseren Eltern haben wir gelernt, dass Männer berufstätig sind, Geld verdienen, in der Beziehung die Führung übernehmen und die Gefühle den Frauen überlassen. Natürlich stimmen diese Klischees nicht immer, aber es gibt bestimmte Grundmuster, die bis heute geblieben sind. Wenn zwei Männer miteinander eine Beziehung eingehen und beide es gelernt haben, als Männer die Zügel in der Hand zu halten, zu kontrollieren, das Sagen zu haben oder sich durch Stärke Bestätigung zu holen, dann kann das zum Konflikt führen. Nehmen wir nur mal an, beide wollen vor dem anderen glänzen, indem sie sich als möglichst stark darstellen. Natürlich werden sie dem Partner die Anerkennung verweigern, denn damit würden sie ihm unweigerlich Stärke zugestehen. Das geht aber nicht, weil sie ja selbst vor dem anderen der Stärkere sein wollen.

Coming-out und Beziehung

In schwulen Beziehungen haben wir es mit einem ähnlichen Phänomen zu tun, wie ich es auch schon im Kapitel über die Partnersuche erklärt habe: Viele Schwule waren während der Pubertät so sehr mit ihrem Coming-out beschäftigt, dass sie keine Gelegenheit fanden, sich in Beziehungen auszuprobieren. Wichtige Beziehungserfahrungen, die viele heterosexuelle Jugendliche machen, fehlen, wie zum Beispiel der Umgang mit Nähe und Distanz, mit übersteigerten Wünschen und Sehnsüchten oder mit Enttäuschungen und Ängsten.

Doch die Zeit des Coming-outs ist nicht vergeudet – ganz im Gegenteil. Sie hat auch etwas Positives für das spätere Beziehungsleben. Wenn zwei schwule Männer miteinander eine Beziehung eingehen, dann haben beide mit dem Coming-out etwas Gemeinsames, etwas Ähnliches erlebt. Das hilft ihnen, sich gegenseitig dabei zu unterstützen, wenn sie noch Schwierigkeiten mit dem Coming-out haben. Ein weiterer Pluspunkt ist, dass sich beide Partner bereits einmal in ihrem Leben ganz intensiv mit ihrer Sexualität auseinander gesetzt haben. Viele mussten sich mit Gefühlen des Andersseins und der Scham herumschlagen, und viele haben es anschließend gelernt, mit anderen Schwulen und Lesben darüber zu reden. Viele haben auch mehr oder weniger anstrengende Auseinandersetzungen mit den Eltern wegen des Schwulseins hinter sich. Das kann ihnen jetzt, wenn sie in einer Beziehung leben, dazu verhelfen, dass sie mit ihrem Partner leichter über sich und über ihre Sexualität reden und streiten können – ein Pfund, das nicht zu unterschätzen ist, denn viele Männer haben, wie wir später noch sehen werden, große Probleme damit, über sich zu sprechen. Man kann auch sagen, dass schwule Männer durch die Erfahrung mit dem Coming-out eine große Beziehungsfähigkeit entwickelt haben.

Unbewältigtes Coming-out in einer Beziehung

Doch so positiv sich ein Coming-out auf der einen Seite auswirken kann, so erheblich kann es eine Beziehung stören, wenn es noch nicht ganz bewältigt wurde; wenn also schwulenfeindliche Ansichten oder Gefühle von Scham bei einem der Partner oder bei beiden zurückgeblieben sind. Und das ist aus folgendem Grund bedenklich: Wenn ein Partner seine eigene Homosexualität ablehnt, dann lehnt er unwillkürlich und zumindest in Teilen auch den Partner ab, denn der ist ja schließlich ein «Repräsentant» des Schwulseins. Wenn man seine schwarze Haarfarbe nicht mag und der Auffassung ist, dass schwarze Haare grundsätzlich nicht richtig seien, dann wird man sich entweder keinen Partner mit schwarzen Haaren aussuchen, oder man wird die schwarzen Haare beim Partner vielleicht billigend in Kauf nehmen, sie innerlich aber ablehnen. Der Partner wird diese

Ablehnung spüren, und es bleibt immer ein Unbehagen in der Beziehung bestehen.

Jonas, 18, hatte diesen Konflikt sehr deutlich erlebt: Er war davon überzeugt, dass Schwulsein unnormal sei. Zwar hatte er es bei sich akzeptiert, aber es blieb immer etwas von einer schweren Krankheit, die man eben hinnehmen musste – so als müsse er damit klarkommen, mit nur einem Bein auf die Welt gekommen zu sein. Er stand nicht zu sich, wenn er sich verliebte, und war der festen Überzeugung, dass Schwule beziehungsgestört seien. In den Beratungen bei mir vertrat er die Ansicht, dass es ohnehin besser sei, allein zu leben. Manchmal aber wurde seine Sehnsucht nach einem Partner sehr heftig. Dann kam es immer wieder vor, dass er sich verliebte und mit seinen Ansichten in einen inneren Konflikt geriet. Ich selbst war oft ganz erstaunt, wie konsequent Jonas schwule Beziehungen ablehnte und wie sehr er sich gleichzeitig danach sehnte. Das machte mich in den Beratungen zuweilen auch hilflos.

Eines Tages jedoch lernte er Thomas kennen, der zwei Jahre älter war. Thomas studierte katholische Theologie und konnte seinen Glauben nicht mit seinem Schwulsein in Einklang bringen. Thomas hatte also ein ähnliches Problem wie Jonas. Beide verliebten sich ineinander. Trotz aller inneren Widerstände bemühte sich Jonas, mit Thomas eine Beziehung zu führen. Die erste Zeit war sehr anstrengend für beide, weil sie sich eigentlich gar nicht aufeinander einlassen konnten und wollten. Ich muss gestehen, dass ich nicht viel Hoffnung hatte, dass die beiden das schaffen würden. Nach einigen Wochen geschah denn auch, was geschehen musste: Jonas fand sein Vorurteil bestätigt, dass Schwule beziehungsunfähig seien, weil es mit Thomas nicht so funktionierte, wie er sich das vorgestellt hatte. Zu diesem Zeitpunkt erkannte er noch nicht, wie sehr seine eigene verinnerlichte Schwulenfeindlichkeit zum Scheitern der Beziehung beitragen würde. Erst als ihm das bewusst wurde, konnte er sich mehr auf Thomas einlassen. Beide haben es nach einer anstrengenden Zeit geschafft, ihre Homosexualität anzunehmen und ihre Beziehung zu entwickeln.

Ein Jawort zum Schwulsein

Sich auf eine schwule Beziehung einzulassen bedeutet oft auch, sich ein weiteres Mal zum eigenen Schwulsein zu bekennen; eine Beziehung ist sozusagen die Fortsetzung des inneren Coming-outs. Ein Freund ist der lebendige Beweis dafür, dass wir schwul sind. Wenn du Schwierigkeiten hast, dich auf einen anderen Mann einzulassen, kann das auch daran liegen, dass du dich nicht auf dein Schwulsein einlassen willst.

Es kommt oft vor, dass Schwule ihre Partner verleugnen, zum Beispiel bei den Eltern, bei den Arbeitskollegen oder bei den Freunden, weil sie ihre eigene schwule Seite ablehnen. Diese Verleugnung ist immer auch eine Verletzung für den anderen, weil es seine gesamte Existenz als Liebhaber in Zweifel zieht.

Auf der anderen Seite macht es uns die Umwelt nicht immer leicht, zu unserer Beziehung zu stehen. Zwar werden wir nicht mehr wie früher andauernd schief angeschaut, aber es ist oft noch etwas Besonderes, wenn zwei Männer eine Beziehung führen. In den Innenstädten von Hamburg, München, Köln und Berlin rümpft vielleicht niemand mehr die Nase, aber in Erlangen, Witten oder Hinterzarten möglicherweise doch. Und es ist nicht nur offene Feindseligkeit, die einer Beziehung zu schaffen macht, sondern auch das Fehlen einer positiven Bestärkung. Es tut einer Beziehung ungemein gut, wenn sie von außen bestätigt wird. Heterosexuelle Paare holen sich diese Bestätigung durch Bindungsrituale wie Verlobung und Hochzeit. Auch im Kreis der Familie wird das Paar oft selbstverständlich und freudig aufgenommen. Dagegen kann jede offene oder verdeckte Ablehnung von außen einer Beziehung zu schaffen machen, indem sie die Partner wieder mit ihren Erlebnissen aus dem Coming-out konfrontiert. Es ist wichtig, dass ihr euch die Probleme eines unfertigen Coming-outs, der gegenseitigen Verletzungen und der Rolle, die eure Umwelt dabei spielt, bewusst macht und darüber sprecht. So verhindert ihr es, dass Verletzungen, sofern sie unausgesprochen bleiben, zu einer Trennung führen.

Männer können schlecht über sich reden

Es klingt immer so einfach, wenn jemand wie ich sagt: «Redet darüber, und dann wird das schon werden.» Auch Psychologen, denen man in Jugendzeitschriften und Magazinen sein Herz ausschütten kann, raten immer wieder, mit dem Partner ins Gespräch zu kommen und über sich und seine Gefühle zu sprechen. Doch so abgedroschen dieser Ratschlag auch klingen mag – es steckt viel dahinter. Die meisten Paare, auch heterosexuelle, leiden darunter, dass sie nicht mehr zueinander in Kontakt kommen. Natürlich reden die meisten miteinander – über Politik, Filme, das Wetter oder die Freunde –, aber das ist mit «miteinander reden» nicht gemeint. Gemeint ist vielmehr die Fähigkeit, über sich selbst, also über seine Gefühle, seine Ängste und seine Wünsche zu sprechen. Ich habe weiter oben behauptet, dass es Schwule durch die Bewältigung ihres Coming-outs gelernt haben, über einen wesentlichen Teil von sich, nämlich die Sexualität, zu reden. Doch es gibt auch einen Hemmschuh, der es schwer macht, über sich zu sprechen: die Tatsache, dass Schwule Männer sind.

Es ist schon viel darüber geschrieben worden, dass Männer

dazu erzogen wurden, immer stark sein zu müssen, nicht weinen zu dürfen und so weiter. An anderer Stelle habe ich bereits beschrieben, dass Männer schnell in einen Machtkampf verwickelt werden können. Ich will das hier nicht alles aufwärmen, weil die meisten ohnehin wissen, worum es geht. Aber ich glaube, dass die Erziehung zu einem Mann, die wir mehr oder weniger alle durchlebt haben, uns in späteren Beziehungen an einem ganz entscheidenden Punkt zum Verhängnis werden kann: Wir tun uns schwer damit, über unsere Gefühle zu sprechen.

Frauen fällt es oft leichter, über sich und die Beziehung zu reden, weil sie nicht unter dem Druck stehen, ihre «Männlichkeit» zu verlieren, wenn sie sich schwach zeigen. Viele Männer fürchten sich aber, vom anderen nicht mehr geliebt, geachtet und respektiert zu werden, wenn sie auch mal ihre «schwachen» Seiten wie Wünsche, Ängste und Hoffnungen zeigen. Wenn aber zwei Männer, die miteinander in einer Beziehung leben, sich verschließen, schläft die Beziehung ein. Langeweile tritt an die Stelle von Lebendigkeit, Kränkung an die Stelle von Versöhnung, Distanz an die Stelle von Nähe. Es scheint so einfach zu sein, dem Partner zu sagen: «Ich wünsche mir mal ...» oder «Mir geht es so, dass ...», doch in Wirklichkeit ist das oft sehr schwer. Jede Beziehung ist aber immer auch ein gutes Übungsfeld, in dem man sich selbst und seine Beziehungsfähigkeit ausprobieren kann.

Treue versus offene Beziehung

Wenn es die Partner schaffen, über sich und die Beziehung miteinander ins Gespräch zu kommen, dann lassen sich viele Probleme lösen – sie können ausgehandelt werden. Das Aushandeln ist ein gesunder und wichtiger Prozess in einer Beziehung, denn er ermöglicht es dem Paar, einen Kompromiss zwischen zwei gegensätzlichen Standpunkten zu finden, die, wenn sie nicht ausgehandelt werden, zu Verletzungen und zur Trennung führen können. Ich will das anhand eines Themas erklären, mit dem viele schwule Beziehungen zu tun haben: mit der Frage, ob die Beziehung monogam oder offen sein soll.

Im Gegensatz zur heterosexuellen Lebenskultur verfügen wir über eine Szene, die mit ihren sexuellen Möglichkeiten auch Auswirkungen auf das Beziehungsleben hat. Der Wunsch nach «außerehelichem Sex» kann in einer schwulen Beziehung leicht verwirklicht werden. Nehmen wir mal an, der Wunsch wird bei einem der Partner zunehmend stärker und derjenige bespricht das Thema nicht mit dem anderen, weil er vielleicht Angst hat, ihn zu verletzen. Stattdessen unterdrückt er seinen Wunsch nach «außerehelichem» Sex mit der Konsequenz, dass er möglicherweise ärgerlich über die Beziehung wird. Oder aber er lebt sein Bedürfnis aus, hat dabei aber ein schlechtes Gewissen und staut aus diesem Grunde Ärger an. Versetzen wir uns nun in die Lage des Partners. Vielleicht wundert er sich darüber, dass sein Freund so abweisend zu ihm ist, und kann sich das Verhalten nicht erklären – es macht ihm Angst. Vielleicht entdeckt er auch eines Tages, dass sein Freund sexuell fremdgeht. Vermutlich reagiert er enttäuscht und gekränkt. Wie auch immer seine Reaktion aussieht – ein Konflikt ist programmiert, wenn das Thema «offene Beziehung» einen der Partner oder beide beschäftigt und sie nicht darüber reden.

Andererseits kann ein Konflikt vermieden werden, wenn beide Partner miteinander in einen Verhandlungsprozess treten. Das für beide unangenehmste Ergebnis, das dabei herauskommen könnte, ist das gegenseitige Beharren auf einer Position: «Ich will Sex außerhalb der Beziehung» gegen «Ich verlange absolute Treue». Ziel einer Verhandlung sollte es aber sein, dass beide Partner einen Kompromiss finden, bei dem die Bedürfnisse beider berücksichtigt werden und bei dem beide notfalls auch Abstriche machen müssen. Das lässt sich gut am Beispiel der offenen beziehungsweise monogamen Beziehung veranschaulichen.

Es gibt Punkte, die für eine monogame Beziehung sprechen:
_ Sie vertieft die Bindung.
_ Sie verschafft Sicherheit und ein Zuhause.
_ Sie verlangt ein bedingungsloses Einlassen auf den Partner.

Es gibt aber auch Punkte, die gegen eine monogame Beziehung sprechen:
_ Sie kann langweilig werden.
_ Sie kann einengen.
_ Sie kann das sexuelle Verlangen verringern.

Andererseits gibt es Punkte, die für eine offene Beziehung sprechen, zum Beispiel:
_ Sie kann jemandem das Gefühl geben, sich in der Beziehung frei zu fühlen.
_ Sie kann die Beziehung lebendig halten.
_ Sie kann gegenseitiges Vertrauen fördern.
_ Sie kann jemandem die Möglichkeit bieten, sich mit der Angst vor dem Verlassenwerden auseinander zu setzen.

Gegen eine offene Beziehung spricht zum Beispiel:
_ Sie kann Gefühle von Eifersucht und/oder die Angst vor dem Verlassenwerden hervorrufen.
_ Sie kann jemanden, der Schwierigkeiten hat, sich einzulassen, von einer tieferen Bindung mit dem Partner abhalten.

_ Sie kann der Beziehung sehr viel Zeit und Energie rauben, die die Partner eigentlich für sich und die Beziehung benötigen.

Es spricht also eine ganze Menge für oder gegen Monogamie oder für oder gegen eine offene Beziehung. Es wäre für die Beziehung sehr schade, wenn die Partner die Chance nicht nutzten und versuchen würden, einen Kompromiss oder eine Lösung zu finden. Das könnte so aussehen:

_ Der Partner, der ab und zu außerhalb der Beziehung Sex sucht, erzählt jedes Erlebnis dem anderen, sodass der immer auf dem Laufenden ist.
_ Der Partner, der ab und zu außerhalb der Beziehung Sex sucht, erzählt dem anderen nichts, damit der sich nicht mit Gefühlen der Eifersucht oder der Kränkung beschäftigen muss.
_ Beide Partner erlauben sich gegenseitig, auch mal mit jemand anderem zu schlafen: Was ich für mich fordere, gestehe ich dir auch zu.
_ Beide Partner entscheiden sich, eine monogame Beziehung zu führen und stehen auch beide hinter der Entscheidung.
_ Beide Partner leben gemeinsam Sexualität mit einem Dritten.
_ Wenn es zu keiner Lösung kommt: Beide Partner respektieren erst einmal ihre sich widersprechenden Bedürfnisse und bleiben darüber im Gespräch. Wenn es auch dann nicht weitergeht, kann eine Paarberatung helfen.

Die Kunst der Verhandlung kann auf alle Themen angewendet werden, die in einer Beziehung zu einem Konflikt werden können: zusammen oder getrennt wohnen, Probleme mit dem Coming-out, gemeinsames oder getrenntes Ausgehen, mehr Nähe oder mehr Distanz, ist er der Richtige oder ist er es nicht. Kein Problem kann so dramatisch sein, als dass man nicht darüber reden könnte.

REGENBOGENFAMILIEN

Der Wunsch nach der Gründung einer Familie ist etwas sehr Menschliches. In einer heterosexuellen Beziehung ist es normal, dass die Partner irgendwann den Wunsch nach einem Kind verspüren. In vielen Fällen vertieft das Kind die Bindung, auch wenn es oft zunächst zu Konflikten wegen Überforderung oder Eifersucht eines Partners kommen kann. Ein Kind bringt oft auch eine neue Dynamik in die Beziehung, die den Partnern wieder zu neuem Schwung innerhalb der Partnerschaft verhelfen kann.

Auch viele Schwule haben den Wunsch, Kinder zu haben, gerade wenn sie in einer gut funktionierenden Beziehung leben. Als Schwule müssen wir uns allerdings während des Coming-outs mit der Tatsache abfinden, dass wir eine Familie im klassischen Sinn nicht haben werden. Das heißt aber nicht, dass nicht immer mal wieder der Wunsch nach einer eigenen Familie spürbar werden kann. Gerade in Zeiten, in denen homosexuelle Beziehungen immer normaler werden, wird auch der Wunsch nach einer eigenen Familie größer.

Pflegschaft und Adoption

Die soziale und politische Auffassung von Familie hat sich in den letzten Jahren geändert; sie ist um andere Lebensformen erweitert worden. Es gibt immer mehr allein erziehende Mütter und Väter, die man als Familie bezeichnet. Und es gibt immer mehr Schwule (und Lesben), die Kinder haben – so genannte «Regenbogenfamilien». Oft kommen die Kinder aus einer früheren heterosexuellen Bindung des Mannes. Es kommt aber auch vor, dass zwei Männer eine Pflegschaft für ein Kind übernehmen. So etwas ist heutzutage möglich, wird aber nicht von jedem Amt gleichermaßen tolerant gehandhabt. Dagegen ist es in Deutschland für Schwule zurzeit noch nicht möglich, ein Kind zu adoptieren, weil sich die Behörden lieber für ein heterosexuelles Paar entscheiden als für ein homosexuelles. Dahinter steckt immer noch die Befürchtung, dass gleichgeschlechtliche Beziehungen einem Kind schaden könnten. Aus wissenschaftlicher Sicht weiß man aber, dass das nicht so ist.

Manche Männer zeugen mit einer lesbischen Frau ein Kind – künstlich oder auf natürliche Art und Weise. Manchmal gründen der schwule Mann und die lesbische Frau mit dem Kind eine Familie, manchmal leben auch deren Partnerin oder Partner in der neuen Familie. Es gibt also doch einige wenige Möglichkeiten, zu einer eigenen Familie zu kommen, auch wenn das alles noch in den Kinderschuhen steckt.

5. KAPITEL
[Spiel ohne Grenzen]
Schwule und Sex

DAS ERSTE MAL

Nach meinen Gesprächen und Interviews zum Buch ist mir aufgefallen, dass es sehr unterschiedliche Reaktionen auf die ersten sexuellen Erlebnisse gibt:

Reaktion 1 lautet: Das erste Mal war total befreiend. Endlich konnte ich das ausleben, was ich mir immer gewünscht habe.

Reaktion 2 lautet: Das erste Mal war o. k., aber eigentlich auch nichts Besonderes. Vorher hatte ich viel zu hohe Erwartungen an Sex.

Reaktion 3 lautet: Ich kann gar nicht sagen, wie das erste Mal für mich war. Ich fühlte mich hin- und hergerissen zwischen Lust und Zuneigung einerseits und Abscheu und Ablehnung andererseits.

Reaktion 4 lautet: Das erste Mal war furchtbar. Danach habe ich mich gefragt: «Was machst du da eigentlich?»

Richtige und falsche erste Male

Wie man das erste Mal erlebt, hängt unter anderem davon ab, an welchem Punkt des Coming-outs man ist. Wer noch sehr an sich zweifelt, erlebt Sex eher widersprüchlicher oder unangenehmer als jemand, der mit seiner sexuellen Orientierung im Klaren ist. Denn der erste sexuelle Kontakt konfrontiert einen zwangsläufig damit, schwul oder zumindest bisexuell zu sein. Wer sich über diese Erkenntnis freut, kann den Sex besser genießen als jemand, der es eigentlich gar nicht wahrhaben will.

Wenn man die Coming-out-Geschichten im sechsten Kapitel liest, entdeckt man die vielfältigsten ersten Male. Einige haben zuerst mit einem Mann geschlafen, zu dem sie eine emotionale Bindung hatten, wie zum Beispiel Frank, Olaf oder Julian. Andere hatten eher flüchtige erste sexuelle Begegnungen, wie Dogan, Bernd, Guido oder Manfred.

Es gibt nicht das «richtige» oder das «falsche» erste Mal. Manche Männer erleben gerade die flüchtigen Kontakte als eine Bereicherung, weil sie sich dadurch ausprobieren können, ohne emotionale Verbindlichkeiten eingehen zu müssen, wie zum Beispiel Guido, der sagte, er habe dadurch seine Sexualität entdeckt. Andere fühlen sich eher befremdet oder abgestoßen, weil ihnen die emotionale Bindung fehlt, wie zum Beispiel Manfred oder Bernd. Unterschiedliche Reaktionen gab es auch auf die ersten sexuellen Erlebnisse, bei denen eine emotionale Bindung zum Partner bestand. Während es Frank als eine große Befreiung erlebt hat, fühlte sich Olaf wie bei einem «Zahnarzttermin». Julian wusste, dass sein erstes Mal nicht von bahnbrechenden Empfindungen begleitet war, weil er nicht in seinen Partner verliebt war.

Sich den Druck nehmen

Lange Rede, kurzer Sinn: Erfahrungen müssen sein, auch wenn sie unbefriedigend verlaufen. Nur so kann man mit der Zeit herausfinden, was man mag und was nicht. Allerdings solltest du dir mit dem ersten Mal Zeit lassen und dich nicht unter Druck setzen. Viele Jungs und Männer glauben, weil sie jetzt so und so alt sind, müssten sie endlich mal mit jemandem geschlafen haben. Der Wunsch ist einerseits verständlich, weil das erste Mal immer auch bedeutet, in sexueller Hinsicht in die Welt der Erwachsenen aufgenommen zu werden. Doch andererseits kann man sich unangenehme Gefühle ersparen, wenn man es vermeidet, mit jemandem ins Bett zu gehen, obwohl man noch gar nicht dazu bereit ist. Denn oft verläuft der Sex unbefriedigend, weil wir nicht vorher auf unsere Gefühle gehört haben. Man muss nicht mit zwanzig oder dreißig das erste sexuelle Erlebnis hinter sich haben. Aus der Praxis meiner Arbeit weiß ich, dass es Menschen gibt, die erst sehr spät, mit dreißig oder noch später, ihr erstes Mal hatten. Ich erinnere mich gut an einen heterosexuellen Kollegen, der in einer Gruppensitzung offenbarte, dass er noch nie mit einer Frau geschlafen hatte. Zugegeben: Der Unterkiefer sackte uns nach unten, denn der Mann war damals über vierzig. Doch einige Zeit später lernte er seine Partnerin kennen, mit der er inzwischen glücklich verheiratet ist. Manchmal dauert es eben ein wenig, bis man den richtigen Partner und zu sich selbst gefunden hat. Solche Fälle sind natürlich die Ausnahme und nicht die Regel, aber der Mann hat vor seinem ersten Mal ganz normal gelebt – und das nicht schlecht. Jeder Mensch hat seine eigene Geschichte, und wenn man sich diese rückblickend anschaut und in einen Zusammenhang bringt, dann wird deutlich, warum der eine mit 14, der andere mit 23 und der Nächste mit 39 sein erstes Mal erlebt hat.

Ich kann mich noch gut an mein eigenes erstes Mal erinnern. Damals war ich 20 und kannte schwulen Sex nur von den Witzen aus meiner Clique. Mein erster Mann, mit dem ich geschlafen habe, war 21 und nicht nur ein Jahr älter, sondern in sexueller Hinsicht auch erfahrener als ich. Weil ich aber damals dachte, dass man mit 20 schon einiges an Erfahrung hinter sich haben sollte – schließlich war ich erwachsen –, traute ich mich nicht, ihm zu sagen, dass er der erste Mann für mich war, obwohl er das gespürt und mich auch danach gefragt hat. Ich wollte aber nicht unmännlich dastehen und hielt lieber meinen Mund. Heute kann ich darüber nur den Kopf schütteln und mich fragen, was daran schlimm gewesen wäre, wenn ich zu meiner Unerfahrenheit gestanden hätte. Wahrscheinlich hätte es ihm gefallen.

WAS ES HEISST, BEIM SEX SELBSTBEWUSST ZU SEIN

Ein Coming-out ist nur dann so richtig rund, wenn du als Schwuler eine selbstbewusste Sexualität entwickelt hast. Selbstbewusst heißt, dass du deine sexuellen Vorlieben und Wünsche kennst und sie bei deinen Sexualpartnern einfordern und ausleben kannst. Dabei ist es egal, welche Bedürfnisse das sind; ob du nun mehr auf Blasen oder analen Sex, aktiv oder passiv, Quickies im Park, S/M, Sex in einer Beziehung oder Romantik stehst. Wichtig ist, dass es dir beim Sex gut geht und

_ dass du Spaß dabei hast und befriedigt bist und nicht mit einem schalen Gefühl danach von dannen ziehst;
_ dass du dich frei fühlst und dich nicht für deine Phantasien oder Vorlieben schämen musst;
_ dass du das Gefühl hast, dich ganz nach deinen Wünschen ausleben zu können, und nicht dauernd irgendetwas vermisst;
_ dass du nicht unter dem Druck stehst, irgendetwas ausleben zu müssen, das dir nicht entspricht;
_ dass du deine eigenen Wünsche genauso schätzt und respektierst wie die Grenzen anderer;
_ dass du mit dir und mit deinem Partner verantwortlich umgehst, was Infektionen von sexuell übertragbaren

Krankheiten betrifft. Man kann auch sagen: Beim Sex ist alles erlaubt, was dir gefällt, solange du niemanden dabei gegen seinen Willen verletzt, ihn durch unsafe Sexualpraktiken gefährdest oder Dinge tust, die du selbst nicht tun willst oder die dir seelisch und gesundheitlich schaden.

Grenze Nummer eins: Sex mit Kindern

Es gibt eigentlich nur wenig Grenzen beim Sex, außer den Grenzen, die uns andere setzen. Wenn du darauf stehst, deinen Partner zu fesseln, dein Partner das aber nicht will, dann ist das eine Grenze, die du akzeptieren musst.

Auch Sex mit Kindern ist eine Grenze, die nicht überschritten werden darf, denn Kinder sind noch nicht in der Lage, eine sexuelle Beziehung emotional zu verarbeiten. Ich will es mal sehr vereinfacht erklären: Du weißt vielleicht aus eigener Erfahrung oder kannst es dir vorstellen, dass in einer sexuellen Beziehung immer auch Wünsche an den Partner nach mehr Beziehung oder nach mehr Distanz entstehen. Auch Eifersucht spielt oft eine Rolle. Ein Kind ist aber noch nicht in der Lage, mit solchen Gefühlen adäquat umzugehen. Ein Kind kann nicht sagen: «Ich mag dich zwar gerne, aber das mit dem Sex ist mir zu viel» oder «Es ärgert mich, dass du dich manchmal entziehst» oder «Es macht mich eifersüchtig, dass du auch mit … schläfst». Ein Kind befindet sich gegenüber einem Erwachsenen immer in einem schwächeren, abhängigen Verhältnis. Selbst wenn es sich gegen sexuelle Übergriffe wehrt und dadurch seinen Unwillen zum Ausdruck bringt, bleibt es dem Erwachsenen körperlich unterlegen – und das weiß und fühlt es auch. Daher sind Kinder, die zu sexuellen Beziehungen mit Erwachsenen genötigt werden, immer in ihrer Entwicklung beeinträchtigt. Und die Verantwortung dafür liegt ganz allein beim Erwachsenen.

Grenzen, die wir uns selbst auferlegen

Doch von diesen Beispielen einmal abgesehen sind es meistens innere Hindernisse, die das sexuelle Erleben eingrenzen. Solche Regeln und Verbote schaden oft mehr, als sie nutzen. Sie könnten lauten:

_ Es ist eigentlich nicht normal, dass zwei Männer miteinander schlafen!
_ Man muss möglichst vielseitig sein, um bei anderen anzukommen!
_ Man sollte möglichst gut im Bett sein!
_ Nur, wer beim Analsex aktiv ist, ist ein richtiger Mann!
_ Wenn ich mich vögeln lasse, bin ich unterwürfig!
_ Gegenseitiges Sich-einen-Runterholen ist doch kein richtiger Sex!
_ Wer auf S/M steht, ist pervers!
_ Man schläft nicht mit jemandem, den man nicht kennt!
_ Wer häufig wechselnde Partner hat, mit dem stimmt was nicht!

Wer es schafft, sich von allen inneren Stimmen zu befreien, und nur noch auf das hört, was die Lust sagt, ist gut bedient. Doch meistens kristallisieren sich sexuelle Vorlieben und Wünsche erst mit der Zeit und mit zunehmender sexueller Erfahrung heraus. Also, lass dir Zeit und sei nicht frustriert, wenn es am Anfang nicht so läuft, wie du dir das vorstellst. Schwule müssen sich in vielen Fällen erst einmal langsam mit dem vertraut machen, was es an sexuellen Möglichkeiten gibt. Wenn du noch im Coming-out bist und noch keinen Sex hattest, dann findest du es vielleicht merkwürdig, was du alles über schwulen Sex gelesen und gehört hast. Doch diese Zweifel verschwinden meist mit zunehmender Erfahrung und mit zunehmendem Alter.

In der Schule haben wir zwar gelernt, wie verhütet wird, wie die männlichen und weiblichen Geschlechtsorgane funktionieren und was Petting ist. Aber wie man sich beim Analverkehr fühlt oder was Schwule sonst noch so treiben, wurde uns nicht beigebracht. Daher widmet sich das nächste Kapitel der Praxis.

SCHWULER SEX

Über schwulen Sex gibt es einige Missverständnisse. Eine gängige Auffassung ist die, dass bei Schwulen immer einer in die Rolle der Frau und der andere in die Rolle des Mannes schlüpfen würde. Eine andere unterstellt, Schwule hätten überdurchschnittlich viel Sex. Viele Schwulenwitze beschäftigen sich hinter vorgehaltener Hand mit Analverkehr. Was auch immer gewitzelt, philosophiert und spekuliert wird – wenn man noch keine schwule sexuelle Erfahrung hat, können die Bilder und Vorstellungen, die man im Laufe seines Lebens gesammelt hat, ganz schön verunsichern. Vielleicht hilft es, sich zunächst einmal klar zu machen, was bei uns ähnlich läuft wie bei Heterosexuellen, um dann zu sehen, was denn nun an schwulem Sex so speziell ist.

Im Grunde ist vieles ähnlich

Was wir mit Heterosexuellen gemeinsam haben, ist das Erleben von Sexualität. Sex mit einem Partner, den wir «nur» mögen, fühlt sich meistens anders an als Sex mit jemandem, in den wir frisch und heftig verliebt sind. Sex mit einem langjährigen Partner ist anders als Sex mit einer flüchtigen Bekanntschaft, die wir vor kurzem durch eine Kontaktanzeige kennen gelernt haben. Sex, den wir in einem fremden Schlafzimmer haben, kann anders empfunden werden als

Sex in den eigenen vier Wänden. Wie Heterosexuelle auch sind wir bestrebt, unsere Sexualität in Beziehungen spannend und lebendig zu halten. Berührungen, sexuelle Phantasien, erotische Menschen oder Bilder steigern unsere Lust, während Müdigkeit, Anspannung, Angst oder Krankheiten die Lust mindern. Wenn wir einen Menschen begehren, mögen oder lieben, dann geht das oft mit dem Wunsch einher, sexuell mit ihm verschmelzen zu wollen. All das geschieht unabhängig von der sexuellen Orientierung.

Aber vieles ist eben doch anders

Doch mit dem letzten Beispiel gelangen wir auch schon zum ersten gravierenden Unterschied: Heterosexuelle Männer leben den Wunsch nach Verschmelzung aus, indem sie bei der Frau genital eindringen oder sich einen blasen lassen. Schwule Männer dringen auch ein, aber sie haben zudem die Wahl, den Partner bei sich eindringen zu lassen. Schwule haben also die Möglichkeit, ihren Verschmelzungswunsch von der aktiven, gebenden, männlichen Seite her zu erleben oder von der passiven, empfangenden, weiblichen Seite.

Die meisten schwulen Männer gehen flexibel mit diesen Rollen um, das heißt, es macht ihnen Spaß, sowohl in die Rolle des Aktiven zu schlüpfen als auch in die Rolle des Passiven. Das schließt nicht aus, dass es bestimmte Vorlieben gibt: Die einen mögen es lieber, aktiv zu sein, während es andere vorziehen, passiv zu sein. Andere Schwule entscheiden sich für eine extreme Position, indem sie nur aktiv oder nur passiv sind. Das eine ist nicht besser oder schlechter als das andere; wichtig ist, dass du das auslebst, was dir am besten gefällt. Wenn du lieber passiv bist, dann wirst du mit Sicherheit sehr viele Männer finden, die mit dir Sex haben wollen, oder umgekehrt.

Aktiv, passiv und flexibel

Um dir zu zeigen, wie es bei anderen Schwulen aussieht, zitiere ich ein paar Zahlen aus meinem letzten Buch *Gemischte Gefühle*, in dem ich bereits ausführlich über aktiven und passiven Analverkehr geschrieben habe. Dort habe ich auf eine Studie des Berliner Sozialwissenschaftlers Michael Bochow zurückgegriffen, der zufolge Analverkehr von 81 Prozent aller Schwulen praktiziert wird. Knapp über die Hälfte der Befragten bevorzugen aktiven *und* passiven Analverkehr, während 17 Prozent nur aktiv und zehn Prozent nur passiv sind. Möglicherweise findest du es im Allgemeinen recht befremdlich, Analverkehr zu praktizieren, weil du denkst, dass das unanständig, schmutzig oder pervers ist. Das ist es aber nicht. Es gibt auch viele Heterosexuelle, die Analverkehr ausüben, zum Beispiel, weil sie beim Sex verhüten wollen, oder ganz einfach, weil es ihnen Spaß macht, denn der Analbereich ist bei Frauen und bei Männern eine erogene Zone. Viele türkische Mitbürger haben Analsex, um das Jungfernhäutchen zu schonen. Du siehst: Analverkehr ist keinesfalls auf Schwule beschränkt, obwohl Schwule es natürlich wesentlich häufiger praktizieren als Heterosexuelle.

Was man beim passiven Analverkehr bedenken sollte

Falls du es mal probieren und in die passive Rolle gehen willst, gibt es Folgendes zu bedenken: Es kann am Anfang schmerzhaft sein, gerade wenn man noch keine oder wenig Erfahrung mit Analverkehr hat. Das liegt daran, dass der Analbereich sehr empfindlich nicht nur auf Lustreize, sondern auch auf Schmerzreize reagiert. Vielleicht erinnerst du dich noch daran, wie es war, als du als Kind mal krank warst und deine Mutter dir ein Fieberthermometer oder einen

Schlauch für einen Einlauf ins Hinterteil geschoben hat. Da einen das in der Regel nicht sexuell erregt, hat es womöglich etwas wehgetan. Damit sind wir aber auch schon beim entscheidenden Punkt: Es tut immer dann weh, wenn wir sexuell nicht erregt oder wenn wir nicht entspannt sind. Sobald du sexuell erregt bist, fällt es dir leichter, den Schwanz des anderen in dir aufzunehmen. Am besten kannst du dich entspannen, wenn du dich auf die Seite oder auf den Bauch legst. In der Rückenlage kann es manchmal schmerzhafter sein als in den anderen Stellungen. Als Aktiver solltest du immer vorsichtig und langsam eindringen; wenn du unsicher bist, ob es dem Partner wehtut, dann frage ihn am besten. Es ist auch sehr hilfreich, den Penis und den After mit ausreichend wasserlöslichem Gleitgel einzuschmieren. Wasserlöslich deshalb, weil fetthaltige Cremes die Kondome angreifen.

In der passiven Rolle kann es dir passieren, dass die Erektion nachlässt, sobald der andere eindringt. Das ist normal und kein Grund zur Beunruhigung. Meistens kommt sie wieder, wenn du dich an das Gefühl gewöhnt hast und wenn du deinen Schwanz stimulierst oder ihn von deinem Partner stimulieren lässt.

Nicht alle Schwulen wollen Analverkehr

Doch falls Analverkehr nicht das ist, was du willst: Damit stehst du nicht allein. Der Umfrage von Bochow zufolge sind es 19 Prozent aller Schwulen, die keinen Analverkehr leben. An diesem Punkt unterscheiden wir uns wiederum sehr deutlich von heterosexuellen Männern und Paaren. Für Heterosexuelle verläuft in den allermeisten Fällen der Sex nur dann befriedigend und vollständig, wenn – umgangssprachlich ausgedrückt – gevögelt wurde. Bei uns Schwulen ist das anders. Den meisten bringt es große Lust, zu blasen oder sich einen blasen zu lassen. Wie beim analen Sex leben wir beim Blasen den Wunsch nach Verschmelzung aus. Blasen spielt bei flüchtigen sexuellen Kontakten eine große Rolle, weil manchen Männern Analverkehr zu intim ist, wenn sie ihr Gegenüber noch nicht richtig kennen. Aber auch in vertrauten Beziehungen stehen viele darauf, sich oral zu befriedigen. Blasen ist nicht nur ein Ersatz für Analverkehr – für viele ist es eine befriedigende Form der Sexualität. Die meisten Männer haben Spaß daran, wenn jemand ihren Schwanz in den Mund nimmt; einige erleben dabei einen Orgasmus, andere auch nicht. Sehr viele gehen auch in die Rolle desjenigen, der bläst, und genießen es, die Männlichkeit des Partners in Form eines erregten Schwanzes im Mund zu spüren.

Fast alle holen sich einen runter

Die weitaus verbreitetste Form von schwulem Sex ist das gegenseitige «Sich-einen-Runterholen» oder Masturbieren. Nach Bochow sind es lediglich ein Prozent aller Befragten, die es nicht tun. Das gegenseitige Masturbieren hat den Vorteil, dass es eine gewisse Distanz zwischen den Sexualpartnern wahrt. Gerade bei flüchtigen sexuellen Kontakten kann das ein Spiegel der tatsächlichen Beziehung sein, denn die Sexualpartner sind ja auch in Wirklichkeit zueinander distanziert. Das gegenseitige «Sich-einen-Runterholen» ist demnach eine Alternative zur intimen Verschmelzung, wie sie beim Anal- und Oralverkehr gelebt wird, und macht natürlich auch in Beziehungen Spaß.

Du siehst, es gibt viele Möglichkeiten für uns Schwule, sich sexuell auszuleben. Dabei habe ich noch nicht einmal die vielen sexuellen Variationen wie Piercing, Macht- und Unterwerfungsspiele (S/M) oder bestimmte Kleidung wie Leder, Lack und Gummi erwähnt. In der Literaturliste findest du aber Hinweise zu Büchern, die dir alle Fragen dazu beantworten.

ÜBER DEN UMGANG MIT HIV UND AIDS

In den letzten Jahren haben sich die Therapiemöglichkeiten von AIDS deutlich verbessert. Aber nach wie vor ist es nicht möglich, die Krankheit zu heilen. Es gibt also keinen Grund zur Entwarnung. Die Aussicht auf gute Therapien und das zunehmende Verschwinden von AIDS aus den Medien verleitet vielleicht einige dazu, unvorsichtig zu werden und keinen Safer Sex mehr zu praktizieren. Einer Untersuchung des Sozialwissenschaftlers Bochow von 1999 zufolge sind es besonders jüngere Schwule unter 21, die seltener Safer Sex praktizieren als ältere Schwule. Dabei verhalten sich hauptsächlich fest befreundete Schwule unsafe, wenn sie miteinander schlafen. Doch auch wer in einer Beziehung lebt, sollte mit seinem Freund Safer Sex praktizieren.

Die Gefahr, sich mit dem HIV-Virus zu infizieren, ist heute nicht geringer als in den achtziger Jahren. Daher ist es wichtig, dass du dich gut über Ansteckungsrisiken informierst und eine verantwortungsvolle Haltung dir selbst und deinem Partner oder deinen Partnern gegenüber einnimmst.

Küssen ist ungefährlich

Einer der Männer, die für dieses Buch ihre Coming-out-Geschichte erzählt haben, sagte während des Interviews, dass er es aus Safer-Sex-Gründen vermeiden würde, einen Unbekannten zu küssen. Als ich entgegnete, dass Küssen ungefährlich sei, sagte er: «Das ist mir egal – ich will jedes Risiko ausschließen. Ich hab keinen Bock auf ein schlechtes Gefühl danach.»

Ich persönlich finde seine Haltung bezüglich Zungenküssen sehr übertrieben. Es ist unwahrscheinlich, dass der Virus über die Mundschleimhaut aufgenommen wird.

Um wirklich sicher vor Ansteckung zu sein, brauchst du im Grunde genommen nur zwei Dinge im Kopf zu haben:

Analverkehr mit Kondom und nicht in den Mund abspritzen!

Alles andere ist erlaubt. Wenn du es nicht glaubst: Informiere dich bei der Deutschen AIDS-Hilfe oder beim Gesundheitsamt. AIDS hat es nicht geschafft, uns die Lust am Sex zu vermiesen.

Hier sind noch einmal die Safer-Sex-Regeln:

- **Analverkehr immer mit Kondom.** Die Darmschleimhaut ist sehr empfindlich und kann leicht verletzt werden. Außerdem vermutet man, dass sie den Virus auch ohne Verletzung aufnehmen kann. Es bleibt immer das Restrisiko, dass das Kondom reißen könnte. Bei richtiger Anwendung passiert das aber nicht. Es ist wichtig, beim Kauf der Kondome darauf zu achten, dass man Qualitätskondome kauft. Die Kondome sollten nicht zu heiß und nicht zu kühl gelagert werden. Am besten irgendwo in Bettnähe in einer Kommode, in einer Schublade oder in einem Kästchen aufbewahren. Beim Sex wasserlösliches Gel benutzen, kein fetthaltiges, weil das die Kondome angreift. Im Übrigen schützen Kondome auch gegen Hepatitis B und C. Sollte das Kondom doch gerissen sein, auf keinen Fall eine Analspülung machen, weil das die Krankheitserreger noch tiefer in den Körper bringen und auch Verletzungen hervorrufen kann. Auch der aktive Partner kann gefährdet sein, wenn er kleine Hautrisse am Penis hat, die dem Virus eine Eintrittspforte öffnen.

_ **Beim Blasen: Vor dem Orgasmus den Schwanz aus dem Mund nehmen**, weil die Virenkonzentration im Sperma besonders hoch ist. Wenn es doch einmal passiert, dass dein Partner im Mund abspritzt, kannst du, wenn du sicher gehen willst, den Mund mit einer 40 %igen Alkohollösung spülen. Je höher die Konzentration des Alkohols, desto wirksamer ist sie gegen den Virus. Die so genannten Lusttropfen sind nicht gefährlich, solange die Mundschleimhaut desjenigen, der bläst, intakt und nicht verletzt ist. Die Virusmenge in den Lusttropfen ist zu gering, um eine Infektion herbeizuführen.
_ Wenn ihr Sexspielzeuge wie Dildos oder Vibratoren benutzt, ist es ungefährlich, wenn ihr sie nur bei einer Person anwendet. Sobald aber mehrere damit in Kontakt kommen, müsst ihr sie zwischen den Anwendungen mit Wasser und Seife reinigen oder ein Kondom drüberziehen.

Ohne Einschränkung erlaubt ist:

_ Gegenseitiges Onanieren. Hierbei gelangt das infizierte Sperma nicht in den Körper des Partners. Außerdem kann der Virus an der Luft nicht lange überleben.
_ Küssen. Es gibt keinen nachgewiesenen Fall, der die Übertragung durch Küssen vermuten lässt. Man zieht sogar in Erwägung, dass der Speichel eine Schutzwirkung hat.
_ Weinen, schwitzen und pinkeln. Auch die Virusmenge in Tränen, im Schweiß und im Urin ist zu gering, um eine Infektion zu verursachen.

Test – ja oder nein?

Wenn du das Gefühl hast, dich infiziert zu haben, besteht die Möglichkeit, einen HIV-Antikörpertest zu machen. Dieser Test weist frühestens zwölf Wochen nach dem letzten Sex nach, dass du mit dem Virus in Kontakt gekommen bist. Du solltest dir aber gut überlegen, ob du den Test machen sollst. Denn ein positives Testergebnis, also eine Infektion mit HIV, bedeutet erst einmal einen Riesenschock, der dich seelisch und körperlich so umhauen kann, dass es vielleicht besser gewesen wäre, man hätte dir nichts gesagt. Safe musst du dich allemal verhalten – ob positiv oder nicht. Andererseits ist es angesichts der verbesserten medizinischen Möglichkeiten zur Bekämpfung der Krankheit sinnvoll, früh genug Bescheid zu wissen, um rechtzeitig mit einer Behandlung beginnen zu können. Da die Frage, ob Test oder nicht, eine sehr schwierige ist, kann man sich beim Gesundheitsamt ausführlich darüber beraten lassen. Die Tests dort sind kostenlos und anonym.

Positiv und negativ funktioniert

Wenn du selbst HIV-negativ bist und jemanden triffst, der positiv ist oder der bereits an AIDS erkrankt ist, könnt ihr ohne Bedenken miteinander schlafen, vorausgesetzt, ihr praktiziert Safer Sex. Wenn du aber große Bedenken dabei hast, weil du dich vor Ansteckung fürchtest, dann solltest du unbedingt mit deinem Partner darüber reden. Vielleicht lassen sich deine Ängste mindern oder ausräumen. Eine sexuelle Begegnung oder eine Beziehung sollte nicht an einer HIV-Infektion scheitern.

6. KAPITEL
[Schwul – und dann?]
Geschichten zum Coming-out

«MEIN SELBSTBEWUSSTSEIN IST VON NULL AUF HUNDERT GESTIEGEN!»

– zum Beispiel Julian

«Vor meinem fünfzehnten Lebensjahr hatte ich das typische Bravodenken drauf: In der Pubertät kann es vorkommen, aber danach kann es sich wieder ändern. Doch dann wurde mir bewusst: ‹Aha, es bleibt so – ich interessiere mich für Männer.› An ein Erlebnis kann ich mich noch gut erinnern: An einem Abend waren meine Eltern ausgegangen, und mein Vater hatte seine Sporttasche bei uns im Flur stehen lassen – unausgepackt. Als sie weg waren, habe ich in der Tasche gestöbert und einen Porno gefunden. Den habe ich mir angeguckt, aber nur zwei Minuten, länger nicht, weil ich Angst hatte, sie wären jeden Augenblick wiedergekommen. Das war so ein Hardcoreteil, wo eine Frau einem Mann einen geblasen hat. Ich fand den Mann viel interessanter als die Frau. Meine Eltern kamen erst viel später wieder nach Hause, und ich dachte hinterher: ‹Na toll, da hätte ich ja ruhig noch länger gucken können.›

Mit dem Sport habe ich wieder Macht über meinen Körper bekommen

Eigentlich war es damals eine harte Zeit für mich – nicht wegen des Schwulseins, aber ich war kein Stück selbstbewusst zu der Zeit. Ich habe 110 Kilo gewogen (ich rollte), und selbst wenn ich gewollt hätte, hätte ich niemals ein Mädchen angesprochen, so wie ich aussah. Dazu kam, dass bei meinen Eltern die Scheidung im Raum stand. Mein Vater ist damals für ein Jahr ausgezogen, hat dann wieder ein Jahr bei uns gewohnt, und schließlich zog er ganz aus. Für mich war die ganze Situation schlimm, weil ich ein heiles Familienbild im Kopf hatte: Vater, Mutter, Kind um mich herum. Ich war auch ein sehr sensibles Kind, das sehr schnell geweint hat. Und ich fand es schlimm, dass meine Eltern so gelitten haben – besonders meine Mutter. Als mein Vater dann weg war, war ich ziemlich sauer auf ihn. Ein Jahr lang hatte ich eigentlich kaum Kontakt zu ihm. In der ganzen Zeit habe ich unheimlich viel gefressen. Doch mit 16/17 habe ich einen Entschluss gefasst: Ich will wieder ins Schwimmbad und will mir wieder normale Klamotten anziehen. Dann bin ich zu meiner Ärztin gegangen, die mir ein paar Diättipps gegeben hat, habe keine Süßigkeiten mehr gegessen, obwohl ich manchmal tierischen Heißhunger hatte, bin viel Fahrrad gefahren und habe 35 Kilogramm abgenommen! Etwa zur selben Zeit fing ich mit Krafttraining an und bin bei einem Aerobic-Kurs hängen geblieben – seitdem arbeite ich als Kursleiter: Aerobic, Stepp, Hip-Hop, Funk und die leidige PZG, Problemzonengymnastik. Jetzt kam auch mein Selbstbewusstsein.

Ich kann wieder normal essen, weil der Sport meine Nahrungsaufnahme ausgleicht. Der Sport gibt mir Sicherheit – ich habe Macht über meinen Körper. Ich werde nie wieder über 80 Kilo wiegen!

Zuerst hat es meine beste Freundin erfahren

Mit 17 hatte ich eine beste Freundin. Wir haben uns jeden Tag gesehen, und für ihre Eltern war ich schon der Schwiegersohn. Doch für uns beide war klar, dass in dieser Richtung nichts läuft. Sie war der erste Mensch, dem ich erzählt habe, dass ich schwul bin. Das war im Sommer, genau am 17. Juni. Wir wohnten während der Sommerferien in der leer stehenden Wohnung ihrer Eltern, weil die umgezogen waren, mit Schlafsack, kühlen Getränken in der Badewanne und so. Jedenfalls am Abend des 17. Juni saßen wir im Erker und unterhielten uns. Ich hatte mich entschieden, es ihr zu sagen, und musste dauernd zur Toilette rennen; ich wusste gar nicht, ob der Grund das Chili von ihrer Mutter war, das wir gegessen hatten, oder meine Aufregung. Irgendwann habe ich dann gestammelt: ‹Ich muss dir was sagen, ich bin halt ... schwul.› Sie hatte nicht damit gerechnet und nur gesagt: ‹Na und?›, so nach dem Motto: Was ist denn daran Schlimmes? Den Rest des Abends haben wir über Männer gelästert. Ich wollte unbedingt mit jemandem sprechen, weil ich eine Weiterentwicklung wollte; irgendwie musste es vorangehen.

Das Thema war mir nicht fremd, aber mir fehlte der Bezug

Und jetzt kam auch der Zeitpunkt, wo ich unbedingt andere Schwule kennen lernen wollte. Doch das war schwer. In Spandau hatte ich noch nie Schwule gesehen, auch nicht im Bekanntenkreis oder unter Freunden. Dabei hatten wir einen großen Bekanntenkreis und ziemlich viele Freunde – warum gab es da keine Schwulen? Das Thema war mir zwar nicht fremd, aber ich hatte auch keinen Bezug dazu. Dann habe ich mit meiner Freundin abgemacht: Wenn ich nicht innerhalb eines Jahres jemanden kennen lerne, dann tritt sie mich in eine schwule Disco. Denn da habe ich mich nicht hingetraut. Ich hatte überhaupt keine räumliche Vorstellung von Berlin. Ich wusste nicht, wie es über Spandau hinaus aussah – ein Dorfkind halt. Ich kannte Berlin nur als U-Bahn-Netz und wie es aussieht, wenn ich oben rauskomme. Mit 17 bin ich selten nach neun Uhr abends irgendwohin gefahren – ich weiß, das ist absurd – aber die Warschauer Straße zum Beispiel war am anderen Ende der Welt. (Am U-Bahnhof Warschauer Straße, Friedrichshain, gibt es eine Schwulendisco. Friedrichshain liegt im östlichen Teil Berlins, Spandau im westlichen. J. B.) Im Übrigen wusste ich gar nicht, wo es was gibt und wo man sich informieren kann.

‹Omawerden ist ja dann auch nicht!›

Mein Freundeskreis bestand nur aus Frauen, wie bei vielen Schwulen. So nach und nach habe ich jede beiseite genommen und es ihr gesagt. Alle haben es gut aufgenommen. Danach war meine Mutter dran. Ich muss dazu sagen, ich war sehr mutterfixiert. Beruflich arbeitet sie als Erzieherin und hat immer sehr pädagogisch gehandelt – was ich ihr gegenüber natürlich nie sagen würde (lacht). Doch in der letzten Zeit machte sie immer so Bemerkungen. Wenn sie etwas aufgehoben hatte, meinte sie: ‹Das habe ich für deine Kinder aufbewahrt.› Mir tat das unheimlich Leid, weil ich wusste, dass ich keine Kinder haben werde, und irgendwann hat es mir gereicht. Als wir abends beim Fernsehen saßen, habe ich mich zu ihr umgedreht und gesagt: ‹Habe ich dir eigentlich schon gesagt, dass ich schwul bin?› Sie: ‹Bist du sicher?› Ich: ‹Ja, schon.› Sie: ‹Wie sicher kann man sich denn da sein?› Aber ich wollte mich nicht unterhalten, ich wollte es einfach nur sagen. Ich war auch gar nicht auf das Gespräch gefasst und konnte ihr keine Antwort geben. Dann konfrontierte sie mich damit, dass es Vorurteile gibt wie Kinderschänder und so. Und dann meinte sie noch: ‹Omawerden ist ja dann auch nicht.› Dann haben wir beide geweint. Wir waren beide voll fertig. Kurz darauf habe ich mich verabschiedet, bin nach oben in mein Zimmer gegangen, habe eine gute Freundin angerufen und ihr erzählt, was passiert ist. Sie hat mich gefragt, was meine Mutter wohl jetzt machen würde, und dann habe ich gesagt, wahrscheinlich in die Bücherei gehen.

‹Hast du mir nicht was zu sagen?›

Am nächsten Tag ist meine Mutter in einen schwulen Buchladen gegangen und hat drei Coming-out-Bücher besorgt. Als ich von der Schule nach Hause gekommen bin, war sie begeistert. Die waren wohl alle so nett gewesen – haben sie beraten und ihr einen Kaffee gemacht. Ich hab gesagt: ‹Natürlich sind Schwule nett, was dachtest du denn?› Dann hat sie die Bücher gelesen und war beruhigt. Ich habe die Bücher auch gelesen und war auch beruhigt. Aber mit ihr wollte ich immer noch nicht darüber reden. Mir war es unangenehm, dass ich so wenig von Schwulen wusste. Zum Beispiel wollte sie wissen, ob der Grund die Gene sind. Ich wusste es doch selber nicht. Aber meine Mutter hatte mir schon angedroht, dass sie meine Schwester nicht anlügen würde, falls sie fragen würde. Meine Schwester ist sechs Jahre jünger als ich. Eines Tages kam sie von der Schule nach Hause – zu der Zeit war sie zwölf – und sagte: ‹Hast du mir nicht irgendetwas zu sagen?› Ganz schön frech mit zwölf. Sie ließ nicht locker und nervte, nerv, nerv, nerv. Ich hab gesagt: ‹Wenn du mich so nervst, dann sag ich dir gar nichts!› Mir war klar, dass sie es wusste und dass sie es ganz sicher meinem Vater erzählen würde.

Ich dachte immer, mein Vater hätte wenig Bezug zu mir. Ich war nie der Sohn, der mit Autos spielte. Doch vor einem halben Jahr kam mein Vater auf mich zu und meinte: ‹Da ist doch noch was zwischen uns. Ich glaube, du bist der Meinung, dass ich ein Problem damit hätte, dass du schwul bist. Das ist aber nicht so. Ich habe deiner Mutter, schon als du zwölf warst, gesagt, der wird bestimmt schwul.› Damals hatte mein Vater auch eine Menge schwuler Arbeitskollegen. Er war wohl auch schon ein paarmal mit denen aus und hat mich gefragt: ‹Gibt's den Laden noch, und den und den?› Er hat tausendmal betont, dass es ihm nichts ausmacht. Jedes Mal, wenn wir uns sehen, sagt er das. Ich habe niemals diese positive Reaktion erwartet. Ich hätte immer gedacht, dass er damit ein Problem hat.

Thilo

Eines Abends war ich mit einer Freundin bei Burger King und habe zufällig in der Inseratenseite von 030 (Berliner Veranstaltungsmagazin, J. B.) geblättert. Ich habe Anzeigen gefunden, die mich interessierten, war gut drauf und habe gedacht: ‹Da schreibe ich hin.› Als ich zu der ersten geschrieben hatte, kam ziemlich schnell eine Antwort. Der Typ hieß Thilo und war in Strausberg beim Bund. Ich wollte mich aber noch nicht mit ihm treffen, sondern erst mal Briefe schreiben. Dann haben wir uns ein Jahr lang Briefe geschrieben, uns gegenseitig Fotos geschickt, uns aber nicht getroffen. In den Hoch-Zeiten haben wir uns zweimal die Woche geschrieben, was wir erlebt haben, worüber wir uns Gedanken gemacht haben und wie es uns damit ging, schwul zu sein. Er war noch ungeoutet. Nach einem Jahr wollten wir uns treffen. Wir kannten uns nun schon ziemlich gut, und ich hatte echt große Angst vor dem ersten Treffen – am liebsten wäre ich gar nicht hingegangen. Doch ich wusste auch, dass Thilo seit einem Jahr einen Freund hatte. Auf seine Anzeige hin hatte nämlich außer mir noch jemand anderes geantwortet, und der war dann Thilos Freund geworden. Als sich Thilo und ich getroffen haben, hat es ziemlich geknistert zwischen uns. Aber Thilo ist sehr treu und hätte seinen Freund niemals betrogen, und ich hätte auch deswegen niemals was gemacht. Ich fand das so toll mit Thilo und seinem Freund. Später, als ich immer wieder Frust in Beziehungen erlebt habe und dachte, mit Schwulen könnte man gar keine Beziehung führen, habe ich mir immer wieder die Beziehung von Thilo und seinem Freund vor Augen gehalten. Die beiden waren der Beweis: Es gibt feste Beziehungen! Es geht doch! Thilo und ich sind gute Freunde geblieben – wir sehen uns auch heute noch. Ich kann gar nicht in Worte fassen, wie wichtig Thilo für mich war.

Ich habe damals auf noch eine Anzeige geantwortet, fand den Typen auch nett, war aber nicht davon überzeugt, ob ich nun verliebt war oder nicht. Nach zwei/drei Versuchen habe ich die Sache dann abgeschlossen.

Harald

Kurz darauf bin ich zum ersten Mal schwul ausgegangen, und zwar ins SO 36 in Kreuzberg. Zwei von meinen Freundinnen sind mitgegangen, wollten da aber eigentlich gar nicht hin, weil sie keine Ahnung hatten, was sie dort erwartet. Hinterher haben sie oben auf dem Podest getanzt, und ich stand unten. Aber da habe ich meinen ersten Freund kennen gelernt, Harald, mit dem ich vier Monate zusammen war. Damals lastete ein unheimlicher Druck auf mir: Ich dachte, du bist jetzt 18, du musst doch unbedingt mal Sex haben. Meine Erwartungen an Sex waren riesig, dank ‹Bravo›. Als ich dann das erste Mal mit Harald ins Bett gegangen bin, war es irgendwie gar nicht so enorm – es war ganz normal, so normal, wie es halt sein kann. Ich hatte die Vorstellung von Sex drei Jahre mit mir rumgeschleppt und fand das jetzt o. k. Ich hatte auch keine Selbstkonflikte, ob das jetzt schlimm ist oder so. Ich fand Harald auch sehr sympathisch, faszinierend, aber heute weiß ich, dass ich nicht verliebt war. Es war frustrierend, dass ich nicht so mit den Gefühlen da drinsteckte.

Dann hat er mir seine Nummer gegeben. Meine Nummer hätte ich ihm nie gegeben, denn dies hier war in einer total anderen Welt als mein Zuhause mit meiner Mutter und meiner Schwester. Keiner sollte in diese heile Welt eindringen. Unvorstellbar, dass er bei mir angerufen hätte. Eine Woche später sind Harald und ich zusammen ins Kino gegangen. Ich war total aufgeregt! Als wir nebeneinander saßen und uns unterhalten haben, stellte sich heraus, dass unser Altersunterschied 14 Jahre betrug! Das war schon witzig: Er saß da mit seinem Sportpulli, superjung, dynamisch, und ich konnte gar nicht glauben, dass da so viel Jahre dazwischenlagen. Aber egal, wir hatten eine supergute Freundschaft. Aber so richtig intensiv war es nie. Nach fünf Monaten haben wir uns getrennt. Ich fand ihn supernett, aber es war kein Fortschritt in meinen Gefühlen. Irgendwie musste noch mehr kommen. Sein Freundeskreis war auch total nett, aber es war eine ganz andere Welt; alle waren im Beruf, ich noch in der Ausbildung. Von seiner CD-Sammlung kannte ich nichts. Da dachte ich: ‹Das passt nicht, es geht nicht.› Ihm ging es aber ähnlich. Wir hatten längere Gespräche darüber und beschlossen, dass wir auf anderer Ebene weitermachen wollten. Heute haben wir immer noch eine supergute Freundschaft, sehen uns oft, telefonieren ständig und skaten nachts um drei Uhr über den Kudamm. Es ist auch gleichberechtigter zwischen uns geworden.

Nach zwei Wochen konnte ich sie nicht mehr ertragen

Dann kam eine Zeit, in der ich von Typ zu Typ geschlittert bin. Doch nach zwei Wochen konnte ich die Männer nicht mehr sehen. Sie konnten mir nichts geben, und auch der Sex war langweilig. Auf der anderen Seite habe ich durch die Fitnessstudios viele Schwule kennen gelernt. Ich merkte, dass auf einmal Leute da waren, die sich für mich interessiert haben. Auch die Szene hat mir viel Spaß gemacht, aber nur in der Gruppe. Alleine wegzugehen ist superfrustrierend. Du stehst da, schaust irgendeinen Typen an, und der steht vollkommen arrogant da und wartet, dass was passiert, aber es passiert nichts. Eine Zeit lang habe ich immer den ersten Schritt getan. Ich fand es immer ein Wunder, wenn mich jemand toll fand. Doch jetzt lass ich die anderen auf mich zukommen. Mein Selbstbewusstsein ist von null auf hundert gestiegen.

Eines Abends habe ich in der «Busche» (schwule Disco in Berlin, J. B.) meine erste große Liebe kennen gelernt. In den hab ich mich echt verknallt. Wir haben eine Zeit lang mit Blicken geflirtet, und ich hab gedacht: ‹Den kriegst du doch sowieso nicht!› Er hatte dunkelblonde, lange Haare und sah aus wie ein Modeltyp. Irgendwann kam er auf mich zu, gab mir seine Telefonnummer und sagte: ‹Ich bin Felix, und ich würde mich freuen, wenn du mich mal anrufen würdest.› Das war das erste Mal, dass ich sagen würde, ich hatte eine Beziehung. Das Ganze dauerte fünf Monate. Danach ging es einfach nicht mehr. Er war supereifersüchtig und klebte bei jeder Party an meiner Hand. Noch viele andere Gründe führten dazu, dass es irgendwann geknallt hat. Es gab nur noch Missverständnisse, bis wir nicht mehr miteinander gesprochen haben – und die Beziehung nicht mehr zu retten war. Aber heute ist auch er ein guter Freund. Wir telefonieren regelmäßig, gehen tanzen und sehen uns ab und zu.

Austoben

Jetzt kam eine Zeit, in der ich keine Beziehung wollte. Vorher hatte ich immer von einer Partnerschaft geträumt und hatte ein Traumbild davon im Kopf. Doch nun wusste ich, wie die harte Realität aussieht. Also bin ich viel ausgegangen, ins Toms, Jaxx, Connection und in die Treibhaus-Sauna. Meinem letzten Freund ging es genauso wie mir. Auch er wollte jetzt keine feste Beziehung. Wir sind oft zusammen ausgegangen. Doch bei ihm war noch lange nicht Schluss. Es kam das Kit Kat (ein Club in Berlin, J. B.) und die Drogen. Da wurde mir zum ersten Mal klar, wie viel Drogen in der Schwulenszene genommen werden – Koks, Poppers, E's und so was. Irgendwann habe ich zu ihm gesagt: ‹So gehe ich nicht mehr mit dir weg!› Heute haben wir die einfache Absprache, dass Drogen tabu sind, wenn wir zusammen weggehen.

Und überhaupt ging mir mit einem Mal die Ausgeherei auf die Nerven. Auch die ganz tollen Typen nervten mich. Ich habe gedacht: ‹Jetzt reicht's mit Austoben!› Ich wusste plötzlich ganz sicher, dass ich eine feste Partnerschaft wollte. Entweder richtig oder gar nicht!

Halbe Sachen kommen nicht in Frage

Vor zwei Monaten habe ich mich dann auch richtig verknallt. Wir haben uns kennen gelernt, ohne gleich miteinander ins Bett zu gehen; keinen Sex gehabt, nur gekuschelt. Alles lief auf eine feste Beziehung hin. Nach zwei Wochen, als es gerade superschön war und wir zusammen im Bett lagen, meinte ich zu ihm: ‹Es ist zu perfekt, irgendwo muss doch ein Haken sein!› Es gab auch einen Haken, sogar einen sehr großen. Neben mir gab es noch jemand anderen. Das war ein Schock! Aber ich wollte nicht warten und auch keine halben Sachen machen. Also habe ich mich getrennt. Aber ich trauere ihm noch sehr hinterher. Irgendwann wird ihm ein Licht aufgehen, was er an mir hatte, und er wird denken: ‹Scheiße.›»

Julian ist 20 und arbeitet als Aerobictrainer in diversen Sportstudios.

«IN DER DDR HABEN WIR NICHT DARÜBER GEREDET»

– zum Beispiel Guido

«Ich bin im Berliner Bezirk Weißensee, also im Ostteil der Stadt, geboren. Meine Großeltern waren katholisch, was meine Eltern nachhaltig geprägt hat. Wir lebten in einer katholischen Siedlung am Rande der Stadt. Mein Vater war in der Partei.

Zu Hause war ich eigentlich immer beiden Einflüssen ausgesetzt, den kommunistischen und den katholischen. Als ich in der zweiten Klasse war, ging ich zweimal die Woche zum Religionsunterricht und natürlich auch zu den Jungen Pionieren. Das verwirrte mich – zum einen die Meinung vor allem meiner Großeltern, bei denen ich als kleiner Junge gelebt habe, und zum anderen die Meinung in der Schule und bei den Jungen Pionieren. Ich bin zu meiner Mutter gegangen und habe sie gefragt, was ich tun soll. Meine Mutter hat dann gesagt, ich solle das selber entscheiden, was ich für richtig halte. Also bin ich bei den Jungen Pionieren geblieben und hab den Religionsunterricht fallen gelassen; ich wollte zur Mehrheit gehören und nicht ausgeschlossen sein. Ich habe mich eigentlich auch nie ausgeschlossen gefühlt, obwohl ich mit 12/13 schon gemerkt habe, dass irgendwas bei mir anders läuft.

Die spielten Fußball und ich Rugby

Meine Altersgenossen hatten andere Interessen, haben Fußball gespielt und sich für Technik begeistert. Ich habe Fußball gehasst und mich im Sportunterricht geweigert, mitzuspielen. Die anderen haben dann versucht, mich davon zu überzeugen, dass Fußball doch eigentlich toll ist. Vor allem mein Sportlehrer wollte, dass ich mitspiele, hat aber auch akzeptiert, dass ich keine Lust hatte. Er meinte, ich sollte mitmachen – wegen der Zensur. Ich glaube, ich war in ihn verliebt.

Mich faszinierte vor allem Kunst, Geschichte, Pferde – und Rugby. Ich konnte Rugby spielen, und die anderen Jungs in der Klasse mussten es erst lernen, dadurch wurde ich wieder gleichwertig. Dass ich schwul sein könnte, habe ich zu der Zeit noch nicht gedacht, obwohl mich Jungen interessierten. Besonders zwei Jungen in meiner Klasse, die so wirkten, als hätten sie den Durchblick, haben mich interessiert. Weil ich mich an sie nicht rangetraut habe, habe ich immer versucht, mit deren Freundinnen Freundschaft zu schließen. Aber von Sexualität hatte ich in dieser Zeit überhaupt keine Ahnung. Da war ich 14.

Knochenharte Schlafanzughosen

Als ich meinen ersten Samenerguss hatte, wusste ich gar nicht, was das war; ich dachte, ich wäre ein Bettnässer geworden. Ich habe dann die knochenharten Schlafanzughosen vor meiner Mutter verborgen, habe sie erst aufbewahrt und dann irgendwann verbrannt. Natürlich ist meiner Mutter aufgefallen, dass ich irgendwann nur noch Oberteile hatte. Sie hat sich wohl gedacht, was los war. Jedenfalls sagte sie, sie müsse mich mal aufklären. Sie tat das, indem sie mir Zeitungsartikel und Bücher hinlegte. Dann meinte sie noch, ich sollte mich mit meinem Vater unterhalten. Wir haben auch miteinander geredet, aber nicht über Sex. Das Einzige, was er zum Thema zu sagen hatte: ‹Komm mir nicht mit einer Negerin oder mit einem Mann an!› Das war im Herbst 1976. Etwa drei Monate später habe ich richtig gespürt, dass ich auf Jungen stehe, aber habe das immer noch nicht mit ‹schwul› in Verbindung gebracht. Ich wusste gar nicht, was das war. In meiner Pantomimengruppe waren zwei Jungs, die so wirkten, als hätten sie eine Beziehung miteinander. Ich habe sie beobachtet, ihren Kontakt gesucht und bin extra mit der Straßenbahn einen Umweg gefahren, um ein Stück mit ihnen mitzufahren.

Erste schwule Kontakte

Irgendwann, als ich mal wieder einen Umweg gefahren bin, bin ich an der Kastanienallee ausgestiegen, wo viele Schwule rumliefen. Dann bin ich angequatscht worden. Ich kann mich gar nicht mehr erinnern, mit wem ich das erste Mal Sex hatte und wie es für mich war. Es ging alles so schnell. Ich weiß aber noch, dass es in kürzester Zeit drei Partner waren. Mit zweien habe ich mich über längere Zeit öfter getroffen. Einzeln natürlich. Einer war Anfang 20 und ein anderer Anfang 30. Mit der Zeit habe ich immer mehr Männer kennen gelernt und mit ihnen Sex gemacht – so habe ich meine Sexualität entdeckt. Die Männer waren alle älter als ich, zumindest zu dieser Zeit. Eines Tages aber passierte etwas, das mich entsetzte: Jemand wollte bei mir penetrieren. Ich fand das ganz furchtbar und habe mich gewehrt, da sagte der andere zu mir: ‹Das ist das, was die meisten mit dir machen wollen.› Dann war erst einmal Schluss für mich. Ich habe mich von den Männern zurückgezogen.

Bei Mädchen bekam ich keine Erektion

Stattdessen habe ich versucht, mit Mädchen zu schlafen, doch das hat nicht geklappt – ich habe keine Erektion bekommen, es ging einfach nicht.

Von da an wusste ich, dass ich schwul bin. Das war jetzt mein kleines Geheimnis. Ich habe mit niemandem darüber geredet und habe es auch nicht vermisst, darüber zu sprechen. Es war für mich ab der Erkenntnis nie ein Problem, schwul zu sein. Es hat mich auch nie mehr sonderlich beschäftigt. Das war eben so, und da musste ich mir keine Gedanken drüber machen. Dann lernte ich Georg kennen, der mit 29 fast doppelt so alt war wie ich. Georg hatte sich in mich verliebt. Ich war nicht verliebt, aber fühlte mich zu ihm hingezogen. Er war mein Mentor sozusagen, Vaterersatz auch. Meine Eltern waren inzwischen geschieden. Ich lebte bei meiner Mutter. Jedenfalls hat mich Georg «aufgeklärt», über das Leben, die Liebe und die Welt. Uns verband auch unser katholischer Background – seine Familie war genauso katholisch wie meine –, und ich konnte mit ihm über alles reden. Meine Liebhaber waren zu dieser Zeit immer älter und erfahrener als ich – mit Gleichaltrigen hatte ich Schwierigkeiten. Zum einen wusste ich nicht, wo ich sie kennen lernen sollte, denn es gab kaum Discos, zum anderen interessierten sie mich intellektuell nicht. In der Buschallee war ein «Fresswürfel», das war eine Art Kantine, in der wöchentlich oder monatlich – ich weiß es nicht mehr – eine Schwulendisco stattfand. Dort habe ich dann erste gleichaltrige Partner kennen gelernt.

Niemand hat darüber geredet

Mit 17 fand ich meinen ersten richtigen Freund, Frank, mit dem ich zehn Jahre zusammen war. Wir haben uns im «Café Prenzlau» kennen gelernt, das eine der wenigen Schwulendiscos in der Stadt war. Ich habe mich erst allmählich auf Frank eingelassen. Das erste halbe Jahr habe ich noch mit anderen rumgemacht, doch dann hörte das auf. Alles in meinem Leben reduzierte sich auf Frank und unsere Beziehung. Nur der Kontakt zu Georg blieb.

Ich habe mein Schwulsein nie verheimlicht, aber es hat mich auch nie jemand danach gefragt. Auch zu Hause nicht. Also wurde einfach nicht darüber geredet. Ich habe deswegen auch nie Leidensdruck gehabt. Sexualität betrachtete ich nur als einen Baustein der gesamten Persönlichkeit, und warum sollte ich dem so viel Bedeutung geben? Georg zum Beispiel war als Mensch viel wichtiger als die Tatsache, dass er schwul war.

Ich wollte raus aus dem kleinbürgerlichen Umfeld

Mit 18 bin ich dann von zu Hause ausgezogen. Die Beziehung zu meiner Mutter war gestört. Ich wollte aus dem familiären, kleinbürgerlichen Umfeld raus, konnte es nicht mehr ertragen. Meine Eltern haben meine musischen Ambitionen nie wirklich gefördert. Ich sollte Handwerker werden, einen soliden Beruf ergreifen. Ich kann ihnen dafür keinen Vorwurf machen, denn es gehörte nicht zu ihrem Leben. Obwohl mich meine Mutter um meinen Eigensinn auch beneidete. Sie konnte sich gegen ihre Mutter nie durchsetzen. Zum Beispiel wollte ich schon als Kind immer gerne Klavier spielen lernen. Der Wunsch ist mir nie erfüllt worden.

Mit 18 bin ich also raus von zu Hause und habe eine so genannte besetzte Wohnung übernommen. So nannte man damals Wohnungen in Häusern, um die sich die Hausverwaltungen nicht kümmerten und die in ihren Belegungsplänen, oder wie das hieß, schlicht nicht mehr auftauchten – da konnte wohnen, wer wollte. Ich bin in so eine Wohnung eingezogen und habe dann meine Miete überwiesen – so machten das viele. Dann, kurz bevor Frank zur Armee eingezogen wurde, sind wir zusammengezogen, da war ich 22. Etwa ein halbes Jahr nachdem Frank wieder zu Hause war, kam mein Einberufungsbescheid. Ich habe den Termin, sooft ich konnte, hinausgezögert. Ich hatte eine Wahnsinnsangst vor der Armee und versucht, einen ‹Jagdschein› zu bekommen. Ein ‹Jagdschein› bescheinigte einem, dass man psychisch krank war beziehungsweise akut selbstmordgefährdet. Das war so ziemlich die einzige Möglichkeit, nicht zur Armee zu müssen. Schwulsein war kein Grund. Also bin ich ein Vierteljahr zu einer Gesprächspsychotherapeutin ge-gangen und habe ihr alles über mich erzählt, auch dass ich schwul bin. Am Ende sagte sie mir, sie hielte mich für völlig gesund und stabil, aber sie würde mir gerne den Schein ausstellen, wenn ich das wollte. Doch sie warnte mich auch: Vor einem Militärpsychologen hätte ich nicht bestehen können, und außerdem sähe es für meine Zukunft schlecht aus, wenn ich so einen Schein hätte. Also entschied ich mich, zur Armee zu gehen. Etwa zur gleichen Zeit sagte ich meiner Mutter, dass ich schwul bin. Sie reagierte enttäuscht, aber nicht etwa wegen meiner Homosexualität. Vielmehr enttäuschte sie, dass ich nie mit ihr darüber gesprochen hatte. Sie hätte es sowieso die ganze Zeit gewusst.

Der Punkt war aber der, dass wir zu Hause nie über Sexualität gesprochen haben. Ich habe meine Eltern auch nie nackt gesehen.

Ich bin nie diskriminiert worden

Sex, Körperlichkeit, Probleme – all das war tabu. Überhaupt wurde in der DDR wenig über persönliche Probleme geredet. Über Politik ja, am liebsten über die Mangelwirtschaft, wann man wo was kaufen konnte und was es wieder mal nicht gab, aber über einen selbst nicht. Homosexualität wurde stillschweigend zur Kenntnis genommen. Andererseits habe ich auch nie Beschimpfungen oder Diskriminierungen erfahren; ich habe nie jemanden getroffen, der offen intolerant war. Alle zeigten sich schweigsam, aber tolerant. Erst nach der Wende habe ich erlebt, wie intolerant einige Menschen in der ehemaligen DDR sein können, Stichwort ‹Rechtsextremismus›. Ich vermute, dass die vermeintliche Toleranz von damals etwas damit zu tun hat, dass wir täglich Dogmen ausgeliefert waren. Mit der Toleranz wollten wir uns eine Illusion der Großzügigkeit, der Freiheit, der Weltoffenheit erhalten. Meine Oma zum Beispiel fand FKK-Baden toll und ist da auch mal hingegangen, obwohl meine Familie, wie gesagt, sich zu Hause nie nackt gezeigt hat. Heute findet sie das unmöglich.

In der Armee wurde ich stark – und hatte eine bittere Erkenntnis

Doch zurück zur Armee. Mir blieb also nichts anderes übrig, als dorthin zu gehen. Ich war mittlerweile 24 und einer der Ältesten in meiner Einheit. Schon bald, nachdem ich dort angekommen war, merkte ich, dass alle Angst hatten. Dadurch bekam ich mehr Sicherheit. Doch dann merkte ich, dass die anderen viel mehr Angst hatten als ich. Also wurde ich mutiger: Wenn mich ein Vorgesetzter bestrafen wollte, dann habe ich ihm gesagt: ‹Danke, bestraf mich ruhig! Lass mich putzen! Zeig's mir!› Das hat geholfen – sie haben mich schnell in Ruhe gelassen. Ich bin sogar noch aufgestiegen und als Unteroffizier entlassen worden. Viele bei der Armee wussten auch, dass ich schwul bin, auch ein Vorgesetzter wusste das. Aber auch hier habe ich nie Benachteiligungen gespürt. Doch ich habe eine andere, weitaus wichtigere Erfahrung gemacht als den Umgang mit Homosexualität: Vor der Armeezeit war die DDR für mich immer wie eine große Familie. Auch die Schwulen in der DDR waren eine große Familie. Danach aber habe ich erkannt, dass die Spielregeln der DDR im Grunde genommen leicht durchschaubar waren und das ganze System auf Lug und Trug aufgebaut war. Die Erkenntnis hat mich deprimiert und es mir hinterher schwer gemacht, mich wieder in die Gesellschaft der DDR, in die ‹Familie› zu integrieren.

Kontakt zur Stasi

Sicher hatte die Stasi auch ein Auge auf mich, aber bis heute habe ich keine Akteneinsicht beantragt. Ich will nicht wissen, wer in meinem Umfeld dabei war, mich vielleicht abgeschöpft hat. Ein einziges Mal bin ich mit der Stasi direkt in Berührung gekommen. Ich bin vorgeladen worden wegen ‹Klärung eines Sachverhaltes› in die Keibelstraße. Bis dahin kannte ich Beamte immer nur uniformiert, aber in diesem Fall saßen mir zwei Männer in Zivil gegenüber – da wusste ich Bescheid. Ich war durch und durch angespannt, weil ich gar nicht wusste, um was es ging. Es ging um einen Freund von mir, der sich in den Westen abgesetzt hatte, wie ich dort erfuhr. Ich war darüber so überrascht, dass ich es zunächst nicht geglaubt hatte. Sie wollten, dass ich irgendwas unterschreibe, dass ich niemandem etwas von diesem Gespräch erzählte. Ich war fast hysterisch und sagte intuitiv: ‹Dieses Gespräch kann ich gar nicht für mich behalten. Ich erzähle es nachher dem Erstbesten, der mir über den Weg läuft. Ich mach mich strafbar, ich kann das gar nicht …›, und so 'n Zeug. Irgendwann haben sie mich gehen lassen. Ich vermute, das hätte der Anfang einer langen ‹Freundschaft› werden können. Die Stasi hat sich auch auf Schwule als Zielpersonen konzentriert, weil die angreifbarer und erpressbarer waren als andere und vor allem so schöne Kontakte durch alle Bevölkerungsschichten hatten.

Ich bin nicht repräsentativ – anderen erging es anders

Ich glaube sowieso, dass nicht alle ihr Schwulsein in der DDR so konfliktfrei erlebt haben wie ich. Viele haben sich wahrscheinlich auch geschämt oder sind diskriminiert worden. Mein Beispiel steht nicht für alle anderen.

Es gab auch Schwule in der DDR, die sich schwulenpolitisch engagiert haben. Ich gehörte nicht zu denen. Mich hat das früher immer eher befremdet, weil ich dachte, die Sexualität ist doch nur ein kleiner Teil des Lebens, warum muss man da so viel Wirbel drum machen. Heute sehe ich das anders. Die Schwulenbewegung war wichtig, und sie hat viel erreicht.

Ich habe die Wende als Befreiung erlebt, weil ich damals beruflich und intellektuell in der Krise war. Aber von meinen kommunistischen Ideen habe ich mich nie ganz verabschiedet, zumal man sagen muss, dass der real existierende DDR-Sozialismus davon entfernter war, als es die globalisierte Industriegesellschaft heute ist.»

Guido ist 37 und arbeitet als Kulturmanager für freie Theatergruppen.

«DAS ERSTE MAL WAR ICH IN EINE FRAU VERLIEBT»

– zum Beispiel Frank

«Ich bin in einem kleinen Ort im südlichen Niedersachsen aufgewachsen – tiefste Provinz also. Meine Eltern haben eine Gastwirtschaft. Als ich 15 war, bin ich manchmal sonntags, wenn kein Betrieb war, in den Gastraum geschlichen und habe Illustrierte durchgeblättert. In den meisten waren nackte Frauen abgebildet, aber das interessierte mich nicht so. Eine der Illustrierten hatte eine Serie, die über mehrere Wochen ging und alle möglichen Männer zeigte: griechische, italienische oder skandinavische Männer, nackt natürlich. Die habe ich mir dann immer heimlich angesehen. Aber auf die Idee, schwul zu sein, bin ich überhaupt nicht gekommen. Mir fehlten alle wichtigen Informationen. In meinem Ort habe ich nichts über Schwule mitgekriegt, wie die leben, was die im Bett so machen und so weiter. Und meine sexuellen Phantasien waren auch nicht sehr aufschlussreich: Ich habe mir beim Wichsen immer vorgestellt, dass ich zusehe, wie ein Mann und eine Frau miteinander schlafen – was sollte daran schwul sein?

Als ich etwas älter war, habe ich mit anderen Jungs zusammen gewichst. Einem habe ich sogar mal einen geblasen. Mit ‹schwul› hatte das aber alles nichts zu tun – die anderen taten es ja auch. Wenn mir mal durch den Kopf schoss, ob ich vielleicht schwul sein könnte, dann habe ich immer auf ein Motto zurückgegriffen: ‹Männliche Teenager vergleichen sich miteinander.› Beim Sport zum Beispiel, wenn ich die Schwänze von den anderen gesehen habe und mich das angeturnt hat, habe ich mir immer gesagt: ‹Das ist normal, du vergleichst deinen Schwanz mit einem anderen Schwanz – das machen alle.› Wenn mich damals jemand gefragt hätte, hätte ich mich als vollkommen heterosexuell bezeichnet und das auch geglaubt.

Um mich herum war alles heterosexuell – warum sollte ich anders sein?

Mit 15 hatte ich meine erste Freundin. Wir mochten uns, sind miteinander gegangen, aber alles war rein platonisch. Mir war es wichtiger, in Cliquen rumzuhängen, als mich um Mädchen zu kümmern. Mit 17 lernte ich Gitte kennen. Das wurde dann schon eine richtige Beziehung. Zum Sex kam es aber nicht, weil Gitte religiös war und nach dem Motto lebte: ‹Sex vor der Ehe kommt nicht in Frage.› Ich glaube, ich habe ein- oder zweimal ihre Brust berührt, mehr war nicht. Einerseits war ich froh, weil ich noch keine sexuelle Erfahrung hatte und Angst hatte, vor lauter Aufregung keinen hochzukriegen und mich zu blamieren. Andererseits wollte ich endlich Sex haben! Mein Trieb wollte befriedigt werden. Schwul war auch jetzt kein Thema, weil um mich herum alles heterosexuell fixiert war – der Ort, die Clique, meine Familie. Und dann, mit 18, lernte ich Renée kennen, das erste Mal, dass ich verliebt war – in eine Frau.

Ich hatte Angst, es nicht zu bringen

Renée war zwei Jahre jünger als ich, und ich habe sie auf einer Party kennen gelernt. In der ersten Zeit hatten wir noch keinen Sex miteinander; wir waren frisch verliebt, und alles war noch so neu, so aufregend. Renée war genauso zurückhaltend wie ich; sie hatte auch noch keine Erfahrung. Und ich hatte sowieso dauernd Angst, es nicht zu bringen. Zu der Zeit lief Wolfgang Petersens ‹Die Konsequenz›, das erste Schwulendrama im Fernsehen, an das ich mich erinnern kann, mit Selbstmord am Schluss und so weiter. Ich habe den Film gemeinsam mit Renée und meiner Clique gesehen, und alle waren hinterher sehr bedrückt. Ich auch, doch da war noch mehr. Der Film hatte mich tiefer berührt, als ich es wahrhaben wollte. Aber geschnallt habe ich nichts.

Vielmehr bestätigte der Film alle Vorurteile, die es gab: Schwule leiden, bringen sich um, werden verfolgt. Das hat mir überhaupt nicht geholfen. Ganz im Gegenteil: Damit wollte ich nichts zu tun haben.

Der Körper meiner Freundin war schön – aber richtig gereizt hat er mich nicht

Kurze Zeit später ist es dann passiert: Wir haben miteinander geschlafen. Mein erstes sexuelles Erlebnis! Es passierte sozusagen ‹nebenbei›. Ich war deshalb nicht so aufgeregt wie sonst, und es war schön, die Kuschelvariante. So war es überhaupt mit Renée: lieb, romantisch, kuschelig, und über unsere sexuellen Phantasien wurde nicht wirklich geredet. Der weibliche Körper hat mich erregt, aber nicht so richtig, nicht so, wie es hätte sein können. Alles war irgendwie fremd, anders und damit auch ein wenig unerotisch. Aber was ich wollte, wusste ich damals noch nicht.

Mit 21 dachte ich, ich wäre bisexuell

Dann bin ich nach Berlin gezogen – ich war mittlerweile 20 und seit einem Jahr mit Renée zusammen. In Berlin lernte ich Ralf kennen, der gerade sein Coming-out hatte. Ralf ging jeden Samstag zum Tanzen ins Schwulenzentrum und nahm an einer Coming-out-Gruppe dort teil. Er redete immer von ‹den anderen›, was heißen sollte, dass er eigentlich nicht schwul wäre. Natürlich war er es. Mich hätte es auch gereizt, mal da hinzugehen, aber irgendwie ist es nicht dazu gekommen. Ich lebte weiter in der Beziehung mit Renée und habe hin und wieder was mit Ralf unternommen. Mit ‹schwul› hatte ich immer noch nichts zu tun.

Mit 23 habe ich ein Praktikum am Theater gemacht. Einer der Schauspieler war bisexuell. Mit der Zeit bekam ich immer mehr Vertrauen zu ihm, und irgendwann nahm er mich mit in eine schwule Disco. Das war das erste Mal, dass ich in einer Schwulendisco war. Das war schon faszinierend. Jedenfalls erzählte er mir an diesem Abend von seinen Beziehungen und wie es ist, auf Männer und auf Frauen zu stehen. Er sagte den für mich zentralen Satz: ‹Ich bin bi und das ist o.k. Wenn ich nur hetero oder nur schwul wäre, würde ich mich um die Hälfte meiner Chancen berauben.›

An diesem Abend schlich sich bei mir ein Verdacht ein, der mein Leben völlig umkrempeln sollte: Vielleicht war ich bi! Bi! Auf diese Idee war ich noch gar nicht gekommen. Als ich wieder in Berlin war, wollte ich das gleich überprüfen. Da ich damals studierte, ging ich in der Uni ab und zu in den ‹Rosa Salon›, das war ein schwules Café. Ich hatte überhaupt keine Schwierigkeiten, da hinzugehen, weil da auch viele Heteros hingingen. Ich setzte mich also dahin und wartete darauf, dass mich jemand anmachte. Selbst hätte ich mich das niemals getraut, denn schließlich war ich derjenige, der mit seinem Schwulsein unsicher war. Ich dachte, die anderen müssten doch sehen, was mit mir los war. Doch die anderen sahen gar nichts. Niemand baggerte mich an.

Christian – mein anderes Ich

Zur gleichen Zeit fanden viele Gespräche mit Renée statt. Ich wollte wissen, was sie von Schwulen hält oder ob sie es sich vorstellen konnte, auch mal mit einer Frau zu schlafen. Sie reagierte verblüfft, weil ich mit solchen Fragen kam, aber geschnallt hat sie nichts. Mir ging das Thema nicht mehr aus dem Kopf. Ich brauchte Abstand, Zeit für mich, einen Neuanfang, und so entschied ich mich für ein Austauschjahr in den USA. In der Vorbereitungsgruppe für den Austausch lernte ich Christian kennen. Christian war in einer ähnlichen Situation wie ich: gleiches Alter, Freundin, grübelte, ob er schwul sein könnte. Nach einer Party bin ich mit zu ihm nach Hause. Wir lagen nebeneinander, stierten an die Decke, konnten kaum atmen vor Anspannung und wussten nicht, was wir miteinander anstellen sollten. Völlig verkrampft das Ganze. Das muss man sich mal vorstellen: Da liege ich endlich mit einem Mann im Bett und konnte es endlich einmal ausprobieren, und es passierte nichts! Noch nicht jedenfalls.

Kurze Zeit später kam ich nach Austin, Texas, und Christian nach Milwaukee, Wisconsin. Ich telefonierte ab und zu mit Renée, die noch nichts von alledem ahnte, und natürlich mit Christian. Zu Weihnachten wollte er mich in Texas besuchen, und ich hatte mich auch schon wahnsinnig gefreut, da kam die Nachricht aus Berlin: Renée wollte kommen. Oje, das schmiss alle Pläne und Wünsche über den Haufen. Ich konnte ihr natürlich nicht sagen: ‹Du kannst nicht kommen›, denn schließlich war sie meine Freundin.

Verrückt nach seinem Körper

Doch dann, zu Spring-Break, das ist die Zeit zwischen den Semestern in den USA, hat es geklappt: Ich bin nach Milwaukee geflogen. Christian hat mich vom Flughafen abgeholt, wir sind noch einen Kaffee trinken gegangen, aber der ganze Zirkus diente eigentlich nur der einen Sache – wir wollten unbedingt miteinander ins Bett. Das geschah dann auch. Das erste Mal Sex mit einem Mann! War das toll! Wir haben uns die ganze Zeit gestreichelt und uns einen runtergeholt. Ich bin wie verrückt auf seinen Körper abgefahren, viel mehr als auf einen Frauenkörper. Plötzlich wusste ich ganz genau: Da wollen meine erotischen Phantasien hin! Es war alles so einfach; er hatte einen Schwanz, ich hatte einen Schwanz, ich wusste ganz genau, was ich tun musste, um ihn zu erregen. Mit Renée war das immer so kompliziert, da habe ich mich oft gefragt, ob ich alles richtig mache. Dann haben wir im Bett gelegen und ganz viel geredet, und Christian wusste natürlich ganz genau, wie es mir ging: genauso wie ihm. Was hatte ich nur all die Jahre gemacht?

Jetzt musste es auch raus!

Nach der einen Woche in Milwaukee konnte ich mich mit meinen Gefühlen nicht mehr zurückhalten – am liebsten hätte ich es in die Welt hinausgeschrien! Der Erste, der es erfahren hat, war mein Nachbar aus meinem Geburtsort, mit dem ich als Jugendlicher sehr eng befreundet war und der auch zu meiner Clique gehörte – ihm habe ich ganz spontan eine Postkarte geschrieben. Dann habe ich es Jeff erzählt, ein heterosexueller amerikanischer Freund von mir. Bei ihm habe ich mich dann ausgeheult, denn ein großes Problem stand mir ja noch bevor: Ich musste es Renée sagen. Mein Studium in den USA dauerte noch drei Monate, und am Telefon wollte ich es ihr nicht sagen. Was sollte ich tun? Also habe ich doch noch am selben Abend, als ich wieder in Austin war, bei Renée angerufen. Aber gesagt habe ich nichts – mir blieb einfach die Sprache weg. Dann habe ich wieder mit Jeff geredet und dann, noch in der gleichen Nacht, einen Brief geschrieben. Damit war es endgültig raus!

Oje, Renée war völlig von den Socken. Zuerst war sie sprachlos, dann rief sie dauernd an und wollte hören: ‹Das war nur ein einmaliges Erlebnis, alles wird wieder gut.› Doch das konnte ich ihr nicht sagen, denn ich wusste, dass es nicht stimmte.

Renée gab nicht auf, denn als ich nach Berlin zurückkam, wurde ziemlich bald klar, dass sich mit Christian keine Liebesbeziehung anbahnen würde. Das nährte Renées Hoffnungen, dass es doch noch mit uns weitergehen konnte. Aber ich wollte nicht mehr. Stattdessen lernte ich den nächsten Mann kennen: Bert. Von da an wusste ich: ‹Es gibt kein Zurück mehr.› Ich musste die Beziehung zu Renée beenden. Und gleichzeitig meine heterosexuelle Identität. Aus, Schluss, ich war schwul und ich bin es heute noch. Richtig schwul, vollkommen schwul, und mir geht es wunderbar damit. Nachdem wir uns getrennt hatten, Renée und ich, war erst einmal Funkstille zwischen uns, zweieinhalb Jahre lang. Ich brauchte diese Zeit, weil ich Abstand zu allem brauchte, zu Renée, zu meiner Vergangenheit, zu meiner scheinbaren Heterosexualität. Heute ist es so, dass ich ein neues Leben lebe, in dem auch Renée eine große Rolle spielt. Aber in meinen sexuellen Phantasien spielen Frauen keine Rolle mehr, und weil ich ein ‹Spanner› geblieben bin, stelle ich mir jetzt immer vor, wie zwei Männer miteinander vögeln.

Ich wollte die Menschen, die mir wichtig waren, nicht verlieren

Ich weiß nicht, warum ich mich so viele Jahre verleugnet habe. Ich vermute, es hatte was damit zu tun, dass ich in meiner Clique bleiben wollte und bei Renée, die ich, obwohl ich heute weiß, dass ich schwul bin, sehr geliebt habe und immer noch liebe. Ich bin ein Mensch, der viele Freunde braucht und dessen größter Horror es ist, zu sterben und niemanden zu haben. Ich wollte meine Clique behalten, also habe ich mich ihnen angepasst. Ich wollte Renée behalten, also habe ich mich ihr angepasst. Jede Auseinandersetzung mit meinem Schwulsein hätte meine Freundschaften, meine Sicherheiten gefährdet (obwohl die Leute aus der Clique gar nichts gegen Schwule hatten). Renée war ein Teil und ein Sinnbild dieser Clique, die es ja später in der ursprünglichen Zusammensetzung gar nicht mehr gab. Ich habe Jahre gebraucht, um mich von der Clique, von Renée und von der Heterosexualität zu trennen. Heute weiß ich, dass ich als Schwuler auch nicht alleine bin. Ich habe zum

Teil neue Freunde, zum Teil sind die alten geblieben; ich lebe in einer festen, glücklichen Beziehung mit einem Mann und habe nach wie vor eine hervorragende Beziehung zu Renée – nur eben anders.»

Frank ist 39 und arbeitet als Internetredakteur in einem Kulturbetrieb.

COMING-OUT ZWISCHEN DEN KULTUREN

– zum Beispiel Ilhan und Dogan

Ilhan:

«Während meiner Jugend hatte ich nicht viel Gelegenheiten zu merken, dass ich schwul bin, denn ich habe sehr strenge Eltern – nicht, was den Glauben betrifft, aber von der Moral her. Besonders mein Vater ist sehr streng. Er hat mir nicht erlaubt, auszugehen. Wie sollte ich wissen, was in der Welt passiert, oder wie sollte ich andere Männer kennen lernen, wenn ich nicht rausdurfte? Ich war das erste Kind und acht Jahre lang Einzelkind, bis mein Bruder und meine Schwester auf die Welt kamen. Ich habe viel zu Hause gesessen und mich um meine Geschwister gekümmert, sie zur Schule oder in den Kindergarten gebracht und wieder abgeholt.

Einmal, da konnte ich nicht in die Schule, weil ich nicht aus dem Haus durfte. Meine Eltern haben den Lehrern erzählt, ich wäre beschnitten worden und hätte deswegen zu Hause bleiben müssen. Das stimmte natürlich nicht, denn ich war ja längst beschnitten. Mit mir ist mein Vater so umgegangen, wie er es von seinen Eltern gelernt hat. Woher sollte er es auch anders wissen? Mit meiner Mutter dagegen komme ich sehr gut klar – ich hänge an ihr, denn wir haben vieles gemeinsam erlebt. Zum Beispiel 1982, da war ich zehn und mit meinen Eltern in der Türkei. Eines Tages haben sich mein Vater und meine Mutter gestritten. Dann sind mein Vater und sein jüngster Bruder hergegangen und haben meine Mutter geschlagen. Seit diesem Zeitpunkt habe ich mit ihm und mit seiner Familie innerlich gebrochen. Mich haben sie hinterher unter Druck gesetzt; ich sollte gegen meine Mutter aussagen, weil sie sich scheiden lassen wollte. Das habe ich aber nicht getan – ich habe zu ihr gehalten, bis heute. Mein Vater schlägt sie immer noch, wenn ihm etwas nicht gefällt.

Meine schwulen Gefühle habe ich immer unterdrückt, weil ich Angst hatte, dass meine Familie das mitkriegen würde. Also habe ich mich immer mehr von anderen zurückgezogen. In der Schule war ich eher ein Einzelgänger, und auch zu anderen Türken hatte ich wenig Kontakt. Ich komme mit der türkischen Kultur nicht klar. Wenn ich Türken was erzählt habe, dann wurde es gleich weitererzählt. Mit türkischen Männern konnte ich nur über Fußball oder Autos quatschen, aber das interessierte mich überhaupt nicht. Einmal, da gab es ein Fußballspiel Deutschland gegen Türkei, und da haben alle vor dem Fernseher gesessen, auch die Frauen. Aber ich habe mich im Hintergrund gehalten und Zeitung gelesen.

Mit 16, 17 habe ich mich langsam an andere Menschen herangetastet. Doch erst mit 20 habe ich realisiert, dass ich schwul bin. Ich habe damals in einem Kaufhaus gearbeitet, wo 80 Prozent aller Kollegen schwul waren. Da bin ich das erste Mal so richtig damit in Kontakt gekommen. Ich wusste, dass meine Familie was gegen Schwule hat, weil sie manchmal, wenn im Fernsehen was über Schwule gesagt wurde, komisch reagiert haben. Mittlerweile ahnen sie es bestimmt auch bei mir, denn ich habe zu Hause immer nur Männer vorgestellt, aber nie eine Frau.

Mit 23 hatte ich mein eigentliches Coming-out. Vorher lief nichts: keine Freunde, keinen Sex, keine Partner. Aber mit 23 war ich es leid, dauernd zu Hause eingesperrt zu sein. Ich habe mich gewehrt, habe mir von meinem Vater nichts mehr sagen lassen und bin einfach rausgegangen. In dieser Zeit habe ich auch die ersten schwulen Männer kennen gelernt. Aber ich habe Männer gehasst, die aggressiv wurden. Ich hasse jeden Mann, der mich an meinen Vater erinnert. Was das angeht, bin ich eine schwierige Person. Einmal zum Beispiel, da hat mich ein türkischer Freund mit in einen Darkroom genommen. Dort bin ich auf jemanden getroffen, der mich so richtig rannehmen wollte und mich an die Wand gedrückt hat. In so einem Augenblick will ich nur noch weg.

Vor zwei Jahren bin ich von zu Hause ausgezogen. Ich war es leid, mir die Nörgelei von meinem Vater anzuhören, wenn ich samstagabends ausgegangen bin und manchmal erst am Sonntagmorgen zurückkam. Man muss sich mal vorstellen, dass ich früher nie ausgegangen bin – nicht mal in Heterodiscos. Jetzt habe ich meine eigene Wohnung und kann machen, was ich will.

Einen Freund habe ich zurzeit nicht. Ich suche jemanden, an den ich mich anlehnen kann, jemanden, der es ehrlich meint. Meinen ersten Freund hatte ich mit 23, der war zwanzig Jahre älter als ich – eine Vater-Sohn-Beziehung sozusagen. Mit ihm war ich sechs Monate zusammen. Wir hatten keinen Sex, weil ich das nicht wollte. Irgendwann bin ich dahinter gekommen, dass er die ganze Zeit über in einer Beziehung gelebt hatte, und zwar seit 15 Jahren! Dann war es natürlich aus für mich.

Ich finde es sehr schwer, jemanden zu finden, der es ehrlich meint. Die meisten Schwulen, die man in der Szene trifft, sind schwanzgesteuert, sie wollen nur Sex, und das war's dann. Schwule sind nicht treu. Ich suche einen Freund, der mir eine warme Schulter bietet, an die ich mich anlehnen kann. Wenn ich den gefunden hätte, dann würde ich es auch meiner Familie sagen. Dann hätte ich genug emotionale Unterstützung, um es ihnen sagen zu können.»

Ilhan, dessen Eltern aus der Türkei kommen, ist 28, in Berlin geboren und lebt auch dort. Er möchte anonym bleiben.

* * *

Dogan:

«Bis zu meinem 17. Lebensjahr hatte ich mehrere Freundinnen.

Wenn eine was von mir wollte, habe ich ihr zugesagt. Zuletzt hatte ich eine Freundin, mit der ich insgesamt zwei Jahre zusammen war – auch sexuell. Die Beziehung war schön, aber auch nicht einfach, weil sie Türkin war und nicht machen durfte, was sie wollte.

Ich erinnere mich noch, dass ich mir in einem Magazin Fotos von Männern und Frauen angeschaut habe. Ein Paar hat mir besonders gut gefallen. Irgendwann habe ich mir nur noch die Männer angeschaut – in dem Magazin war gerade so eine Serie, ‹Mann des Monats› hieß die. Die Zeit war schlimm für mich, denn ich merkte, dass ich dabei war, meine Identität zu verlieren. Eines Tages hatte mein Bruder eine Zeitung mitgebracht, in der ich die Lonely Hearts gefunden habe und darunter die Rubrik ‹Er sucht ihn›. Ich habe mir die Seite immer wieder angesehen, aber mich zuerst nicht getraut, eine der Nummern anzurufen. Doch dann habe ich irgendeine Nummer gewählt; ich weiß sogar noch ungefähr den Text der Anzeige: ‹Suche Jungs, die Spaß daran haben, sich auszutoben› oder so ähnlich. Das hat mich neugierig gemacht. Also habe ich mir einen Namen ausgedacht, da angerufen und bin hingefahren. Als der Mann die Tür öffnete, kam mir zuerst ein kleiner Hund entgegen – so ein kleiner mit vielen Haaren und einer platten Nase. Der Mann war 48 Jahre alt und optisch o. k. Ich hatte vorher überhaupt kein Bild, wie er aussehen sollte und was ich von ihm wollte. Wir saßen dann auf einer braunen Ledercouch, und ich habe ihm erzählt, dass es das erste Mal für mich war. Dann hat er gesagt ‹Lass uns küssen› und hat sich über mich gebeugt. Ich saß da, gefühllos, kalt. Ich war wie unter Schock und dachte: ‹Was machst du da?› Dann hat er mich bedient. In dem Augenblick hat es mir Spaß gemacht, aber das ist ja auch kein Wunder, denn es macht jedem Spaß, wenn er bedient wird, aber danach bin ich sofort gegangen. Ich habe sofort die Adresse zerstört, mich geschämt, geekelt und geduscht und immer gedacht: ‹Was machst du da bloß? Wenn mich jemand sieht, wenn jemand das erfährt?›

Nach zwei Wochen lag wieder die Zeitung mit den Lonely Hearts da. Wieder war die Anzeige drin, und wieder habe ich da angerufen. Wieder bin ich hingegangen und wieder hat er mich bedient. Doch dieses Mal hat er mir ein Kondom übergezogen. Ich hab's gemacht. Danach kam wieder der Ekel, ich wollte mich töten und habe immer gedacht: ‹Du willst doch Familie und Kinder!›

Einen Monat später bin ich noch mal hin. Es war alles so lustlos. Wieder hat er mich bedient, und er hat so furchtbar nach Zigaretten gestunken. Ich habe mich gefühlt wie ein Callboy. Danach habe ich zehntausendmal geduscht. Doch nach einer Zeit wusste ich immer besser, welche Typen ich wollte: Anzugtypen oder Männer, die leger rumlaufen. Aber das war nur Phantasie – ich habe nie danach gesucht.

Dann bin ich in eine schwere Krise geraten. Ich hab mir gesagt: ‹Du musst dir einen Weg wählen – was willst du?› Meine Identität war völlig durcheinander. Dann habe ich mir wieder die Zweite Hand geholt und auf eine Anzeige geantwortet, doch dieses Mal auf eine andere. Der Typ war fast 20 und in einer gleichen Situation wie ich. Mit ihm hatte ich keinen richtigen Sex – wir haben uns nur geküsst. Eines Abends bin ich mit ihm in eine Bar gegangen. Dort habe ich einen Mann Mitte dreißig kennen gelernt, mit dem ich das erste Mal richtig schönen Sex hatte; langsam, lange und ohne gleich unter die Dusche zu springen danach. Die Affäre mit ihm hat ungefähr acht Monate gedauert, und während dieser Zeit wurde mir bewusst, welchen Weg ich genommen hatte. Damit war mein Coming-out abgeschlossen.

Während einer Türkeireise zu meiner Tante habe ich im Hotel mit jemandem Sex gehabt – wir haben uns jeder für sich einen runtergeholt. Er wollte Analverkehr, aber ich wollte das nicht. Analverkehr hat eine besondere Bedeutung für mich. Mit meinem Freund damals hatte ich erst nach einem Jahr Analverkehr. Am Anfang hatte ich Schwierigkeiten, die passive Seite zu leben. Heute finde ich, man sollte flexibel sein und beide Seiten, aktiv und passiv, machen.

Nach dem Urlaub bin ich nach Berlin zurück und habe mir ein Stadtmagazin gekauft und mir dort die Kleinanzeigen angesehen unter M sucht M. Da waren zwei Typen, die suchten jemanden, der ihnen Briefe übersetzt. Ich habe mich bei ihnen vorgestellt, aber zu den Übersetzungen ist es nie gekommen. Die beiden waren ein Paar. Wir sind zusammen ins Bett gegangen und hatten eine Zeit lang eine Dreierbeziehung. Jetzt fing mein Schwulsein so richtig an. Der eine der beiden, er war zehn Jahre älter als ich, hatte sich in mich verliebt und ich mich auch in ihn. Das war meine erste große Liebe – wir waren dann auch vier Jahre zusammen. Kurz nachdem ich ihm begegnet bin, sind wir in die «Flitterwochen» gefahren. Mit seinem Freund hat er Schluss gemacht.

Meiner Familie habe ich erzählt, ich wäre mit einem gemeinsamen Freund der Familie unterwegs. Doch dummerweise traf ihn meine Mutter einige Tage später auf der Straße. Sie sagte: ‹Wo ist Dogan?›, und er sagte: ‹Wieso Dogan?› Als ich zurückkam, wartete die ganze Familie auf mich und hämmerte auf mich ein: ‹Wo warst du? Warum hast du gelogen?›, und so weiter. Ich habe erzählt, ich wäre auf einem Trip im Ausland gewesen und hätte dort ein Mädchen kennen gelernt, in das ich mich verliebt hätte. Sie haben es geglaubt, aber nicht wirklich. In dieser Zeit war ich hin- und hergerissen zwischen meinem Freund und der Familie. Die eine Hälfte von Dogan lebte beim Freund, die andere Hälfte bei der Familie. Jeden Tag, den ich zu meinem Freund gefahren bin, habe ich etwas von zu Hause mitgenommen: eine Hose, ein Hemd oder ein Buch. Am letzten Tag habe ich nur noch mich selber mitgenommen. Meine Mutter hat geheult, weil ich langsam immer mehr von ihr weggegangen bin.

Meine Familie weiß nicht, dass ich schwul bin, und ich werde es ihnen auch nicht sagen. Meine Brüder würden mich ausschließen, wenn sie es erfahren würden. Und meine Mutter ist eine sehr gläubige Frau. Aber sie sagt auch: ‹Heirate nie – genieße dein Leben.› Sie hat es sehr bereut, dass sie geheiratet hat. Im Übrigen habe ich ein sehr großes Ansehen innerhalb meiner Familie, weil ich sehr viel gereist bin. Ich war in den USA, Kanada, Tunesien, Marokko, Namibia, Singapur, Thailand, Malaysia; überall in Europa mit Ausnahme von Skandinavien und bin der Leiter einer Austauschgruppe in der Türkei. Mein längster Aufenthalt war sechs Monate auf Malta. Meine Familie weiß: Was Dogan macht, das ist richtig!

Im Augenblick habe ich keinen Freund, und ich will auch keinen haben. Ich bin froh, allein zu sein, weil ich gar keine Zeit habe, mich um einen Freund zu kümmern. Die ganze Woche bin ich bei der Arbeit, und dann mache ich noch eine Zertifikation in Französisch. Was soll ich da mit einem Freund, wenn ich erst abends um elf nach Hause komme?»

Dogan ist Kurde. Seine Eltern kommen aus einem kleinen Dorf in der Nähe der aserbaidschanischen Grenze. Dogan ist 23, in Berlin geboren und lebt auch dort. Er möchte anonym bleiben.

«NACHDEM ICH DEN MUT HATTE,
ES ALLEN ZU ERZÄHLEN, BIN ICH TIM
BEGEGNET»

– zum Beispiel Bernd

«Ich komme aus einem kleinen Ort mit 800 Einwohnern in Niederbayern.

Bei mir gibt es kein bestimmtes Erlebnis, bei dem ich gemerkt habe, dass ich schwul bin. Ich war immer schwul, solange ich mich zurückerinnern kann. Aber ich weiß noch, als ich mich das erste Mal in einen Jungen verliebt habe: Da war ich elf, und der Junge war in meiner Klasse. Ich habe ihn richtig angehimmelt. Wenn beim Sport Mannschaften gebildet wurden, habe ich immer krampfhaft gehofft, in seine Mannschaft zu kommen. Wahrscheinlich hat er was gemerkt, denn er hat mich nie gewählt. Aber ich wusste damals noch nicht, was ich eigentlich empfinde und wie man dem begegnen sollte. Ich konnte auch mit niemandem darüber reden.

Dabei haben meine Eltern uns, also meinen Bruder und mich, immer sehr offen erzogen. Wir konnten fragen, was wir wollten, auch Begriffe zur Sexualität. Nur hat mich das alles nicht so interessiert. Ich wusste nicht mal, was Petting ist, bis mir eine Freundin mal eine Zeitung in die Hand gedrückt hat. Die Mädchen waren alle weiter als ich, aufgeklärter, weil sie die ‹Bravo› gelesen haben. Mit denen habe ich mich auch immer besser verstanden als mit den Jungen; mit den Jungen wurde es irgendwann schwierig, weil ich mehr von ihnen wollte.

‹Das wird schon wieder vorübergehen›

Eines Tages hat mich mal eine Freundin dabei erwischt, wie ich in der Schule einem älteren Jungen aus der 9. Klasse nachgeschaut habe. Sie sagte: ‹Du hast ihm nachgeschaut, als wenn du in ihn verliebt seist.› Das war mir natürlich peinlich, und ich sagte: ‹Krampf!› Einen Monat später habe ich mit meiner Mutter darüber gesprochen. Sie meinte, das wäre in dem Alter ganz normal und das würde wieder vorbeigehen.

Ich war erleichtert, dass ich mal mit jemandem geredet hatte, und dachte natürlich auch, dass das wieder vorbeigehen würde. Aber wenn ich damals jemanden getroffen hätte, der sich getraut hätte, das mit mir auszuleben, hätte ich sofort mitgemacht.

Dann habe ich mich in einen anderen Jungen verliebt. Irgendwann habe ich ihm gesagt: ‹Es kann sein, dass ich in dich verliebt bin – aber keine Angst, es wird bestimmt bald vorbei sein.› Natürlich habe ich gehofft, dass es ihm genauso ging wie mir, aber das war nicht so. Er hat nur gesagt: ‹Ja, ist o. k.!› Ich war ziemlich fertig danach. Weil das für mich so belastend wurde mit ihm, habe ich die Freundschaft unterbrochen, für ein Jahr ungefähr. Danach konnte ich besser mit ihm umgehen. Ich habe viel mit meiner besten Freundin über ihn geredet. Mit ihr habe ich über vieles geredet, auch über meine Gefühle zu Männern. Aber es wurde nicht so richtig ausgesprochen – ich weiß nicht, wie ich es ausdrücken soll –, ich habe es immer relativiert. Es war die ganze Zeit im Raum, aber es wurde nur ganz wenig benannt. Zum Beispiel habe ich der Freundin gesagt, dass ich mir schwulen Geschlechtsverkehr für mich gar nicht vorstellen könne (was auch stimmte) und dass ich deshalb gar nicht schwul sein könnte. Ich habe nicht so richtig Stellung bezogen.

‹Mit ihr habe ich mich toll verstanden – aber sie reizte mich nicht›

In der achten Klasse, da war ich vierzehn, war es nicht mehr ein ganz so großes Problem für mich, dass ich schwul bin. Aber dass ich alleine war und mit niemandem reden konnte, das war schlimm. Ich hatte viel Zeit, über mich nachzudenken. Ich war immer schon eher ein Einzelgänger, weil es mir nicht so viel bedeutete, unter Leute zu gehen. Stattdessen habe ich zu Hause gesessen und gegrübelt.

Dann, mit fünfzehn, hatte ich eine richtige Freundin. Mit ihr habe ich mich toll verstanden. Doch damit war auch schon der Maximalpunkt erreicht. Obwohl wir erst kurz zusammen waren, habe ich weiter Männern nachgeschaut. Ich mochte diese Freundin, aber sie reizte mich sexuell nicht. Frauen reizen mich im Allgemeinen sexuell nicht unbedingt. Aber ich wollte ausprobieren, ob ich schwul bin oder nicht. Meine Mutter war zunächst sehr glücklich, dass ich eine Freundin gefunden hatte. Doch nach einem siebenwöchigen USA-Aufenthalt habe ich die Sache beendet – es wäre dem Mädchen gegenüber nicht fair gewesen. Mein Bruder hat mir hinterher erzählt, dass meine Mutter enttäuscht und wütend war, dass es mit dem Mädchen nicht geklappt hatte. Mir gegenüber hat sie das aber nicht gezeigt.

‹Meiner Mutter ging es wie mir: Sie konnte mit niemandem darüber reden›

Meine Mutter und ich haben uns eines Abends mal bei uns in eine Ecke verkrümelt und über die Beziehung zu dem Mädchen gesprochen. Ich habe meiner Mutter gesagt, dass es dem Mädchen gegenüber nicht fair wäre, die Beziehung fortzuführen, und habe ihr für meine Begriffe eigentlich auch klar gemacht, dass ich schwul bin. Doch meine Mutter glaubte weiterhin, dass es nur eine Phase ist. Sie war sehr unglücklich, weil sie meinte, dass Schwule gesellschaftlich nicht anerkannt werden und natürlich auch wegen AIDS. Aber sie hat sich viel Gedanken zu dem Thema gemacht, viel Literatur dazu gelesen. Sie hatte niemanden, mit dem sie darüber reden konnte. Im Grunde ging es ihr genauso wie mir – sie hatte ein Problem und konnte mit niemandem darüber reden. Heute wissen es die meisten aus unserem Freundes- und Bekanntenkreis. Vielleicht sind wir ein positives Beispiel.

‹Das erste Mal war eigentlich kein richtiges erstes Mal›

Etwa zur gleichen Zeit hatte ich mein erstes sexuelles Erlebnis, wenn man das so nennen kann. Es war in einem Schwimmbad. Ein Mann – er wird so etwa 50 gewesen sein – hat mir unter der Dusche einen runtergeholt. Anschließend ist er sofort verschwunden – wahrscheinlich hat er geschnallt, wie alt ich bin. Danach habe ich mich total unwohl gefühlt, so richtig benutzt. Ich hätte anschließend unbedingt mit jemandem reden wollen, aber meine beste Freundin war an dem Abend nicht da. Etwa ein Jahr später hatte ich das nächste Erlebnis dieser Art. Im Fitnesscenter, in der Sauna, hat mich jemand angemacht und mit dem Auto ein Stück weit mitgenommen. Dort hat er mir einen runtergeholt. Nachdem ich gekommen bin, wollte ich nur noch weg. Es war ähnlich wie beim ersten Mal. Woher sollte ich auch wissen, was Schwule machen? Ich hatte weder Kontakt zu Schwulen, noch bekam ich in dem Ort sehr viel davon mit. Alles um mich herum lebte heterosexuell. Ich hatte keine Vorstellung davon, wie homosexuelle Beziehungen laufen würden und ob die so sind, wie ich das gerne hätte. Im Grund hatte ich keinerlei Informationen.

‹Meine Entwicklung verlief so gut, weil ich mir niemals Sorgen um meine Eltern machen musste›

Mit 16 habe ich versucht, immer mehr Leute darin einzuweihen, dass ich schwul bin. Bei einer Party, wo ich ziemlich betrunken war, habe ich den Arm um einen Mitschüler gelegt. Der hat hinterher überall rumerzählt, ich hätte ihn auf die Schulter geküsst, was überhaupt nicht stimmte. Seitdem hatte ich mich mit ihm unwohl gefühlt, und es wurde problematisch mit ihm. Bei einer Gruppenreise nach Berlin standen der Mitschüler und ich alleine unter der Dusche. Mir war das sehr peinlich; er hat sich auch ziemlich bald abgetrocknet. Dann habe ich meiner Mutter erzählt, dass er falsche Sachen über mich erzählt hat, und sie meinte dann: ‹Siehst du, die Leute ahnen es und interpretieren es rein.› Ich glaube, meine Mutter wollte, dass ich mich mehr zurückhalte, weil sie mir Schwierigkeiten im Ort ersparen wollte. Man darf nicht vergessen: Bei uns kennt jeder jeden. Im Endeffekt hätte sie immer zu mir gestanden, selbst wenn ich auf dem Marktplatz schwule Werbeplakate verteilt hätte. Meine Entwicklung verlief so gut, weil ich mir niemals Sorgen um meine Eltern machen musste, was mein Schwulsein betraf.

Bei dem Berlinbesuch habe ich in einem Second-Hand-Laden das Coming-out-Buch ‹Männerliebe› gefunden. Ich hatte da auch noch andere Bücher gekauft und ‹Männerliebe› dazwischengeschoben, damit es nicht so auffiel. Die Fotos waren toll, aber die Texte brachten mir nicht viel, weil ich den Punkt – glaube ich – damals schon hinter mir hatte.

‹Ich habe gefühlt, dass es für meinen Vater ein Problem war›

Auch mein Bruder war eine große Stütze für mich. Er ist zwei Jahre jünger als ich und hat ganz toll reagiert, als ich ihm das erzählt habe. Er hatte immer viel Verständnis für mich und meine Situation, und es bedeutet mir viel, ihn zu haben, vielleicht auch deswegen, weil ich es mittlerweile schon in anderen Familien ganz anders erlebt habe.

Mein Vater hat es als Letzter erfahren – was ihn sehr verletzt hat. Er ist beruflich ziemlich eingespannt und hat damit, aus meiner Sicht, nicht die Möglichkeit, so wie er sich das vielleicht wünschen würde, am Familienleben teilzunehmen. Nachdem er es erfahren hat, hat er mir gegenüber

o. k. reagiert. Ich habe aber gespürt, dass es ein Problem für ihn ist. Mein Gefühl war, dass es beide Eltern wussten, aber es keiner vor dem anderen zugegeben hat.

‹Meine Klasse hat toll reagiert›

Danach kam für mich eine Zeit, in der ich es jedem auf die Nase gebunden habe. Ich dachte, je mehr es wissen, desto größer die Chance, dass jemand dabei ist, der auch schwul ist. Vielleicht spricht mich ja sogar jemand an. Spätestens jetzt hat es auch jeder in der Klasse gewusst. Eines Morgens im Kunstunterricht habe ich erzählt, dass ich beim Bund ausgemustert worden bin. In diesem Augenblick sagte ein Mädchen provokativ: ‹Wird man ausgemustert, nur weil man schwul ist?› Niemand in der Klasse hat reagiert. Dann hat sie es ein zweites Mal gesagt, und wieder hat niemand reagiert. Es war eine tolle Klasse, sie haben zu mir gehalten.

Tim

Dann, vor zwei Jahren, habe ich Tim kennen gelernt, der damals 23 war. Das war in einem Zeltlager der IG Metall. Hört sich gar nicht schwul an, aber da ist es passiert. Es gab dort einen Didgeridoo-Workshop (Blasinstrument, das die Aborigines in Australien spielen; J. B.). Als ich in das Zelt kam, wo der Workshop stattfand, stach mir Tim gleich ins Auge. Die natürliche Art, wie er mit den Leuten umging, hat mich fasziniert, und – er hat wirklich unheimlich gut ausgeschaut. Dann haben wir uns Rücken an Rücken hingesetzt und Didgeridoo gespielt und unsere Köpfe aneinander gelehnt. Das war ein außergewöhnliches Gefühl – außergewöhnlich schön. Später hat er mir von seinem Bruder erzählt, mit dem er sich genauso gut verstanden hat wie ich mit meinem. Ich dachte mir, dass er vielleicht auch schwul ist, wenn er ein ähnliches Verhältnis zu seinem Bruder hat wie ich. Ich war davon überzeugt, dass es zwischen zwei Brüdern nicht so gut laufen kann, wenn nicht einer von beiden schwul ist.

Im Laufe des Abends habe ich mich wohl recht zweideutig gehalten und ihm erzählt, dass ich Single bin und gerade nichts von Frauen wissen wollte – so habe ich es jedenfalls ausgedrückt. Er aber hat gesagt, dass er eine Freundin hätte. Da war ich ganz schön enttäuscht. Später dann, wir waren zu zweit auf dem Weg zu den Waschgelegenheiten, sagte er, er wollte mich nicht beleidigen, aber ob ich schwul sei? Erst habe ich gesagt: ‹Ja, stimmt, du hast den Nagel auf den Kopf getroffen!›, doch dann habe ich Angst vor mir selber bekommen und einen Rückzieher gemacht. Ich habe geantwortet, ich wüsste nicht, ob ich mehr von ihm oder mehr von einem Mädchen aus dem Camp wollte. Auf dem Rückweg sind wir an seinem Zelt vorbeigekommen, und dann ist es passiert. Das erste Mal geküsst, das war wunderschön. Wir haben drei Stunden zusammengelegen, und alles war ganz zärtlich – wie in einem Rauschzustand. Es war so befreiend, die Gefühle endlich herauszulassen! Bei meinen anderen beiden Erlebnissen im Schwimmbad und an der Straße hatte ich nichts empfunden, aber dieses Mal war richtig viel Gefühl dabei! Tim hatte es bis dahin immer noch verneint, schwul zu sein, obwohl er einige Jahre älter ist als ich. Das wunderte mich etwas, denn ich dachte, ich wäre doch schon abgeschottet genug aufgewachsen. Aber mit meinem mittlerweile großen schwulen Selbstbewusstsein habe ich es auch aus ihm herausgeholt. Seitdem sind wir zusammen.

‹Ich bin froh, dass ich auf dem Land aufgewachsen bin›

Von Großstädten und der Szene dort habe ich so merkwürdige Sachen gehört. Alles soll so schnelllebig sein, die Männer wie Wegwerfware. Viele, die in der Würzburger Szene rumlaufen, sind mit 25 oder mit 30 schon frustriert, weil sie sich zwar ausgelebt haben, aber es auch nicht geschafft haben, eine ernsthafte Bindung hinzukriegen. Ich bin froh, auf dem Land aufgewachsen zu sein. Wir haben zwar nicht die Kontaktmöglichkeiten wie in der Großstadt, aber wer will, findet auch jemanden.»

Bernd ist 19 und studiert in Würzburg Informatik.

«ICH BENEIDE SCHWULE, DIE SICH AUSLEBEN KÖNNEN»

– zum Beispiel Manfred

«Ich verstecke mich nicht, weil ich schwul bin, aber ich habe oft ein unangenehmes Gefühl deswegen. Es ist so ein Drücken, so ein dumpfer Druck in der Bauchgegend. Ich kann einfach nicht glücklich sein. Es belastet mich, dass ich nicht so frei und locker mit meiner Homosexualität umgehen kann wie andere, aber ich weiß nicht, wie ich es ändern soll. Ich wäre viel lieber heterosexuell geworden.

Ich arbeite als Flugbegleiter und bin täglich mit schwulen Kollegen zusammen. Das müsste mich doch eigentlich lockerer machen. Aber das tut es nicht. Wenn mich meine heterosexuellen Arbeitskollegen fragen, ob ich eine Freundin habe, dann sage ich: ‹Ich bin solo›, statt zu sagen: ‹Ich bin schwul.› Ich habe Angst vor denen; Angst, dass die mich nicht mehr akzeptieren könnten, wenn die erfahren, dass ich schwul bin. Eigentlich ist das völliger Quatsch, weil meine schwulen Kollegen ja auch akzeptiert werden. Aber das hilft mir nicht.

Ich bin zwiespältig. Andererseits gehe ich auch Hand in Hand mit anderen Männern über die Straße. Ich hoffe, dass das unangenehme Gefühl dadurch irgendwann einmal verschwindet. Doch bis jetzt hat es nicht geholfen.

Therapie

Seit meinem vierzehnten Lebensjahr weiß ich, dass ich schwul bin. Ich habe es daran gemerkt, dass ich Mädchen zwar alle ganz nett fand, aber nur in Jungs verliebt war. Die erste Zeit habe ich mit niemandem darüber gesprochen. Ich habe mich wie ein Außenseiter gefühlt. Mir ging es so schlecht in der Zeit, dass ich bei einer Psychotherapeutin, die bei der Caritas arbeitete, eine Therapie angefangen habe. Meinen Eltern habe ich den Grund für die Therapie verschwiegen. Ich habe mich aber auch nicht getraut, der Therapeutin zu sagen, dass ich schwul bin. Irgendwann wollten meine Eltern einmal unbedingt mitkommen. Nach dieser Sitzung haben sie mir verboten, weiterhin zu ihr zu gehen, weil sie die Therapeutin absolut unmoralisch fanden.

In dieser Zeit und auch Jahre später noch habe ich ganz viel über Homosexualität gelesen. Ich habe gelesen, was ich in die Finger kriegen konnte. Manchmal habe ich die Nachmittage in Büchereien verbracht und nach Büchern gesucht: wissenschaftliche, populäre – egal, Hauptsache, es stand etwas über Homosexualität drin.

Dann bin ich eines Tages zu meiner Mutter gegangen – ich weiß noch, sie hat gerade Geschirr gespült – und habe ihr gesagt, dass ich schwul bin. Für meine Mutter war das das Schlimmste, was ich ihr hätte sagen können. Nachts hat sie es meinem Vater erzählt, und am nächsten Tag wurde ich zu einem Gespräch ‹einbestellt›. Mein Vater sagte, er nehme die ganze Sache nicht ernst, und das würde schon wieder vergehen, wenn nur die Richtige kommen würde. Für meine Mutter war das alles eine Katastrophe. Ein Homosexueller stand für sie noch unter einem Kriminellen.

Sie sollte es mir wegmachen

Also habe ich nach einiger Zeit wieder eine Therapie angefangen, aber dieses Mal bei einer anderen Therapeutin. Ich habe dagesessen, den Kopf gesenkt und mich wieder nicht getraut zu sagen, dass ich schwul bin. Stattdessen habe ich irgendwann gesagt: ‹Ich bin in einen Mitschüler verliebt.› Daraufhin sagte sie: ‹Nennen wir doch die Dinge beim Namen: Es geht um Homosexualität.› Bei dem Wort zuckte es durch meinen ganzen Körper. Natürlich wollte ich, dass sie es mir wegmachte. Sie war noch in der Ausbildung zur Gesprächspsychotherapeutin und hatte einen Supervisor, also jemanden, der sie beaufsichtigte, und der hat ihr dann wohl gesagt, dass man Homosexualität nicht wegtherapieren könnte. Nach neun Monaten habe ich die Therapie abgebrochen, weil sie mir nichts gebracht hat.

Meine Mutter kommt in der Zwischenzeit sehr gut mit meinem Schwulsein klar. Sie hat viel darüber gelesen und ihre Einstellung zu Schwulen völlig geändert. Mein Vater ist bis heute skeptisch geblieben, aber er sieht das auch nicht mehr so verbissen wie früher.

Schwule sind geile Böcke!

Mit 19 bin ich nach Berlin gezogen, und das war auch die Zeit, wo ich andere Schwule kennen gelernt habe. Ich bin in die lesbisch-schwule Jugendgruppe gegangen und bin richtig aktiv geworden. Wir sind damals mit Wissen des Senats durch die Schulen gezogen und haben die Schüler im Sexualkundeunterricht über Homosexualität aufgeklärt. Es ist also nicht so, dass ich mich vollkommen in mich zurückziehe. Ich habe sehr viele Freunde, gehe oft in die Szene und finde es auch sehr angenehm, dass man sich dort geben kann, wie man ist, dass man keine Angst haben muss, unter Heterosexuellen ein Außenseiter zu sein. Obwohl ich diesen Schaukampf, wer der Schönste ist, auch ziemlich abstoßend finde.

Am meisten stört mich das Vorurteil, das viele Heterosexuelle haben, Schwule wären immer geil oder Schwule wären geile Böcke. Mir ist das unangenehm, wenn jemand denkt, ich wäre ein geiler Bock. Auf der anderen Seite bewundere ich viele Schwule dafür, wenn sie ihren Sex so ungehemmt ausleben können. Ich bin da zwiespältig. Ich will das mal an einem Beispiel erklären: Wenn meine männlichen heterosexuellen Arbeitskollegen erfahren würden, dass ich schwul bin, dann könnten sie denken, ich wollte sie anmachen. Und allein für den Gedanken schäme ich mich. Mir geht es aber auch beim Sex mit einem Mann so, dass ich Angst habe, ein ‹geiler Bock› zu sein, und deshalb kann ich manchmal beim

Sex auch nicht abschalten. Ich habe immer Angst, die anderen könnten denken, ich will zu viel.

Kein Sex ohne Beziehung

Mir persönlich ist es wichtig, dass eine Beziehung und Gefühl beim Sex dabei ist. Als ich siebzehn war, habe ich in einem Schwimmbad einen Mann getroffen, der älter war als ich. Ich hatte noch nie schwulen Sex, habe aber gemerkt, dass der es auf mich abgesehen hatte. Als ich in meiner Umkleidekabine stand, schaute er oben rüber in meine Kabine und fragte, ob ich in seine Kabine kommen wolle. Eigentlich wollte ich, und eigentlich wollte ich nicht. Irgendwann bin ich dann rüber, und dann haben wir uns gegenseitig einen runtergeholt. Das war widerlich, abstoßend. So mechanisch, so ohne jedes Gefühl. Ich habe gedacht: ‹Das ist schwuler Sex?›, und habe erst mal die Finger davon gelassen – zwei Jahre lang. Dann, auf einem Wochenendurlaub in Berlin, habe ich wieder einen Mann kennen gelernt. Der war ganz erstaunt, wie unerfahren ich noch war. Beim Sex hielt er mir Poppers unter die Nase, und ich dachte: ‹Was ist denn das? Das ist ja furchtbar!› Mein Problem auch heute noch ist, dass ich immer so gut und so vernünftig sein will, aber die Welt ist eben viel schlechter (lacht).

Mir fehlt eine eigene Familie

Ich glaube, Heterosexuelle haben es da einfacher. Wenn die auf der Straße eine hübsche Frau sehen, dann können sie in den meisten Fällen davon ausgehen, dass sie eine potenzielle Partnerin ist. Wenn ich auf der Straße einen hübschen Mann sehe, dann muss ich davon ausgehen, dass er heterosexuell ist. Heterosexuelle brauchen ihre Sexualität nicht zu erklären. Wir müssen immer sagen, warum wir so sind, wie wir sind.

Im Übrigen fehlt es mir, dass ich keine Familie und keine Kinder haben kann. Ein Grund ist sicherlich, dass es normal ist, Frau und Kinder zu haben und ich auch normal sein will. Ein anderer, noch viel wichtigerer Grund ist aber der, dass Kinder einem eine Lebensaufgabe und ein Lebensziel geben, und das habe ich als schwuler Mann nicht. Wenn ich mein Patenkind in Frankreich besuche, dann werde ich ganz traurig, dass ich das nicht haben kann. Ich habe auch den Wunsch nach einer dauerhaften Ehe, ganz traditionell. Ich finde es schade, dass ich das nicht haben kann. Obwohl ich sagen muss, dass sich mein Idealbild etwas verändert hat, seitdem mein Vater pensioniert worden ist. Meine Eltern leben seitdem in einer ständigen Krise, weil sie das erste Mal in ihrem Leben füreinander Zeit haben.

Meine Partner haben mich verlassen

In meinen Beziehungen mit Männern habe ich eigentlich nie das bekommen, was ich mir gewünscht habe. Ich möchte eine feste, sichere, monogame Beziehung. Doch die Männer, die ich bisher hatte – insgesamt fünf –, sind alle während der Beziehung massiv untreu geworden. Irgendwann haben sie gesagt, sie wollen jetzt eine offene Beziehung, und irgendwann waren sie dann weg. Ich weiß, dass ich auch einiges falsch gemacht habe in meinen Beziehungen. Alle Männer haben mir hinterher vorgeworfen, ich wäre zu konservativ. Das stimmt. Ich bin zu sehr auf Prinzipien, auf Werte aus. Ich will immer wissen: Was ist richtig? Was ist falsch? Hetero ist richtig, schwul ist falsch. Im Übrigen kamen alle meine Partner wunderbar mit ihrem Schwulsein klar. Die passten dann vielleicht auch nicht zu mir, wo ich so viel Schwierigkeiten damit habe.»

Manfred ist 40 und arbeitet als Flugbegleiter.

«WAS IN DER BIBEL STEHT, WAR RICHTIG»

– zum Beispiel Olaf

«Eigentlich komme ich gar nicht aus einem christlichen Elternhaus. Doch meine Mutter fand, dass es wesentlich und ein guter, lebensmoralischer Hintergrund war, was ich da im Kindergottesdienst zu hören bekam, also schickte sie mich dahin. Da war ich vier. Abends hat sie mit mir gebetet: ‹Ich bin klein, mein Herz ist rein, soll niemand drin wohnen als Jesus allein.› Sie hat darauf bestanden, dass ich getauft wurde, obwohl sie selbst gar nicht kirchlich geheiratet hat. Heute glaube ich, dass sie ein schlechtes Gewissen hatte und wollte, dass ich vom lieben Gott noch eine Portion mehr abkriegte, als sie mir geben konnte. Anders kann ich mir das nicht erklären. Jedenfalls habe ich abends immer ganz viel gebetet, nicht nur für mich, sondern für alle Verwandten und Bekannten gleich mit. Das war fast schon eine Zwangshandlung. Jeden Abend habe ich angstvoll gegrübelt, ob ich auch niemanden vergessen hatte, den Gott beschützen sollte. Ich fürchtete seine Rache und dass der Person etwas Furchtbares zustoßen würde.

Gott war Pfarrer, Bulle und Mörder

Ich hatte ein ganz plastisches Bild von Gott. Er sah aus wie unser Gemeindepfarrer, unser Gemeindebulle und wie mein potenzieller Mörder. Ich weiß, das klingt furchtbar, aber so war es. Der Gemeindebulle war ein Bulle, der von unserer Gemeinde gehalten wurde, um die Kühe zu decken – so was gab's bei uns auf dem Dorf. Von diesem Bullen hatte der Gott in meiner Phantasie die breite Stirn – und die Potenz. Aber er war eben auch dieser Mörder – ein Mann, der ein paar Messer im Gürtel stecken hatte und vor dem ich eine Riesenangst hatte, dass er mich im Bett überfallen und umbringen könnte.

Die Dreiheit Pfarrer, Bulle und Mörder verbindet sich in dem Element der potenten Männlichkeit. Nicht nur vor dem

Mörder hatte ich Angst, sondern auch vor dem Bullen. Denn ich kannte die Geschichten von den wild gewordenen Bullen, die den Bauern an der Stahlwand zerquetscht hatten. Es machte mir Angst, an einer Bullenkoppel vorbeizugehen. Aber ängstlich-lustvoll stand ich vor der im oberen Teil geöffneten Stalltür und betrachtete den gut angebundenen Gemeindebullen voller Faszination. Das Antlitz des Pfarrers floss in das Gottesbild mit ein, weil ich ihn erinnere, wie er sich bei meiner Taufe (ich war dabei schon drei Jahre alt) über mich beugte und mich anschaute. Das war auch beängstigend und respekteinflößend. Alle drei Teile dieses Gottesbildes sind potent und angsteinflößend – eine Energie, die aber auch in eine positive Kraft hätte verwandelt werden können, in ein Gefühl von positiver Männlichkeit und Selbstbewusstsein. Aber durch Mutters Spruch ‹Wenn dich jemand umbringen möchte, so wird er das tun, niemand kann ihn daran hindern, aber es will ja niemand› konnte ich diese Kraft nicht positiv umsetzen, sondern sie blieb für mich bedrohlich.

Zu dieser Zeit ging ich zum Kindergottesdienst. Das hat mir sehr viel Spaß gemacht, denn dort wurde viel gesungen und wurden viele Geschichten von Jesus erzählt, die ich immer sehr spannend fand. Das hat mich fasziniert. Als ich älter wurde, bin ich in den Erwachsenengottesdienst gegangen. Nach meiner Konfirmation habe ich mit anderen zusammen den Kindergottesdienst mitgestaltet und geleitet. Die Arbeit mit Kindern hat mir sehr viel Spaß gemacht. Zu der Zeit habe ich mich gar nicht so sehr als gläubiger Christ verstanden, weil ich nicht fand, dass ich erlösungsbedürftig und sündig war. Und die Zwangsgefühle, wie ich sie als Kind beim Beten hatte, hatten sich auf alltägliche Verrichtungen verschoben, denen ich einen Prüfungscharakter anphantasierte, indem ich sie zum Beispiel in einer bestimmten Zeit geschafft haben musste, andernfalls hätte Gott mich nicht mehr lieb gehabt.

‹Ich hatte mich in meine Cousine verliebt›

Als Jugendlicher habe ich viel mit meinen Cousinen gespielt. Insgesamt gab es vier Cousinen, die alle gleich alt waren. Ich hatte zwar auch einen Nachbarn als Spielkameraden, aber der war mir nicht so lieb wie meine Cousinen. Ich fand die Spiele mit Mädchen immer viel interessanter als die Spiele mit Jungen; hab ganz klassisch mit Puppen gespielt und mit den anderen Mädchen Kaufmannsladen oder Vater, Mutter, Kind. Irgendwann habe ich mich in meine Cousine Astrid verliebt. Mit ihr war ich besonders gerne zusammen, weil sie schon mit zwölf anfing, wie eine Erwachsene zu sprechen. Doch sie hatte sich in meinen Cousin verliebt und er sich in sie. Dadurch erlebte ich ein ganz neues Gefühl: Eifersucht. Mit dem Cousin hatte ich ab und zu mal Doktorspielchen gemacht, die auch immer in etwas Erotisches ausarteten. Aber auf den Gedanken, schwul sein zu können, bin ich damals überhaupt noch nicht gekommen. Es gab zwar auch einen Schulfreund, den ich vom ersten Tag an ins Herz geschlossen hatte, aber über die Begrifflichkeit ‹schwul› war ich mir nicht im Klaren.

‹Onanieren war nicht gottgewollt›

Wenn ich sonntags in der Kirche saß, dann hatte ich manchmal ein schlechtes Gewissen, und zwar immer dann, wenn ich mal onaniert habe. Ich habe schon früh onaniert, mit fünf oder so, natürlich ohne einen Orgasmus. Als kleiner Junge hat mich die Phantasie, auf dem Klo zu sitzen, sexuell erregt. Später hatte ich gar keine sexuellen Phantasien. Es ging mir schlecht danach, weil Onanieren nicht gottgewollt war. Ich kann mich noch gut erinnern, als ich meinen ersten trockenen Orgasmus hatte. Ich war total überrascht und erschreckt, dass es diesen Ausgang nahm. Im Gottesdienst fühlte ich mich dann besonders frevelhaft vor dem Altar Gottes, weil es so lustvoll ausging. Anschließend habe ich mir jedes Mal gesagt: Ich werde es bestimmt nie wieder tun. Ich hatte auch Angst, ein Sexualstraftäter zu werden, der sich nicht beherrschen kann, Frauen überfällt, vergewaltigt und umbringt. In anderen Momenten habe ich gehofft, dass es vielleicht in die Richtung gehen würde, dass ich ein Familienvater mit zwanzig Kindern würde. Dann wäre mein Trieb sozusagen in bürgerliche Bahnen kanalisiert worden. Aber onaniert habe ich trotzdem. Irgendwann fand ich das zwar normal, aber das schlechte Gewissen ist zunächst noch geblieben.

‹Mit 14 wusste ich: So fühlt sich Liebe an›

Mit 14 war ich zum ersten Mal richtig in ein Mädchen verliebt – das ist die Liebe, habe ich gedacht. Gleichzeitig war es aber eine ganz große Enttäuschung: Wir waren auf einer Geburtstagsfeier, wo sie sich in jemand anderen verguckt hat. Aber jetzt wusste ich: So fühlt sich Liebe an. Diesen hohen Grad der Gefühle hatte ich bis dahin nicht gehabt; immense Liebe und immense Enttäuschung im selben Moment. Danach bin ich ein anderer Mensch geworden und erkannte: Das unterscheidet Erwachsene von Kindern. Gleichzeitig fühlte ich mich viel stärker mit meinen Cousinen verbunden, denn sie hatten schon vorher die Erfahrung gemacht wie ich jetzt. Doch Silke, so hieß die Angebetete, hing ich noch Monate lang nach, ohne den Versuch zu machen, an sie heranzukommen. Mein Selbstwertgefühl war einfach viel zu schlecht. Ich habe gedacht, sie will mich ja sowieso nicht. Dann habe ich nach anderen Mädchen Ausschau gehalten, in die ich mich hätte verlieben können.

Ich fand auch welche, was nicht allzu schwer war. Doch das ganze Drama hat sich immer wiederholt. Ich war immer der Unerhörte, der den Mund nicht aufgekriegt hat. Ich hätte auch einen Brief schreiben oder meine Cousinen bitten können, es den Mädchen zu sagen, doch ich habe mich einfach nicht getraut. Die Liebe wurde zwar nie lebendig, aber es gab auch keine Abfuhr.

Letzte Liebe vor dem Coming-out

Mit 17 war ich mal in ein Mädchen verliebt, mit der ich nach Schweden gereist bin, zusammen mit anderen Jugendlichen. Dort haben wir in einer Jugendherberge übernachtet. Weil die anderen dabei waren, konnte ich mal so richtig aus mir rausgehen. Wir haben zwar nicht miteinander geschlafen, aber viel gekuschelt und geknutscht. Doch sie kam mit dem Altersunterschied nicht klar – ich war 17 und sie 14. Als ich 18 war, habe ich die letzte Liebe vor meinem Coming-out kennen gelernt – es war die Tochter von meinem Fahrlehrer. Mit ihr habe ich viel Zeit verbracht und war verliebt bis über beide Ohren. Sie auch in mich, wie ich es heute sehe, aber ich habe es wieder nicht übers Herz gebracht, ihr meine Gefühle zu zeigen. Ich hatte einfach kein Selbstbewusstsein. Ich habe sie auch als gesellschaftlich höher stehend empfunden. Meine Mutter hat mir diese Klassenunterschiede eingeimpft, und mich hat das in meinem Werben zurückgehalten.

Frank

Ich war einerseits sehr verliebt und konnte mir aber andererseits auch nicht vorstellen, dass ich sie sexuell begehren würde. Zu der Zeit ahnte ich, dass mich Männer anziehen. Ich war nämlich monatelang in einen Mann verliebt, ohne dass ich merkte, verliebt zu sein. Ich wollte ständig mit ihm zusammen sein, am liebsten 24 Stunden am Tag. Da ich ja jetzt auch einen Führerschein hatte, konnte ich ihn immer am Wochenende besuchen, bei seinen Eltern im Westerwald. Er hieß Frank. Ich wusste nicht, ob er schwul ist. Wenn ich bei ihm übernachtet habe, dann immer im eigenen Bett; ich war mir auch überhaupt nicht über meine Gefühle klar, denn schließlich hatte ich ja gerade noch Kerstin, also die Tochter des Fahrlehrers, geliebt. An Kerstins Geburtstag gestand mir Frank etwas: Er sagte, er würde sich immer so freuen, wenn ich ihn besuchen würde. Das war einer der glücklichsten Momente meines Lebens, denn Frank war ein stiller Typ. Es war schon etwas Besonderes, das von ihm zu hören. Eines Abends sind wir zusammen in die Disco und danach zu seinem Elternhaus, um dort zu übernachten. Dann hat er mir aus seinem Tagebuch vorgelesen, und ich glaubte meinen Ohren nicht zu trauen: Er war schwul. Und verliebt – doch nicht in mich, sondern in einen anderen, älteren Mann, der Karl-Heinz hieß und den ich auch kannte. Von diesem Augenblick an war mir alles klar, und es war ein unglaublicher Schock: Ich war auch schwul. Jetzt wusste ich es. Lange Zeit war ich in Frank verliebt, und wieder mal hatte ich nichts gesagt.

‹Mit einem Mal wusste ich, was Karl-Heinz von mir wollte›

Doch Karl-Heinz war nicht in Frank verliebt, sondern in mich. Er war 13 Jahre älter als ich, Religionslehrer und Prädikant, das heißt, er durfte im Auftrag der Kirche Gottesdienste abhalten. Nach Franks Geständnis begriff ich das erste Mal, dass Karl-Heinz mich wollte. Vorher hatte ich das nicht bemerkt. Seine Annäherungsversuche waren mir lästig, und ich war tierisch genervt und hatte auch überhaupt keine Gefühle für ihn. Doch jetzt war mir alles klar. Ich hatte eine Horrorvorstellung von diesem Dreieck, zumal Frank auch gar nicht wusste, dass Karl-Heinz in mich verliebt war. Eine Woche nachdem Frank mir gesagt hatte, dass er schwul ist, hat mich Karl-Heinz zu sich nach Hause eingeladen, um mir zu sagen, was Sache ist. Zum Glück wusste ich jetzt Bescheid – wenn er mich eine Woche früher eingeladen hätte, hätte ich nur dumm dagesessen. Denn das Wort schwul nahm niemand in den Mund – auch Karl-Heinz nicht. Nachdem ich Karl-Heinz gesagt hatte, dass ich nicht wollte, entschied er sich, den Kontakt zu mir abzubrechen. Er meinte, er kriegte das nicht auf die Reihe.

Durch Karl-Heinz hat Frank dann auch erfahren, dass Karl-Heinz mich liebte. Aber ich war weiterhin permanent mit Frank zusammen. Das ging so lange, bis ich mal mit Frank und meiner Cousine in Urlaub gefahren bin. Da hat sich meine Liebe gelegt, und zwar bereits nach zwei Tagen. Sie ist sogar ins Gegenteil umgeschlagen. Frank entpuppte sich als lebensfremd und schmarotzerhaft. Das war's dann.

‹Ich habe mich in den Glauben gestürzt›

Jetzt kam ich in eine Latenzphase. Ich hätte niemals von mir gesagt, dass ich schwul bin. Frank war erledigt, alles vorbei, keine Gedanken mehr ans Schwulsein. In dieser Zeit habe ich mich sehr in den Glauben gestürzt. Ich war ehrenamtlicher Gemeindemitarbeiter, habe musikalische Veranstaltungen organisiert und mich um Gottesdienst- und Chorarbeit gekümmert. Dann hat sich Karl-Heinz wieder gemeldet und meinte, er könne das jetzt doch wieder verkraften, mich wiederzusehen. Irgendwann waren wir dann zusammen, obwohl ich ihn nicht geliebt habe. An meinem 20. Geburtstag haben wir miteinander geschlafen – das war furchtbar. Ich dachte, ich müsste jetzt endlich mal mit jemandem schlafen, weil ich doch schon zwanzig war und überhaupt noch keine Erfahrung hatte, und es war ja auch niemand da weit und breit, mit dem ich hätte Sex haben können. Im Übrigen hatte Karl-Heinz wieder an mir rumgebaggert wie verrückt. Ich hatte richtig Schiss vor dem Sex – das Ganze war dann auch wie ein Zahnarzttermin. Ich fand Karl-Heinz auch körperlich nicht attraktiv. Aber auf eine komische Art und Weise wurden wir jetzt ein Paar.

Ich hätte mich immer noch nicht als schwul bezeichnet. Niemand durfte wissen, dass wir zusammen waren, obwohl die Schüler von Karl-Heinz ahnten, was Sache war. Sie haben erzählt, er wäre aus der falschen Schublade.

Der Römerbrief

Bei Karl-Heinz gab es einen wöchentlichen Hausbibelkreis. Dort haben sich einige Christen zum Essen getroffen und danach aus der Bibel vorgelesen und darüber gesprochen. Jetzt hatte ich mich zu einem feuereifrigen Glauben aufgeschwungen. Ich war ein evangelischer Christ, weil es sich damit besonders zwanghaft christlich sein lässt. Die Katholiken haben wenigstens noch den sinnlichen Anteil in ihrem Glauben. Aber mit Luther hieß es: sola scriptura – die Schrift allein. Was in der Bibel stand, war richtig, und alles andere war falsch. Das hätte ich tausendfach unterschreiben können.

In dem Bibelkreis haben wir uns über ein Jahr lang mit dem Römerbrief befasst, der voll ist von sittlichen Lebensanweisungen. Die Paulusbriefe sind voller Schuld und Vergebung; alles, was wir an Moralischem und Sittlichem in Bezug auf Sexualität kennen, stammt zum größten Teil von Paulus. Fortschrittliche Theologen sagen, Paulus hat alles eingerissen, was Christus an Lebendigem und Fortschrittlichem in die Welt setzen wollte. Es ist kein Zufall, dass sich die methodistisch-pietistischen Freikirchen sehr stark auf die Paulusbriefe beziehen. Ganz zwanghaft habe ich die ganzen moralischen Anweisungen in mich aufgesogen, die eigentlich gegen mein Leben waren. Ich empfand eine große Schuld, dass ich mit Karl-Heinz schlief. So habe ich es auch nicht als Verlust empfunden, dass es keinen Spaß gemacht hat – es war sowieso lasterhaft. Ich hätte es nicht ausgehalten, wirklich geilen Sex zu haben.

‹Uns traf Gottes Gnade›

Aber ich konnte mein Sündentum leben, weil ich dafür eine christliche Vergebung hatte: Du bist sündig und schlecht, aber das ist nicht schlimm, denn deine Sünden sind dir durch Christus vergeben. Du musst nur aus vollem Herzen glauben. Aber du darfst natürlich nicht noch mehr sündigen, als du es ohnehin schon tust. Doch dann kam Gefahr von ganz anderer Seite. Im Bibelkreis war auch eine gute Freundin von mir, die sich in mich verliebt hatte. Sie hatte mir einen Brief geschrieben, in dem sie mir ihre Liebe gestanden hatte. Also bin ich eines Abends zu ihr hin und habe ihr gestanden, dass ich mit Karl-Heinz zusammen bin. Sie war total schockiert. Sie hat nie damit gerechnet, dass es so was überhaupt gibt. Es war ein furchtbarer Schlag für sie, und das gleich doppelt, weil ich sie nicht wollte und warum ich sie nicht wollte. Sie hat sich damit zermartert, eine Haltung dazu zu finden, denn im göttlichen Gnadenplan waren wir weiterhin enthalten – Gottes Gnade ist unendlich. Da Gott Gnade hatte, musste sie also auch Gnade haben. Doch dann kam ein Brief von ihr, indem sie diese Ansicht revidierte: Sie fand unser Verhalten verwerflich und sündhaft, obwohl wir einen Anspruch auf Gnade hatten. Für mich war das alles furchtbar, weil sie in Glaubensfragen ein großes Vorbild für mich war; sie war eine moralische Instanz für mich. Nun fühlte ich mich noch mehr als Sünder. Sie aber hat den Kontakt nicht abgebrochen, eben weil wir noch weiter in Gottes Gnade waren. Sie hat sich das Ganze wahrlich nicht leicht gemacht. Ich fand es absolut bewunderungswürdig, wie sie zu dem Entschluss gekommen ist, und wollte ihr danach noch mehr hinterhereifern. Eines Tages hat sie mir sogar ein Buch von einem christlichen Psychotherapeuten geschenkt, der Homosexualität als heilbar erklärte und erläuterte, wie das geht. Ich hab das Buch nicht einmal aufgeschlagen. Zwei Jahre später ist es ins Altpapier gewandert. Viele Jahre später habe ich sie übrigens in Berlin getroffen. Da stellte sich heraus, dass sie lesbisch geworden ist. Sie fand es plötzlich ätzend, dass sie das damals alles gedacht hat – anscheinend musste sie ihr eigenes Lesbischsein verleugnen. Im Übrigen hatte sie sich dauernd in schwule Männer verliebt – auch eine Form der Abwehr.

‹Dann die Rettung: Ich hatte mich wieder in eine Frau verliebt!›

Damals bin ich jedenfalls ein noch besserer Christ geworden, um alles wieder wettzumachen. Ich habe noch mehr gebetet, noch mehr Bibel gelesen und ein furchtbar schlechtes Gewissen gehabt, wenn ich mal keine Bibel gelesen hatte. Doch bei Karl-Heinz habe ich mich oft sehr wohl gefühlt. Der teilte meine musischen Interessen und hat mit mir Konzerte und Theater besucht. Er war eine Vaterfigur für mich. Doch dann erlitt mein Coming-out einen Rückschlag: Nach sechs Monaten mit Karl-Heinz habe ich ein Mädchen kennen gelernt, mich in sie verliebt und sie sich auch in mich. Dann dachte ich: ‹Jetzt bin ich gerettet! Jetzt bin ich endlich nicht mehr schwul! Ich bin noch einmal mit einem blauen Auge davongekommen.› Doch dann haben wir versucht, miteinander zu schlafen – es war eine Katastrophe. Ich habe keinen hochgekriegt. Ich fand es einfach nicht geil. Das war wie eine Kastrationserfahrung: Ich kann jetzt nicht! Das ging ein paarmal so. Darüber war ich so fertig, dass ich die Beziehung beenden wollte. Als ich ihr das gesagt habe, meinte sie, der Sex wäre doch total unwichtig. Wichtig wäre doch, dass wir uns liebten. Ich war so perplex, dass das unwichtig sein sollte, dass ich gedacht hab: O.K., dann bleiben wir halt zusammen. Kurz darauf bin ich mit Karl-Heinz in Urlaub gefahren, hatte aber keinen Sex mehr mit ihm, weil ich ihr ja jetzt treu bleiben wollte. Das war sehr belastend für ihn. Doch als ich zurückkam, merkte ich: Das ist es nicht – ich möchte nicht mit einer Frau zusammen sein! Ich habe sie dann sträflich vernachlässigt und bin mit wehenden Fahnen zu Karl-Heinz zurück, der mich dankend wieder aufgenommen hat. Aber das Zurückgehen zu ihm habe ich als Scheitern empfunden.

‹Ich wollte es unbedingt mal mit anderen Männern probieren›

Dann folgte eine relativ glückliche Zeit mit Karl-Heinz; wir haben uns gut verstanden und unsere gemeinsamen Interessen verfolgt. Aber richtig zufrieden war ich nicht, weil ich ihn nicht geil fand. Ich hatte große Lust, es auch mal mit anderen zu probieren. Doch irgendwie hatte ich noch totale Angst, mich auf richtigen Sex einzulassen. Ein Jahr später war ich mit Karl-Heinz in Italien, wo es haufenweise geile Männer gab. In Florenz ist mir ziemlich offensichtlich einer nachgestiegen. Ich konnte es gar nicht glauben, dass mich ein Mann begehrenswert finden konnte. Das war so was von beängstigend. Aber andererseits gab es auch den Anteil, es erleben zu wollen. Karl-Heinz meinte, ich solle mit dem Mann mitgehen, wenn ich es wollte. Er sagte das so gönnerhaft und war trotzdem eifersüchtig. So nach dem Motto: ‹Du wirst schon sehen, was du davon hast.› Doch ich hatte viel zu viel Schiss, um mitzugehen. Also habe ich es gelassen. Aber der Gedanke, was passiert wäre, wenn ich mitgegangen wäre, hat mich jahrelang beschäftigt. Alle sexuellen Lustvorstellungen habe ich auf diesen Mann projiziert.

Trennung von Karl-Heinz

Irgendwann war das Drängen in mir nicht mehr zu verleugnen. Im Herbst desselben Jahres habe ich mich von Karl-Heinz getrennt. Der Anlass war, dass ich ganz akut in einen anderen Mann verliebt war, den ich in der Disco kennen gelernt hatte. Eine Frau hatte mir erzählt, dass er schwul ist. Ich malte mir Chancen aus, die ich auch wirklich hatte. Doch der Sex mit ihm war enttäuschend. Es war nicht die große Freiheit ausgebrochen, wie ich das vermutet und gehofft hatte. Ich konnte den Sex nicht genießen, und alles war krampfig. Im Hintergrund dachte ich immer noch, es wäre frevelhaft, was ich da tat. Es war so krampfig, dass ich nicht weiter dranbleiben wollte. Ich habe nur gewartet, bis der Schmerz nachließ und ihm solange hinterhergetrauert. Zu der Zeit habe ich einen Jugendkreis geleitet, Altenarbeit gemacht, Gottesdienste organisiert und in Chören gesungen. Dass ich schwul war, habe ich vor mir selbst nicht thematisiert.

Nach dieser Liebe war es vorbei mit Männern. Mein Glaube wurde zunehmend hohl, was ich zwar gespürt, aber gleichzeitig noch abgewehrt hatte.

‹Ich fand mich hässlich und minderwertig›

Um mein Abi nachzuholen, bin ich nach München gezogen. Zwei Jahre, die ich dort lebte, bin ich überhaupt nicht in die schwule Szene gegangen. Aber durch eine Kontaktanzeige habe ich einen Freund kennen gelernt. Das war eine üble Erfahrung: Ich fand ihn geil, und er war auch mein Traummann, aber ich fand mich ihm gegenüber zu hässlich, zu unwert, als dass ich mir vorstellen konnte, dass er sich überhaupt mit mir befassen würde. Ich konnte es wirklich nicht glauben, dass der sich für mich interessiert, obwohl es so war. Ich wartete jeden Tag darauf, dass er mich ganz furchtbar findet. Irgendwann habe ich das fest geglaubt, und er konnte mich nicht überzeugen, obwohl er mir das Gegenteil gezeigt hat. Ich habe gesagt, dass er verlogen ist, wenn er mich liebt, und wollte ihn damit überführen. Irgendwann hatte ich aus lauter Mutlosigkeit den Kontakt aufgegeben und ihn so weit, dass er den Kontakt nicht mehr gesucht hat. Mein Glaube war weiterhin latent vorhanden und das Schuldgefühl, sündhaft zu sein, auch. Aber es ist auf eine Ebene abgerutscht, die mir nicht mehr so bewusst war.

In meiner Klasse gab es einen Mann, der total nett zu mir war – ich konnte das aber wieder nicht akzeptieren und habe das so lange zerredet, bis er es irgendwann aufgegeben hat. Da hatte ich meine Bestätigung: ‹Siehst du, er interessiert sich nicht wirklich für dich.›

‹*Durch eine Psychoanalyse konnte ich zu meinem Schwulsein stehen*›

Mit 24 bin ich nach Berlin gezogen, und dort bin ich auch in die schwule Szene gegangen. Da habe ich dann auch so allmählich meine Hemmungen und Ängste abgebaut. Der Glaube war plötzlich kein Thema mehr. Ich bin nicht mehr in den Gottesdienst gegangen. Aber ich habe mich durchaus noch als Christ empfunden. Von meinem 20. bis zu meinem 28. Lebensjahr hatte ich eine starke Neurodermitis, die ein Ausdruck meiner Strenge mir selbst gegenüber war: Fasst mich bloß nicht an, meine Haut ist es nicht wert. Mit 25 habe ich dann eine Therapie angefangen, und zwar eine Psychoanalyse. Erst da ist meine Sexualität zum Leben erwacht. Mein Therapeut hat mir dabei geholfen, mein

Schwulsein zu akzeptieren. Während der Therapie habe ich immer mehr den Einfluss meines Glaubens auf mein Leben gesehen: eigene Wünsche unterdrücken wie Sexualität und Berufswünsche – ich wollte eigentlich immer Musiker werden.

Endgültig Schluss

Als die Evangelische Kirche Deutschlands 1996 beschlossen hat, dass ein schwuler Pfarrer zwar eingestellt werden darf, wenn es keine Gegenstimme in der Gemeinde gibt, aber nicht mit seinem Freund im Pfarrhaus wohnen darf, habe ich mir gesagt:

Ich lasse mich nicht mehr von dieser Organisation als einen Menschen zweiter Klasse behandeln, und deshalb trete ich aus! Das war's. Ich selbst kann mir nicht vorstellen, dass man Glaube und Homosexualität miteinander vereinbaren kann, aber ich weiß, dass es Gruppen gibt, zum Beispiel HUK (Homosexuelle und Kirche, J. B.), die das versuchen. Doch dass denen das gelingt, bezweifele ich.»

Olaf ist 31 und arbeitet freiberuflich als Sänger.

«ICH WILL NORMAL SEIN!»

– zum Beispiel Felix

«Als ich in die dritte Klasse gegangen bin – mit neun –, da habe ich mit ein paar Jungs aus meiner Klasse einen Porno gesehen. Anschließend wollten wir das, was die da im Film gemacht haben, auch machen und haben miteinander Sex gehabt. Nichts Wildes, aber ein bisschen blasen und so. Mit 16 habe ich mit einem der Jungs, die damals dabei waren, eine sexuelle Beziehung angefangen. Er wohnte in der Nachbarschaft. Mir hatte das sehr viel Spaß gemacht, und ich bin auch gar nicht auf die Idee gekommen, etwas Verbotenes zu tun oder schwul zu sein. Der andere hatte aber große Probleme damit, und so hat er etwa ein Jahr später die Beziehung abgebrochen. Ob er schwul ist, weiß ich nicht; wir haben kaum noch Kontakt zueinander, aber eine Freundin hat er nicht.

Mit 19 bin ich in Skiurlaub gefahren. Von einem der Jungs, die da mitfuhren, war bekannt, dass er schwul war. Im Urlaub habe ich mich an ihn rangemacht, und es lief auch was. Als ich wieder nach Hause kam, wusste ich, dass ich schwul bin. Ich wollte mit irgendjemandem reden und habe es meiner besten Freundin erzählt, die ich damals seit zehn Jahren kannte. Weil ich mich geschämt habe, habe ich ihr erzählt, der andere hätte mich verführt. Doch der andere hatte ihr erzählt, dass die Initiative von mir ausgegangen war, und meine Freundin hat das überall in meiner Clique rumerzählt. Danach habe ich mich von der Clique distanziert, nicht nur deswegen, aber unter anderem auch deswegen. Ich fühlte mich von ihr verraten – sie hat sich nicht freundschaftlich verhalten.

In meiner neuen Clique habe ich erst mal nichts gesagt,

sondern habe mein Schwulsein abgestellt. Das war einfach kein Thema. Die Sexualpartner, die ich gefunden hatte, hatten keinen Bezug zu meiner Clique, ein Doppelleben sozusagen. In dieser Zeit habe ich einen Mann durch eine Kleinanzeige kennen gelernt und einen über das Internet – ein Blind Date. Er war 17, ich war 20, und in ihn habe ich mich unheimlich verliebt. Er sich aber nicht in mich. Er wollte nur Sex, aber nicht mehr. Die ganze Sache dauerte eine Woche, dann habe ich das abgebrochen. Wenn ich es mir heute überlege, war er mir auch ein bisschen zu jung.

Schleichendes Coming-out

Aber in dieser Verliebtheitsphase habe ich es heulend zwei Mädchen aus meiner Clique erzählt. Ich glaube, es hat sie verletzt, weil sie was von mir wollten, aber sie haben das nicht so gezeigt. Sie haben sehr nett reagiert, und mit ihnen habe ich immer noch guten Kontakt. Vor zwei Wochen habe ich es dem Letzten aus der Clique erzählt, einem Jungen. Es war sozusagen ein schleichendes Coming-out. Ich will nicht, dass das dauernd ein Thema ist. Ich möchte mir auch kein Schild auf die Stirn pappen, wo ‹schwul› draufsteht. Aber andererseits nervt es, wenn die andern dauernd fragen ‹Wie findest du die?› und ‹Wie findest du die?› und ich immer brav antworten muss. Es ist erleichternd, wenn ich so sein kann, wie ich bin. Niemand aus der Clique hat merkwürdig reagiert, alle haben es ganz normal zur Kenntnis genommen.

In der ersten Zeit meines Coming-outs, so mit 19/20, wollte ich noch keine Beziehung haben. Ich wollte frei bleiben und spontan handeln können. Ich weiß noch, es war im August, da bin ich mit zwei lesbischen Freundinnen in Würzburg in die Szene gegangen, da gab es an einem Tag in der Woche immer einen Schwulenabend. In dieser Zeit ging es übel zur Sache; da habe ich mich richtig ausgelebt, mit One-

Night-Stands und so. Im Nachhinein denke ich, mir fehlte beim Sex sehr stark die Beziehung.

Jan

Ende November habe ich dann meinen ersten Freund kennen gelernt, mit dem ich zwei Jahre zusammen war, Jan hieß er. Das ging ein Jahr lang, als wir verliebt waren, alles ganz gut, aber dann hat uns der Alltag eingeholt. Ich habe immer mehr seine negativen Seiten kennen gelernt: Er wollte immer Recht haben, bestand auf seiner Meinung und wollte mir sagen, wo es langgeht, ‹Das wird jetzt gemacht!› und ‹Das wird jetzt gemacht!›. Er war sechs Jahre älter als ich und stand auf Jungs im Alter von 16 plus. Er meinte, ich würde etwas jünger aussehen. Er hat mich damit in einen großen Zwiespalt gebracht: Einerseits hat er erwartet, dass ich jung aussehe, und andererseits wollte er, dass ich Gespräche wie ein 30-Jähriger führe. Nach einem Jahr hatten wir also eine große Beziehungskrise. In dieser Krise haben wir uns für zwei Wochen getrennt. Wir hatten einen Tag vereinbart, an dem wir uns wieder sehen wollten. In dieser Nacht bin ich in die Szene gegangen, um Jan um Mitternacht zu überraschen, weil ich dachte, Mitternacht wäre ja schon der besagte Tag. Ich hatte ihm ein kleines Geschenk mitgebracht, weil es auch unser Einjähriges war. Doch er wollte nichts von mir wissen; hat sich die neue Brut angeschaut und mir gesagt: ‹Wir sind erst für morgen verabredet.› Das war schon ziemlich schlimm für mich.

In dieser Nacht habe ich aber einen anderen Mann kennen gelernt. Jetzt kam eine harte Zeit auf mich zu, denn auch Jan wollte wieder was von mir. Ich konnte mich nicht entscheiden und habe, wenn ich bei dem einen war, gesagt, ich würde mich vom anderen trennen und umgekehrt. Ich fühlte mich vollkommen zerrissen. Am Ende habe ich mich dann für Jan entschieden. Das ging noch neun Monate gut, und dann haben wir uns friedlich getrennt. Heute glaube ich, dass ich die neun Monate brauchte, um selbstbewusster, unabhängiger zu werden. Vorher bin ich Jans Launen nachgetanzt. Nun bin ich also seit einem Jahr solo und treffe alte Bekannte, mit denen ich auch mal Sex habe. Ich genieße den Zustand, aber ich vermisse auch etwas: Liebe und Geborgenheit.

Meine Mutter hat sich Vorwürfe gemacht, mein Vater redete irgendetwas von ‹gesellschaftlichem Ausschuss›

Meiner Mutter habe ich es gesagt, als ich aus dem Skiurlaub wiederkam. Sie hat gelassen reagiert, aber sie hat es auch nicht so richtig ernst genommen, so nach dem Motto: ‹Das wird schon wieder vorübergehen.› Sie versucht es zu tolerieren, aber akzeptieren kann sie es nicht. Das ist Scheiße für mich. Immer, wenn ich mal was erzählen wollte, zum Beispiel, dass mir ein Typ gut gefällt oder was ich gerade erlebt hatte, dann kam ein Gesicht, als müsste sie gleich kotzen. Irgendwann habe ich es aufgegeben, irgendwas zu Hause zu erzählen. Ich nehme meine Mutter aber auch nicht mehr so ernst; meinetwegen kann sie Gesichter schneiden, wie sie will. Ich bin ihr ausgebrütetes Küken, und ich sollte später auch mal Küken ausbrüten. Sie ist enttäuscht, dass das nicht passiert. Sie macht sich selbst auch große Vorwürfe, dass sie einen Sohn zum Schwulsein erzogen hat, obwohl sie weiß, dass man Homosexualität nicht erziehen kann.

Mein Vater hat ganz kühl reagiert, mit wenig Taktgefühl. Er hat sofort versucht, sich das zu erklären, das einzuordnen oder das abzulegen, wie er das im Büro macht. Er hat sinngemäß gesagt: ‹Es ist erwiesen, dass es gesellschaftlichen Ausschuss gibt.› In dem Moment, in dem er das sagte, fand ich das gar nicht so schlimm, aber hinterher ist es mir doch hochgekommen. ‹Gesellschaftlicher Ausschuss›, das heißt für ihn Sozialhilfeempfänger und Schwule. Ich habe mir anschließend selbst Vorwürfe gemacht und gedacht: ‹Schwule sind unnormal – selbst dein Vater sieht das so.›

Ich leide sehr darunter, dass ich keine eigenen Kinder habe

Eigentlich sind Schwule für mich ganz normal, aber irgendwie doch nicht. Ich leide sehr darunter, dass ich keine eigenen Kinder haben kann, aber vielleicht werde ich später einmal welche haben. Allerdings bin ich mir nicht sicher, ob mich Frauen überhaupt sexuell anziehen; manchmal denke ich, ja, aber manchmal denke ich auch, ich rede mir das nur ein, weil ich normal sein will. Ich denke, Homosexualität ist nicht normal, solange sie nicht von der Gesellschaft hundertprozentig akzeptiert wird, und das wird nicht passieren. Ich werde nie tuckenmäßig rumhopsen, ich will immer normal, unerkannt bleiben. Deshalb bleibt das Interview auch anonym. Ich will für meine Nachbarin der liebe, brave Schwiegersohn bleiben. Ich habe große Angst davor, nicht akzeptiert zu werden. Ich will nicht allen erzählen, dass ich schwul bin – wer weiß, wie die damit umgehen. Auch in einer Freundschaft würde ich es eher verschweigen, als dass ich die Freundschaft aufs Spiel setzen würde.

Früher, da hatte ich oft Depriphasen. Dann habe ich mich in irgendetwas reingesteigert; fühlte mich allein, sah einer schwarzen Zukunft entgegen, dass ich keine Kinder haben werde, dass die Szene so schnelllebig ist und dass man als Älterer keinen mehr abkriegt. Aber die letzte Depriphase ist schon lange vorbei.»

Felix ist 22 und möchte anonym bleiben.

7. KAPITEL

[Hilf dir selbst, sonst hilft dir ...] Wo du Rat und Unterstützung findest

LAMBDA

Sehr viele Jugendliche und junge Erwachsene, die im Coming-out sind und Rat oder Hilfe benötigen, wenden sich an das Jugendnetzwerk LAMBDA. Was LAMBDA genau macht, habe ich von Heiko Kleyböcker erfahren, dem Geschäftsführer von LAMBDA Berlin.

Joachim Braun: Jemand ist schwul oder bi und hat Probleme mit sich selbst, in der Schule oder mit den Eltern. Kann er dann zu euch kommen?

Heiko Kleyböcker: Ja. Jugendliche können bei uns anrufen, wenn sie mit ihrem Coming-out oder mit ihrem Schwulsein Probleme haben und sich telefonisch beraten lassen, sie können aber auch zu uns kommen oder uns schreiben. Wir beraten auf Wunsch anonym und antworten mit einem neutralen Briefumschlag, wenn jemand das will. Wir nehmen die Angst von vielen Jugendlichen, entdeckt zu werden, sehr ernst. Beim In-&-Out-Jugendtelefon arbeiten junge Lesben, Schwule und Bisexuelle, die Schwierigkeiten mit dem Coming-out aus eigener Erfahrung kennen. Außerdem arbeiten bei uns in Berlin momentan ein männlicher Psychologe und zwei weibliche Sozialpädagoginnen, die beide eine beraterische Zusatzausbildung haben. Wenn Jugendliche anrufen oder vorbeikommen (manche schicken auch eine Mail), dann nehmen wir uns Zeit für sie und sprechen mit ihnen. Wir haben offene Türen, und bei uns sieht alles sehr jugendlich aus. Das liegt daran, dass Jugendliche hier ein- und ausgehen und mitbestimmen. Wir wollen, dass Jugendliche ihre Zweifel und Unsicherheiten verlieren. Man braucht also keine Angst vor uns zu haben.

Was macht LAMBDA sonst noch?

Wir sind ein lesbischer, schwuler und bisexueller Jugendverband. Bei uns arbeiten sowohl Jugendliche als auch Profis. Neben den Beratungen machen wir **aufklärerische Arbeit**, das heißt, wir gehen in Schulen und Jugendfreizeiteinrichtungen und sprechen mit Schülern und Lehrern und stellen Vorurteile in Frage. Wir haben dabei einen politischen Anspruch; wir wollen die Lebenssituation von Schwulen und Lesben insgesamt verbessern. Außerdem bieten wir **Freizeitgestaltung** an. Wir organisieren Gruppen, zum Beispiel Coming-out-Gruppen, aber auch internationale Begegnungen und natürlich Jugendgruppen, in denen es auch die Möglichkeit gibt, andere Jugendliche näher kennen zu lernen. Die Gruppen ‹Junx› und ‹Lamika› sind mit ihrer Altersgrenze von 18 Jahren wahrscheinlich die jüngsten in Deutschland!

Wie alt sind die Jugendlichen, die zu euch kommen?

Die oberste Altersgrenze ist 26. Nach unten gibt es keine Grenze, obwohl die meisten zwischen 15 und 17 sind, wenn sie zu uns kommen. Diejenigen, die bei uns initiativ werden, also eine Beratungsausbildung machen oder Gruppen leiten, sind meistens zwischen 18 und 22. Erstaunlicherweise sind die, die an einer Coming-out-Gruppe teilnehmen, mit 19 bis 23 die Ältesten.

Woran liegt das?

Manche brauchen einfach diese Zeit und wollen sich dann intensiv mit ihrem Coming-out auseinander setzen. Einige kommen auch zu uns, weil sie Enttäuschungen in Beziehungen oder in der Szene erlebt haben – sie haben also schon ein Stück schwuler Geschichte hinter sich.

Wo in Deutschland gibt es LAMBDA?

Unser Bundesverband ist in Lützensömmern, das ist etwa 25 Kilometer nördlich von Erfurt in Thüringen. Aber dann haben wir noch je einen Landesverband in Baden-Württemberg, Stuttgart; in NRW, Gelsenkirchen, der mit vierzig Gruppen momentan größte Verband; in Berlin-Brandenburg; in Bad Oldesloe, der zum Landesverband Nord zusammengefasst ist. Dazu gehören Hamburg, Bremen, Schleswig-Holstein und Niedersachsen.

Das ist ja eine ganze Menge. Es gibt auch viele Erwachsene, die Probleme mit dem Coming-out haben. Können die auch zu euch kommen?

Im Grunde genommen kann jeder zu uns kommen, und wir werden ihm sagen, wo er sich hinwenden kann. Aber – wie gesagt – unsere Obergrenze liegt bei 26. Erwachsene können auch das Rosa Telefon benutzen oder die Schwulenberatungsstellen oder PRO FAMILIA aufsuchen.

Wenn jemand Kontakte sucht, ist er dann bei euch richtig?

Wir bieten verschiedene Gruppen- und Freizeitaktivitäten an, bei denen Schwule und Lesben mit anderen Schwulen und Lesben zusammenkommen. Natürlich entstehen da auch Kontakte, auch sexuelle. Es passiert sehr oft, dass unter den Jugendlichen lang dauernde Freundschaften entstehen und natürlich auch Beziehungen – und zwar nicht zu knapp. Zu uns können alle Jugendlichen kommen: Modebewusste, Ökos, Raver, Stinos, Selbstdarsteller, Jungtunten, ruhige Zeitgenossen, Schrankschwestern und was weiß ich wer noch. Wer dabei sein will, ist herzlich willkommen.

Adressen

Mittlerweile gibt es in vielen deutschen Städten Beratungsstellen für Schwule. Manchen Schwulen ist das aber «zu heiß». Denn wenn man sich in einer schwulen Beratungsstelle Hilfe holt, hat man oft schon das innere Coming-out hinter sich. Schwule, die noch unsicher sind, wollen oft nicht in eine schwule Beratungsstelle gehen, weil sie sich dann eingestehen müssten, schwul zu sein.

Wenn du dich nicht an eine schwule Beratungsstelle wenden willst, kannst du auch zu PRO FAMILIA gehen, die es in vielen deutschen Groß- und Kleinstädten gibt. PRO FAMILIA ist eine Institution, die sich in erster Linie um heterosexuelle Belange wie Familienplanung, Abtreibung und Ehe- und Partnerberatungen kümmert. Doch ein großes Beratungsangebot von PRO FAMILIA umfasst auch das weite Feld der Sexualität. Daher können dir viele Mitarbeiterinnen und Mitarbeiter von PRO FAMILIA sicherlich weiterhelfen, wenn du Probleme mit dem Coming-out hast.

Doch wenn du lieber Kontakt zu schwulen Beratern aufnehmen willst: Neben schwulen Beratungsstellen gibt es auch vielerorts Coming-out-Gruppen. Was wo läuft, erfährst du über schwule Institutionen wie LAMBDA oder den Lesben- und Schwulenverband oder über das Internet. Ich habe dir die wichtigsten Adressen und Telefonnummern rausgesucht.

Deutschland

Schwul-Lesbisches Jugendnetzwerk LAMBDA
Kopernikusstr. 23
D-10245 Berlin
Tel.: 030/29668505
E-Mail: info@lambda-berlin.de

Lesben- und Schwulenverband in Deutschland
Bundesverband und Bundesgeschäftsstelle
Pipinstr. 7
D-50667 Köln
Tel.: 0221/9259610
E-Mail: webmaster@lsvd.de

Deutsche AIDS-Hilfe e.V.
Dieffenbachstr. 33
D-10967 Berlin
Tel.: 030/690087-0
E-Mail: dah@aidshilfe.de

Bisexuelles Netzwerk (BINE) e.V.
Beratungstelefon Berlin
Tel.: 030/2117405
E-Mail: bine@bine.net

Ökumenische Arbeitsgruppe Homosexuelle und Kirche (HUK) e.V.
c/o Thomas Beckmann
Johannisberger Str. 15a
14197 Berlin
Tel.: 030/82792241
E-Mail: berlin@huk.org

PRO FAMILIA
Bundesverband
Stresemannallee 3
60596 Frankfurt/Main
069/639002

Bundeszentrale für gesundheitliche Aufklärung
Abteilung für Sexualaufklärung,
Schwangerschaftsverhütung
und Familienplanung
(hier bekommt man Infomaterial)
Ostmerheimer Str. 200
51109 Köln
Tel.: 0221/8992-0
E-Mail: peters@bzga.de

Österreich

HOSI-Zentrum Wien
(politische Interessen, Beratung, Information und Coming-out-Hilfe)
Novaragasse 40
1020 Wien
Tel.: 01/2166604
E-Mail: office@hosiwien.at

AIDS-Hilfe Wien
Mariahilfer Gürtel 4
1060 Wien
Tel.: 01/599370

Schweiz

Spot 25
Sihlquai 67
Postfach 4363
8022 Zürich
Coming-out-Telefon: 01/2731177 o. 0848/805080
E-Mail: info@spot25.ch

AHS – Aids-Hilfe Schweiz
Zürich
Tel.: 01/4471111

Internetadressen

www.gemischte-gefuehle.de
Meine eigene Site, auf der es mehr Infos zu meinen Büchern gibt.

Schwule und Coming-out:

www.eurogay.de
Eurogay ist *die* schwule Website im Internet mit aktuellen Informationen und vielen Links, wie zum Beispiel regionale Online- oder Printmagazine. Auch eine Menge Infos zum Coming-out. Die Website wird mehrmals täglich aktualisiert.

www.blue4you.de/outnow
Interaktive Website der Macher des Coming-out-Buches *Out now*, auf der man mit den Jungs aus dem Buch chatten kann.

www.dbna.de
Dbna heißt: «Du bist nicht allein».

www.verliebte-jungs.de
Online-Magazin mit Kontaktforum

www.younggay.de

Coming-out total

www.homo.de

Website mit Coming-out-Ecke

Chat:

www.gaychat.de

Schwules Leben:

www.lsvd.de

Seiten des Lesben- und Schwulenverband Deutschlands. Politische Informationen und auch einiges zum Thema Schwule und Glaube

www.blaue.de

Suchmaschine von Gewerbetreibenden aus dem schwul-lesbischen Bereich

www.ufmcc.com

Website der MCC, Metropolitan Community Church – eine Kirche, die eine positive Einstellung zur Sexualität hat und daher von vielen gläubigen Schwulen und Lesben aufgesucht wird

www.gayforum.de

Informationen, Tipps, Shop, Diskussionsforum

www.pride.de

Online-Portal, Dienstleistungen für Schwule

www.gaybooks.de

Website der schwulen Buchläden

www.queer.de

Deutschlandweite Monatszeitung für Lesben und Schwule

www.die-andere-welt

Monatszeitung, die es schon zu DDR-Zeiten gab

www.ralf-koenig.de

Ralf Königs Seiten

www.thomasgrossmann.de
Website von Thomas Grossmann *(Schwul, na und?)* zum Leben schwuler Männer

Regionale Adressen:

Stadt.gay-web.de
Die Website ist ein Zusammenschluss von 41 deutschen Städten, die man über diese Internetadresse oder direkt, zum Beispiel hamburg.gay-web.de oder aschaffenburg.gay-web.de, erreichen kann.

Berlin:
www.siegessaeule.de
Berliner Stadtmagazin für Lesben und Schwule

Schleswig-Holstein:
home.foni.net
Website vom «Strandläufer», Monatszeitschrift für Schwule in Schleswig-Holstein

Großraum Hannover:
www.hannover.gay-web.de

Nordrhein-Westfalen:
www.schwul-nrw.de
Schwules Netzwerk NRW

Rhein-Main-Gebiet:
gab.homo.de

Saarland:
www.saargay.de
Online-Magazin

Region Franken:
www.rosawebworld.de

Stuttgart und Baden-Württemberg:
www.schwulst.de

München:
www.muenchner.de
Münchner Stadtmagazin

Sachsen:
www.gaysachsen.de

Thüringen:
buschfunk.infonet-thueringen.de

Österreich:
www.hosi.at

Schweiz:
www.spot25.ch

Beratung und Information:

LAMBDA:
www.lambda-online.de

Deutsche AIDS-Hilfe:
www.aidshilfe.de

AIDS-Finder
www.aidsfinder.org

PRO FAMILIA:
www.profamilia.de
www.profa.de

Bundeszentrale für gesundheitliche Aufklärung (BZgA):
www.bzga.de

Bisexuelles Netzwerk: **bine.net**

Literatur

Zwei Bücher vornweg, die ich selbst geschrieben habe und die auch für dich interessant sein könnten:

1. Gemischte Gefühle. Ein Lesebuch zur sexuellen Orientierung befasst sich ausführlich mit Lesben, Schwulen, Hetero- und Bisexuellen, kurzum, mit sexuellen Orientierungen. Die jeweiligen Bereiche sind so gegliedert, dass man übersichtlich erfasst, was Heteros miteinander im Bett machen im Vergleich zu Lesben und Schwulen, wie Schwule zusammenleben im Vergleich zu Heteros und Lesben und was in der Lesbenszene passiert im Vergleich zur Schwulen- und Heteroszene. Im Übrigen haben Heteros auch ein Comingout – nur anders. Außerdem gibt es Informationen zur Geschichte, zu Drogen, zu türkischen Lesben und Schwulen und zu schwulen Nazis. *Gemischte Gefühle* habe ich zusammen mit Beate Martin geschrieben. Rowohlt 2000.

2. Coole Kerle, viel Gefühl ist ein Ratgeber zu Liebe und Sex für Jungs und junge Männer. Natürlich gibt es auch ein Kapitel übers Schwulwerden. Ansonsten findet man Hinweise und Anleitungen, wie man mit Problemen wie Einsamkeit, Schüchternheit, schlechtem Gewissen oder sexuellen Störungen umgehen kann. *Coole Kerle* habe ich zusammen mit Bernd Niemann geschrieben. Rowohlt 1998.

Übrigens: *Ich will keine Schokolade* gibt es ab 2001 auch für Lesben. Es heißt *Lesbisch – diese Liebe nehm ich mir* und wurde von Manuela Kay geschrieben.

Bücher zum Coming-out:

Blue4you: Out now. Das Coming-out-Buch für Jungen.
Ellermann 2000.

Bass, Ellen/Kaufmann, Kate: Wir lieben, wen wir wollen.
Selbsthilfe für lesbische, schwule und bisexuelle Jugendliche.
Orlanda 1999.

van Dijk, Lutz: Coming-out. Lesben und Schwule aus aller Welt.
Patmos Verlag 1997.

Grossmann, Thomas: Schwul, na und?
Rowohlt 1998.
Der Klassiker unter den Coming-out-Büchern, nur leider mittlerweile etwas verstaubt. Immerhin erschien die erste Auflage 1981. Trotzdem lesenswert.

Winiarski, Rolf: Coming-out total!
Der Ratgeber für ein selbstbewusstes Leben.
Bruno Gmünder 1995.

Bücher und Broschüren für Eltern und Söhne:

Bundeszentrale für gesundheitliche Aufklärung (BZgA): Mein Kind fällt aus der Rolle.
Kostenlos zu bestellen bei der BZgA, Köln.

Dew, Robb Forman: Mitten ins Herz.
Eine Mutter erzählt vom Coming-out ihres Sohnes.
Droemer 1997.

Geißler, Maximilian/Przyklenk, Andrea: Ich mach mir nichts aus Mädchen. Wenn Jungs schwul sind.
Kösel 1998.
Ein Coming-out-Ratgeber, der sich in erster Linie an Eltern wendet. Aber auch für Söhne geeignet.

Hassenmüller, Heidi/Wiedemann, Hans Georg: Warum gerade mein Kind? Interviews mit Eltern homosexueller Kinder.
Patmos Verlag 1998.

X **Lemke, Jürgen: Verloren am anderen Ufer.**
Schwule und lesbische Jugendliche und ihre Eltern.
Aufbau TB Verlag 1994.

Bücher zu schwulen Beziehungen:

Isensee, Rik: Männer lieben Männer.
Der Ratgeber für Lebens- und Liebesbeziehungen.
Bruno Gmünder 1992.

Ludewig, Volker: Nur nicht aus Liebe weinen?
Frust und Freuden schwuler Beziehungen.
Ullstein 2000.

Price, Patrick: Wie angle ich mir einen Mann?
Und behalte ihn ...
Bruno Gmünder 1999.
Sehr witzig geschrieben.

Symalla, Thomas/Walther, Holger: Systemische Beratung schwuler Paare.
Deutsche AIDS-Hilfe 1997.
Das Buch ist in erster Linie für Therapeuten und Berater geschrieben. Aber auch für Laien interessant.

Tessina, Tina: In guten wie in schlechten Tagen.
Anregungen für homosexuelle Paare.
Rowohlt 1991.

Bücher zu schwulem Sex:

Grimme, Matthias: Das Bondage-Handbuch.
Charon Verlag 1999.

Grimme, Matthias: Das S/M-Handbuch.
Charon Verlag 2000.

Maydorn, Andreas/Scheffler, Benjamin: Wie man's macht. Das schwule Sexbuch.
Jackwerth 1995.

Silverstein, Charles/Picano, Felice: Die neuen Freuden der Schwulen. Ein Handbuch zum Leben und Lieben.
Bruno Gmünder 1997.

Bücher zur Geschichte:

Müller, Joachim/Sternweiler, Andreas u.a.: Homosexuelle Männer im KZ Sachsenhausen.
Verlag Rosa Winkel 2000.

Plant, Richard: Rosa Winkel.
Der Krieg der Nazis gegen die Homosexuellen.
Campus 1991.

Stümke, Hans-Georg: Homosexuelle in Deutschland.
Eine politische Geschichte.
Beck'sche Reihe 1989.

Sonstige Themen:

Hinzpeter, Werner: Schöne schwule Welt.
Der Schlussverkauf einer Bewegung.
Querverlag 1997.

Maydorn, A./Scheffler, B. u.a.: Bodycheck.
Das schwule Gesundheitsbuch.
Querverlag 1999.

Passig, Kathrin/Strübel, Ira: Die Wahl der Qual
Handbuch für Sadomasochisten und solche,
die es werden wollen.
Rowohlt 2000.

Winiarski, Rolf: Aktiv leben.
Das Programm für Schwule ab 35.
Bruno Gmünder 1999.

Wirth, Nadja: Ecstasy. Mushroom, Speed & Co.
Das Info-Buch.
Econ und List 1999.
Wenn ich schon kein Kapitel über Drogen geschrieben habe …

Vielen Dank!

Für dieses Buch habe ich mit Jungen, Männern, Frauen und Eltern gesprochen. Einige haben sich bereit erklärt, ihre Geschichte zu erzählen.

Aber ich habe auch Beispiele aus meinen Beratungen entnommen. Um die Anonymität meiner Klienten zu schützen, habe ich ihre Namen geändert und ihre Berichte inhaltlich leicht verändert wiedergegeben. Der Sinn der Aussagen ist jedoch erhalten geblieben.

Ich möchte mich bei allen ganz herzlich bedanken, die mir ihre Geschichten zur Verfügung gestellt haben – auch bei denjenigen, die anonym bleiben wollten. Und nicht zu vergessen ein dickes Dankeschön an Frank, der die Texte immer wieder mit mir durchgegangen ist und sie inhaltlich ergänzt und sprachlich korrigiert hat, sowie an meinen Lektor, Jürgen Volbeding, ohne dessen Einsatz dieses Buch nicht zustande gekommen wäre.

Berlin, im September 2000

Joachim Braun

POTSDAMER

Renner für Männer

Astrid Christina Richtsfeld
So macht Mann brave Mädchen wild *Der ultimative Erotik-Guide*
(rororo sachbuch 60680)

Christian Buchholz / Peter Loycke
Scheidungsratgeber von Männern für Männer
(rororo sachbuch 60861)
Dieser Band behandelt alle wesentlichen Fragen zum Thema Scheidung und Trennung. Er enthält auch Informationen über die geltenden gesetzlichen Neuregelungen zum Kindschaftsrecht und zur elterlichen Sorge.

Katharina Butz / Detlef Icheln
Penis pur *Was Männer wissen wollen*
(rororo sachbuch 60691)
«Penis pur» ist der erste Guide, der alle Fragen über das wichtigste Körperteil des Mannes kompetent und unterhaltsam beantwortet. Katharina Butz ist freie Medizinjournalistin, Trägerin verschiedener Journalistenpreise und Autorin für «Men's Health». Detlev Icheln ist Ressortleiter der Gesundheitsredaktion von «Mens Health».

Wolfgang Melcher
Der Survival-Guide: Was echte Männer können müssen
(rororo sachbuch 60860)
Dieser Band ist nicht nur spritzig und amüsant geschrieben, er ist vor allem nützlich: Denn hier steht, wie der Knopf am Hemd leicht wieder angenäht, die neue Kollegin bald erobert und die Gehaltserhöhung gewinnbringend angelegt ist.

rororo sachbuch

Gisbert Redecker
Sex zwischen den Ohren *Das Gehirn als erogene Zone*
(rororo sachbuch 60682)
Gisbert Redecker ist Verhaltenstherapeut. Sein Arbeitsschwerpunkt ist die Paar- und Sexualtherapie.

Astrid Wronsky
Du siehst gut aus! *Der Pflege-Guide für Männer*
(rororo sachbuch 60848)
Die Zeiten, in denen man bei den Männern außer ihrer Zahnbürste vielleicht noch einen Rasierapparat im Bad finden konnte, sind lange vorbei, denn: ein gepflegter Body ist angesagt. Aber keine Panik, Männer! Wie so oft, sind es die einfachen, kleinen Tricks, die die Attraktivität fördern. All das findet sich in diesem Pflege-Guide.

Weitere Informationen in der **Rowohlt Revue**, kostenlos im Buchhandel, und im Internet: **www.rororo.de**

3744/3